Miel sobre hojuelas

Gabriela Villazón

Miel sobre hojuelas

ALEXANDRIA LIBRARY
PUBLISHING HOUSE
MIAMI

Cubierta: Juan Carlos Barquet

alexlib.com

A mi Padre, quien me dió sus alas para volar
A mi Madre, quien me enseñó como usarlas

A Estefanía, por darle tantos colores a mi vida
A David, mi ancla celestial en la tierra

A Claudia, mi socia, compañera de vida, mi adorada hermana
A Erika y a Alex, mi vida jamas tendria significado sin su presencia

A George, mi alma gemela
Gracias por recordarme lo maravilloso que es ser
amada sin condiciones

"Andabamos sin buscarnos pero sabiendo
que andabamos para encontrarnos"
Rayuela

Índice

"En México aprendí a decir: gracias y por favor. Van a venir a México a aprender de que se trata el ser un Ser Humano".

Facundo Cabral

Agradecimientos

Siempre he pensado que el camino más corto para despertar la magia escondida de nuestro interior y crear con la originalidad que el mundo merece, es el agradecimiento. Esta novela no sería posible sin el apoyo de dos personas: María Teresa Romero, quien con sus atinados consejos me ayudó a lograr, lo que empezó como un imperante anhelo del corazón por contar esta historia, y Verónica Castañeda, que con su sentido de perfección, su paciencia, profesionalismo y gran cariño por Isabel (la protagonista) me llevó a detectar detalles extra como letras, palabras e ideas repetidas. Gracias desde lo profundo.

Y agradezco también, a las personas que me han llevado a dibujar mi vida como es hoy. Gracias de corazón, cada una sabe lo mucho que me ha dado y, por lo mismo, soy un alma que va por la vida eternamente agradecida.

México tiene muchos rostros

México tiene muchos rostros. Tantos como cada uno de sus habitantes, tantos como cada instante en que se ha escrito su historia.

Encuentras su rostro en los mayas, en sus avances, su ciencia su sabiduría, en su Reina Roja; lo encuentras en los aztecas, en su religión, en el trazado perfecto de sus ciudades, en las conquistas de sus guerreros, en los teotihuacanos y sus pirámides, en los tlaxcaltecas y su volcán Malintzin, en los olmecas y sus rostros colosales, en los zapotecas, chichimecas y demás pueblos prehispánicos. También en los españoles que pensaron que venían a conquistar queriendo destruir a su paso, queriendo doblegar una cultura que no entendían y sin embargo, quedaron conquistados por el maravilloso mundo que habían encontrado, embrujados para siempre con los colores, la comida y la alegría de nuestro pueblo.

México tiene el rostro de la Virgen de Guadalupe, de la fe de su pueblo, de sus profundas tradiciones, de su cultura de su música de su comida de su arte.

México tiene el rostro de cruz y calvario como refiere un poeta y como la X de su nombre, jugando con la vida y a veces con la muerte.[1]

México tiene el rostro de sus playas, de sus bosques, sus fiestas, sus leyendas y sus fantasmas.

México tiene el rostro de la clase trabajadora que espera que, a pesar de nuestros dirigentes, saldrá adelante; México está en el rostro de la pobreza de la miseria de la tristeza de los que no tienen nada; México está en el rostro que llora por aquellos que se atreven a robarle a su pueblo.

México tiene su rostro en la Victoria alada sosteniendo una corona de laurel y es en ese rostro, que mi memoria se queda en el rostro de su Ángel enclavado a la mitad de Reforma.

No todo sucedió como lo recuerdo,
no todo lo que recuerdo, sucedió.

---

1. *México creo en ti*, poema de Ricardo López Méndez.

Capítulo 1

En quiebra

"Eso espera Dios de ti
Eso espera su majestad:
No les falles".
El Imperio eres tú, Javier Moro

¡En quiebra! La palabra taladraba dentro de su cabeza. ¡No podía ser!, no creía que pudiera estar pasando eso. Ocho años de trabajo, todos sus ahorros y dejando el corazón en el intento. Las hermanas habían elegido ese camino y tenían la ilusión de que funcionara. Pero en los negocios, resulta que en ocasiones las variables son impredecibles. No podía creerlo! Ahora estaban a punto de perderlo todo ¡todo!

En las universidades te enseñan cómo seguir con negocios exitosos, cómo controlar las condiciones del mercado, cómo motivar a la gente que trabaja para ti, cómo analizar cientos de variables, pero no te enseñan cómo sacar adelante un negocio que se está hundiendo. ¡En quiebra!, cerró los ojos visualizando la idea para que su cerebro la entendiera "¿qué harían ahora?", se preguntaba Isabel, mirando justo frente a su escritorio, el póster con una réplica del cuadro *Olas rompiendo* de Claude Monet y que describía paradójicamente en una sola imagen, exactamente la situación en la que se encontraban.

En contraste con lo negro de sus pensamientos y con la intensidad de la pintura, era una cálida y despejada noche de verano. Por la ventana entreabierta, entraba una brisa que apenas alcanzaba a refrescar. Su despacho daba a la calle, que era un interminable ir y venir de automóviles y un continuo sonar de bocinas, sin embargo, a esa hora, parecía que la calle se quedaba en calma y por momentos quieta, aun cuando generalmente en la ciudad, el tráfico era un constante torbellino y venir, una incesante melodía de ruidos, un inagotable movimiento. La oficina se encontraba localizada en una casa antigua de la colonia Del Valle, con una ubicación inmejorable, a unas cuadras de la avenida Insurgentes y esquina con Félix Cuevas. Tenía todas las vías de acceso cerca para llegar a Polanco, Las Lomas, Santa Fe, al centro o al sur de la ciudad, lo que la convertía en una situación envidiable. La Ciudad de México era considerada caótica, agobiante, en ocasiones intimidante pero vibrante y llena de vida, y el tener dentro de ella una buena posición, era realmente un privilegio.

Isabel se dirigió al despacho de su hermana, su socia, su cómplice de secretos y juegos de la infancia, su amiga y confidente.

—Verónica —la llamó Isabel suavemente, mientras pensaba "¡qué bella es!", tenía los ojos azul claro como los de la abuela, cabello rubio cenizo y piel blanca con pecas sobre las mejillas y la nariz. Su rostro era redondo, lo que le daba un toque de eterna juventud, como si el tiempo no pasara por ella, y lo que más llamaba la atención, además de la dulzura de su mirada, era la sonrisa franca que en estos momentos se encontraba totalmente apagada.

Isabel notó también que su hermana estaba pálida. Por primera vez en muchos años, percibió en ella un dejo de desilusión en su expresión, o quizás miedo de ese futuro tan incierto. Al mismo tiempo, sintió unas gotas de sudor en el cuello; siempre que se sentía agobiada le pasaba, empezaba a sentir ligeras cosquillas al caer lentamente esas pequeñas gotas. Tomó un pañuelo y con mano temblorosa lo pasó por su cuello, debajo de la mata castaña oscura de su cabello largo.

—¿Qué haremos ahora? —le preguntó a Verónica con voz casi imperceptible— ¿y los empleados? No te imaginas la tristeza que me dan las 24 familias…

—Yo sé Isabel, pero no encuentro una solución, aunque vendiéramos mi departamento no podríamos pagar: la bola de nieve se nos ha venido encima —dijo con voz temblorosa.

—Tiene que haber una solución, tiene que haberla —insistió Isabel.

—Créeme, las he pensado todas, no existe, no la encontraremos, estamos tan endeudadas— contestó visiblemente angustiada.

—No puede ser, ¡nadie ha creído en nosotras!, no tenemos una sola página de publicidad vendida.

—No podemos hacer nada, ya revisé todos los estados de cuenta del banco, el flujo de efectivo, los pagos que vamos a recibir, no hay manera —concluyó Verónica con los ojos brillantes.

—¿Recuerdas lo que te dijo tu amigo? —preguntó después de un rato de silencio.

—¿Quién?

—El director de esa revista tan exitosa, de chismes: "¡Mata el proyecto Isabel y ven a trabajar para mí!".

—Tú sabes que no lo haré, no podría trabajar en una publicación que destruye la reputación honorable de las personas y además, ¡esto es nuestro!, esto lo hemos construido tú y yo y…, eso hace toda la diferencia. Hermana estamos juntas en esto y así seguiremos.

—Pues sí, pero… ¿cómo podemos seguir?

Guardaron silencio y nuevamente revisaron los estados financieros, las cuentas, las ventas y el pago que debían a proveedores. Imperceptiblemente, la bola de nieve había crecido y ahora tenía un tamaño aplastante. Siguieron evaluando los números y platicando diferentes escenarios, hasta que Verónica miró el reloj:

—Por lo pronto vámonos a descansar, son las ¡oh!, ¡las nueve de la noche! ya no hay nada qué hacer —afirmó impaciente Verónica, levantándose del escritorio y preparándose para partir.

—Bueno como diría la abuela "mañana nuevos pájaros habrá…" —concluyó Isabel haciendo un esfuerzo por parecer tranquila, pero la voz la delataba ya que sonaba tensa y quebrada.

"¿Y si existiera una solución? y ¿si la hubiera?", —pensó Isabel, mientras sentía un dolor intenso en la boca del estómago, como si alguien la hubiese golpeado justo a la mitad y al mismo tiempo una angustia la envolvía. Los ojos se le llenaron de lágrimas, tomó otro pañuelo y dejó derramar un par de ellas; al secarlas vio que su hermana estaba haciendo lo mismo. Se levantó, caminó con inusual lentitud a su despacho, apagó su computadora y como lo hacía rutinariamente tomó las llaves de su auto y su bolso, cerró la ventana y apagó la luz. Bajó despacio las escaleras como si llevara una carga pesada bajo sus hombros. No había un ruido en la oficina, todo estaba quieto. Los teléfonos habían quedado finalmente dormidos hasta la mañana siguiente.

Verónica la siguió y de pronto le advirtió:

—No te muevas, voy a activar la alarma.

Isabel sonrió y le dijo:

—Qué paradoja ¿verdad? Me gustaría no tener que moverme…

Se despidió de su hermana y manejó automáticamente hasta su casa, era solo un pequeño trayecto, lo cual agradecía enormemente. La cabeza le daba vueltas y sentía que las lágrimas corrían una a una por sus mejillas. ¡No podía creerlo!, ocho años invertidos en un proyecto, todas las esperanzas puestas en ello y ahora estaban a punto de perderlo todo… ¡todo! Le cruzaron por la mente sus tres hijos, "¿ahora cómo los sacaría adelante?".

Llegó a la casa antigua, de elegante estilo colonial, enmarcada por enormes rejas negras que terminaban en forma de pico y engalanada por un largo pasillo rodeado con un jardín bellamente decorado que conducía a la puerta principal. Abrió el garaje con el control eléctrico y vio en la oscuridad, los ojos brillantes de su pastor alemán que como fiel guardián la esperaba sentado en la mitad del largo corredor que servía de estacionamiento. Ver a su perro esperándola, siempre la tranquilizaba. Al abrir la puerta de su automóvil este fue de inmediato a saludarla.

—Blitz, ¿cómo estás? ¿Qué tal tu día? ¿Tuviste muchos pendientes qué resolver? Yo sé, la vida es dura ¿verdad?

El pastor alemán solo movía la cola y se quedaba mirándola embelesado, recibiendo las caricias en su cabeza, justo en medio de sus orejas. Isabel le dio unas cuantas palmadas más en el lomo y tomando su bolso, se bajó del coche.

Al entrar al recibidor la sorprendió una luz que venía del antecomedor y que alumbraba sutilmente la columna de mármol de la entrada, y en la que lucía sobrepuesta la figura: *El genio humano*, un dios griego con alas como si estuvieran a punto de ser usadas. A unos centímetros también vislumbró una de las dos mecedoras que estaban colocadas al lado de la mesa tallada en fina madera, que tanto le gustaba. Encima de esta se advertían los objetos de siempre: un teléfono de botones, un florero blanco con flores rosadas, adornos dorados y una bandeja de plata que servía para recolectar el correo. Con movimientos automáticos, Isabel se dirigió hasta ahí y tomó los sobres a su nombre, los cuales solo reflejaban las cuentas que tenía que pagar del mes en curso. Sintió un escalofrío y otra vez el sudor en el cuello.

Sin embargo, al cabo de un momento, cambió de ánimo al dirigir su vista para contemplar el cuadro de marco redondo, con un fino cordón dorado rodeando su circunferencia y cayendo un segundo cordón por los dos extremos. Sabía que esa pintura bellamente lograda, de una pareja, se titulaba: *La cita*, ya que siendo una niña recordaba que el pintor había visitado su casa muchas veces y siempre contaba la historia de esa obra en particular; aun cuando había varias pinturas de él por toda su casa, esta era su favorita. El pintor relataba que había conocido a esa pareja en sus años de juventud, cuando los tres trataban de aprender dibujo en una escuela de arte en Italia. Desde que los conoció, le había llamado la atención la belleza de los dos; él irradiaba masculinidad y fuerza, y ella, una hermosa femineidad. Les perdió la pista durante toda una década…, sin embargo, a tal grado había sido su obsesión por pintarlos que había recorrido gran parte de Europa hasta volver a dar con ellos. Para él, esta pintura era su obra maestra, la culminación de una época de inspiración sobre el contrapunto. Isabel no sabía cómo su padre lo había convencido de vendérsela, para deleite de todos los visitantes que llegaban a su casa y de ella, por supuesto.

Desde niña este cuadro la había hecho soñar. Se trataba de un hombre maduro, de piel oscura y facciones finas, con una camisa blanca tipo español, una corbata en nudo y pantalones negros, que miraba con expresión embelesada a la joven mujer de piel pálida y ojos azules que se encontraba junto a él. La postura de ella era de frente y su vista se dirigía al espectador, con una mirada nostálgica, brillante, llena de expresión y en una mano sostenía una taza con un líquido oscuro, que hacía imaginar que era de un café humeante. Su posición abierta también contrastaba con la postura cerrada de él. Era eso lo que lo hacía su cuadro favorito: la hacía pensar como el pintor lo había expresado, en el contraste, en la sublimación de los opuestos, atraídos y unidos en un sentimiento; pensaba en el yin y yan de la vida bailando al mismo ritmo, los días buenos y los días malos, el amor y el desamor, la juventud y la vejez, la bondad y la maldad, la fortuna y la miseria, como en una partida de naipes. La miseria humana… Cerró los ojos por un momento y al abrirlos escuchó la voz que venía del fondo.

—¿Isabel, eres tú?

—Sí mami, en un momento estoy contigo…

Su madre la esperaba apoyada en la mesa del comedor, tenía un café a medio terminar y un plato con una concha de pan a la mitad. Cuando la vio llegar, levantó la vista de su periódico y la saludó con un cálido beso. Isabel se sentía desolada.

—No hay nada qué hacer, nos tenemos que declarar en bancarrota, estamos llenas de deudas y cuentas por pagar.

—¿No hay una sola esperanza? —preguntó su madre.

—No encontramos una salida, debemos tanto dinero, ¡qué desesperación mami, no sabemos ni por dónde! —a Isabel se le entrecortaba la voz al expresar sus pensamientos y sus temores internos.

—Y Verónica, ¿cómo está?

—Igual de desesperada, pensamos en que tendremos que vender su departamento para pagar a los proveedores y liquidar a los empleados, esperando que alcance. Ya conoces su temple, se mantiene con buen ánimo, pero esto la rebasa, no creo haberla visto así nunca, me da tanta pena…

—Isabel —pronunció su madre con voz tranquilizadora—. No sé qué puedan hacer, pero la única manera de salir del fondo de una piscina es hacia la superficie. Cuando se toca ese fondo, existe una oportunidad.

—Sí, tienes razón, pero el problema es que no podemos ver esa oportunidad, no sabemos cómo, ni en dónde buscar, hemos agotado todas las posibilidades, analizamos los números, revisamos las órdenes de inserción, las cuentas por cobrar, pero nos sobrepasa la situación. Isabel miró a su madre y por un momento quiso creerle.

—Busca Isabel, siempre hay alguna solución.

"¡Qué bendición tan grande es el consuelo de una madre!", pensó Isabel. Quizás no habría remedio, pero al menos sentía un poco de alivio, y el dolor constante en la boca del estómago estaba cediendo al contarle a ella su preocupación.

La nana Genoveva entró en ese momento al comedor, preguntándole a Isabel si quería algo de cenar. Ella con voz llorosa le dijo:

—No nana, no tengo ni hambre.

Cuando apresuró el paso escaleras arriba, para alcanzar a sus hijos despiertos, escuchó a la nana preguntarle a su madre:

—Y ahora ¿qué tiene la niña?

—¡Ay nana, nana! —sonrió Isabel para sí. "Tengo casi treinta y dos años, tres hijos, y para ti sigo siendo una mocita. Ojalá pudiera ser así" reflexionó llena de tristeza.

Entró en la habitación que tenía dos camas en una esquina en forma perpendicular y la otra en un extremo. Al entrar vio que sus hijos estaban ya listos para dormir; al verlos no pudo dejar de sentir de nuevo un hueco en el estómago; tantos sacrificios que había hecho, tantas tardes dedicadas a la empresa y sin haber ninguna solución, tendría que empezar de nuevo. Y ahora, ¿cómo los mantendría? Le dio a cada uno el beso de las buenas noches, una lectura rápida del libro de cuentos y una oración. Era un ritual que había instituido cuando se separó del padre de sus hijos. Esas pequeñas rutinas le daban a su vida un sentido, un orden, una estructura en medio del caos más absoluto; eran como un ancla que ataba su incertidumbre, algo a qué asirse, ya que en ocasiones se sentía como el malabarista, tratando de atrapar las pelotas que giraban y que se le caían encima.

Después de darle la bendición a su hija se recostó junto a ella, quien al sentirla cerca le confesó:

—Mami, ya no quiero que Rosy me haga trencitas para la escuela.

—¿Te lastiman?, ¿ya no te gustan? —preguntó Isabel sorprendida, ya que antes siempre pedía que la peinaran así.

—No mami, sí me gustan, se ven bonitas. A Carlos le gustan, dicen que se ven como las niñas de las películas en blanco y negro que ve su abuela, pero Ana se burla de mí y las demás niñas también se ríen.

—Mmmm y ¿ellas cómo van peinadas a la escuela?

—Solamente se recogen el pelo así —dijo la pequeña sujetando su cabello en media cola y simulando colocar un moñito.

—Y a ti ¿te gustaría ir así?

—Sí mami, ¿crees que así ya no se rían de mí?

—Seguramente no lo harán —le confirmó Isabel, sin estar muy convencida y es que por alguna razón percibía que Isabela estaba siendo el centro de algunas bromas, las cuales se estaban volviendo cada vez más frecuentes.

La besó y la arropó en sus brazos hasta que se quedó dormida. A Isabel le dio una punzada en el corazón al sentir que algo pudiera estar empañando la alegría que caracterizaba a su hija. "Mañana —pensó— pediré una cita con la maestra", sentía que no era la única ocasión que Isabela comentaba que se burlaban de ella. ¿Qué podría estar pasando?, siempre le había gustado asistir a la escuela y ahora ya no estaba tan segura. Al ver que se había quedado dormida percibió a través de las suaves mantas unos zapatitos. Con mucho cuidado se los quitó, ¡otra vez Isabela se había dormido con sus zapatillas de ballet!; cuando le preguntaba el porqué, ella decía: "¿qué tal si las necesito en mis sueños para bailar y no las tengo puestas?".

—No te preocupes, en tus sueños tendrás unas bellas zapatillas doradas —le respondía a su pequeña, abrazándola con fuerza.

Y con el peso de la tristeza que la invadía se quedó dormida. Fue un sueño intranquilo, poco reparador, que la llevó a otros escenarios.

En su sueño veía la hacienda Los Ahuehuetes, la cual era enorme ya que la extensión de tierra donde se encontraba no tenía fin. Acababa de amanecer y hacía frío, el paisaje estaba totalmente desolado después del incendio. El sembradío donde crecía maíz lucía totalmente devastado, olía a humo, a cenizas y a tierra mojada. Los matorrales se veían negros y en algunas partes todavía ardientes.

Isabel estaba parada junto al capataz, quien se encontraba sentado y recargado sobre una mesa de madera. Contaba las monedas, despacio muy despacio.

La línea de peones tampoco parecía tener fin, uno por uno iba pasando con la cara negra por el hollín y ella oía que al dirigirse al capataz le decían:

—Lo siento patrón, todo fue tan rápido…

—Quise detenerlo… pero no podía…

—El fuego era como una lengua que todo lo lamía…

—Cuando nos dimos cuenta, todo era rojo y amarillo, temíamos por la vida de nuestras familias.

—¿Y ahora? ¿Y ahora qué haremos nosotros?

Uno a uno pasaba y uno a uno descubría su cabeza al quitarse el sombrero; cada uno recibía una moneda dorada de manos del capataz. Isabel contaba las monedas y no había manera, la fila era más grande que el montón que estaba sobre la mesa. La sacudió una sensación de pánico, quería correr, pero las piernas no respondían. Entonces lo confrontó sin saber de dónde le salían las fuerzas:

—Tú sabes, ¿verdad? Tú sabes, que no habrá suficientes monedas. Tú sabes que no alcanzarán para todos...

El capataz entonces miraba hacia el horizonte con desprecio y haciendo una mueca empezó a reír, reía con la más macabra carcajada.

Su hija se movió suavemente despertándola:

—Mami, mami ¿te dormiste aquí?

Isabel se incorporó asustada, por un momento no sabía dónde estaba, el sueño había sido tan real..., todavía adormilada le respondió que sí, preguntando a su vez:

—¿Te dejé dormir?

Sí mamita, no sentí nada, solo te vi cuando me desperté, —y dándole unas palmadas a su mamá como ella hacía con ellos, añadió guiñándole un ojo: —Te portaste muy bien... casi no te moviste y dormida parecías un angelito.

Isabel terminó de incorporarse dándose cuenta de que se sentía terriblemente cansada, no había podido dormir bien, el cuello le dolía y la posición en la pequeña camita de Isabela había causado estragos en su espalda, aunado a las pesadillas que había soñado. ¡Qué gran responsabilidad caía en los hombros de Verónica y en los suyos! Pensó en la gente fiel que había trabajado para ellas durante tantos años. Habían creído en sus sueños, luchando a la par con ellas y ahora se quedarían sin nada.

Miró el reloj y corrió a ducharse. Cuando estuvo lista, la nana Genoveva ya tenía a los chicos vestidos y listos para desayunar y, Rosy estaba peinando a Isabela.

—Rosy, por favor, ¿podrás hoy peinar a Isabela de media cola y solo ponerle un lacito muy delgado?

Isabela volteó a ver a su mamá y le guiñó un ojo.

—¡Gracias mami! — dijo con una voz cargada de alivio.

—Quedarás muy linda, ya verás.

Mientras tanto, Isabel tomaba el peine para arreglar a Daniel y a Patricio.

—Mami —le dijo Daniel— recuerda que hoy es la clase de magia.

Isabel se tensó, los músculos del estómago se le contrajeron.

—¿A qué hora? —preguntó repasando mentalmente la agenda tan ocupada que tenía esa mañana.

—Al llegar, es en la primera hora.

—Suspiró—. "¿Cómo lo pude olvidar?" —Se recriminó, pero si empezaba a las ocho y cuarto, entonces podría llegar a las diez a la cita con su cliente. Cinco minutos después, estaban todos en el coche. Roberto, el chofer, los esperaba puntualmente en la puerta. "Bueno a empezar otro día" —se dijo. Mañana tenían cita con el asesor. Era inútil, pero cuando menos las ayudaría a cerrar la empresa de una manera digna.

¿Un médico… de corazones?

Eran casi las seis de la tarde y aunque Isabel estaba exhausta, tenía que hacer algunas cosas más. Entre ellas, desahogar su corazón pues sentía que le explotaba. Necesitaba platicar con su novio, compartirle lo que le acongojaba, y sobre el miedo tan terrible que sentía. Tomó el teléfono y marcó el número conocido.

—¿Pablo?

—Hola Isabel.

—Hola, ¿crees que podríamos vernos un rato, un poco más tarde?

—¿Para qué? —le respondió Pablo con tono irritado—. Es jueves, pensé que no nos veríamos hasta el sábado.

—Necesito platicarte algo, —le contestó ella con voz entrecortada. No la dejaba respirar el nudo que sentía en la garganta y la gran opresión en el pecho.

—¿Y no me lo puedes decir por teléfono?

—Sí podría, pero me gustaría verte, aunque sea un rato —respondió con voz ansiosa.

—Isabel, he estado todo el día ocupado con pacientes y lo que menos deseo es meterme al tráfico de las seis de la tarde.

—Podríamos vernos a las siete en Pabellón Altavista, así te queda de camino a tu departamento. "Más fácil no podía ponérsela", pensó Isabel.

—Está bien, pero… ¿no puedes más temprano?, ya casi termino.

—Es que tengo a los chicos conmigo y necesito dejarlos en casa para que terminen la tarea, cenen y se bañen, ya sabes.

—Está bien, te veo a las siete —concluyó Pablo más irritado que antes y colgando el teléfono sin despedirse.

A las siete con cinco minutos, llegó Isabel a la plaza comercial y al café que les gustaba; buscó con la vista a Pablo hasta que lo vio en la mesa del fondo hablando por teléfono. Al verla, le hizo una seña con la mano indicándole que se sentara mientras terminaba la llamada. Pablo tenía una personalidad fuerte, era de complexión delgada, alto, de cabello marrón y ojos del mismo color. No era quizás nada del otro mundo, sin embargo, lo que lo hacía especial era su elegancia al vestir, su mentón partido, y sus manos delgadas y bien cuidadas; manos de pianista dirían por ahí, y en su caso, de cirujano. "Esas dos cosas lo hacían un hombre interesante y atractivo", pensó Isabel al sentarse a su lado. Quizás esos rasgos eran lo que le había llamado la atención desde el primer momento, ocurrido dos años atrás cuando su amiga Lorena se lo presentó, asegurándole antes: "Tengo el hombre ideal para ti, un médico muy renombrado, además de ser inteligente, es guapo y muy educado".

Recorrió el lugar con la vista. A esa hora solo había otra mesa ocupada, casi no había ruido por lo que no pudo evitar escuchar la conversación de Pablo.

"¿Y cuándo empezó con el dolor? ¿Qué se ha tomado? ¿Dónde dice que lo tiene? Sí, sí, entiendo… Mire, podría estar con usted en cuarenta minutos, sí, deme su dirección".

Pablo le hizo una seña a Isabel para que le diera una pluma y anotó los datos en la servilleta que tenía enfrente.

"Hasta luego, sí la veo en un momento" dijo, dando así por terminada la conversación.

—Bueno, pues ya sabes, el deber me llama. ¿Qué necesitas? tenemos menos de media hora, antes de que tenga que salir corriendo.

—Pablo, estamos pensando cerrar la empresa —los ojos de Isabel se llenaron de lágrimas, haciendo un gran esfuerzo por contenerlas, sacó un pañuelo y rápidamente lo pasó por su rostro.

Pablo la miró y exasperado exclamó:

—¡Te lo dije! ¿Cuántas veces te lo he dicho? ¿Qué haces jugando a la empresa cuando tienes tres hijos que mantener?

Desde cuándo te dije que fueras a ver a mi primo Memo que es *headhunter*; él ya te hubiera colocado en alguna empresa de mercadotecnia. Ni modo, tendrás que regresar al mundo corporativo, aunque no quieras... Yo sé que te han llamado para entrevistas. Ya deberías haberlas aceptado —sentenció en un tono impaciente.

—Pero Pablo, precisamente porque tengo tres chicos, necesito tener mi propia empresa, que me permita manejar mis horarios.

—Pero trabajas más horas.

—Sí, quizás sí trabajo más, pero puedo hacerlo en un horario en que los niños no necesitan tanto de mí.

—Pues sí, pero ya ves a qué precio. ¿Ahora qué?, ¿ahora qué vas a hacer? —preguntó al tiempo que agregaba:

—A mí ni me veas, ya sabes que tengo todo mi capital invertido.

—No, no venía a eso, ya sabes que no te pediría prestado.

—Ah, bueno, eso me tranquiliza, pero ¿qué vas a hacer?

—No lo sé es que vine, porque necesito un poco de consuelo, me siento fatal.

—Bueno, perdóname, mi día no ha sido precisamente fácil —Pablo se levantó dejando un billete de cien pesos sobre la mesa—, ya no tengo tiempo de esperar la cuenta, revisa que esté bien. Me tomé un café y un flan napolitano.

Le dio un beso en la mejilla y se fue apurado. Isabel lo miró alejarse y cerró los ojos. "A eso llamo yo estar de malas" —murmuró para sí—. "Creo que lo que necesito es un médico, pero un médico de corazones afligidos".

El mesero se acercó solícito, pensando que lo estaba llamando.

—¿Desea algo la señorita?

—Tráigame por favor un chocolate caliente.

—Con mucho gusto damita, vuelvo enseguida.

Isabel bebió sorbo a sorbo el chocolate, como queriendo calentar así su alma, que de repente se había enfriado y le dolía más que antes. "El abandono, la soledad, el desamor se pueden experimentar de tantas y tan diferentes maneras…", pensó con tristeza. Pagó la cuenta y se puso a caminar por la plaza, peor no podía acabar el día, ¿ahora qué faltaba?, bueno ya está: "¡anímate Isabel!", se dijo así misma, tratando de acallar la ansiedad y el estrés que sentía. Así que se decidió a entrar en la tienda de discos del segundo piso; la música siempre tenía un efecto tranquilizador en ella. Compró un disco de María Dolores Pradera y se dirigió a su coche. Una vez adentro, sentada cómodamente, colocó el disco en el autoestéreo y pensó en su padre ¡cómo se acordaba de él! ¡Y más con esta música, que era una de sus favoritas!, sentía nostalgia, ¡cuánto lo extrañaba! Se dejó llevar por los recuerdos con *Fina Estampa*, canción tan bellamente interpretada por la española.

"Caballero, caballero, caballero de fina estampa…", tarareó con fuerza al ritmo de la melodía.

—Papi, papi ¿qué nos dirías? ¡Cuánta falta me hace tu fuerza, tu consuelo, tus consejos! Cuánto te echo de menos… Sí estuvieras aquí… Sí papi, ¿qué me dirías?, ¿qué consejo me darías? Lo que sí, sé que coincidirías conmigo en este punto: qué soledad se siente al querer destacar o ser líder en algo, quizás los demás no entienden nuestros sueños. Tú fuiste siempre un gran empresario, cuánto admiré tu templanza para manejar tu negocio y tu perseverancia, siempre dejaste intactos tus anhelos hasta que lo lograbas…

Al son de la canción, recordó esa escena de hace tanto tiempo.

Tenía alrededor de ocho años de edad: sí, tenía que ser porque su hermano todavía estaba en el regazo de su madre, tomando leche en su mamila. Todos estaban reunidos en la mesa del desayunador. Su hermana le estaba diciendo a su padre que

Bertha, una amiga suya ya no iba a regresar a la escuela, porque su padre había perdido el empleo y ella tendría que ponerse a trabajar para ayudar en su casa. También le estaba contando que el padre de Bertha decía que la crisis y la situación económica iban a afectar a todos los mexicanos. Para Isabel, pensar en "todos los mexicanos" le parecía aterrador; luego aprendería que era solo una expresión que se utilizaba para decir "muchas personas".

—Papi ¿a nosotros nos pasará lo mismo? —preguntó Diana, su hermana mayor—. ¿Tenemos que dejar la escuela si viene la crisis?

—Bueno, estoy trabajando duro para que eso no suceda. Todo puede pasar, pero por mi parte, quiero dejarles a las tres, dos regalos…

Isabel notó la expresión de su madre mirando a su padre y fue ahí, cuando entendió el verdadero significado de la palabra "adoración"; así amaba ella, con esa gran capacidad de reflejarlo en la mirada y esa generosidad que muy pocos son capaces de sentir. Su amor era fuerte como un árbol, suave como un viento y profundo como un mar.

—¿Cuáles son papi? —preguntó Isabel entusiasmada, al escuchar la palabra "regalo".

—El primero —dijo él, aclarando la voz— es una carrera universitaria para cada una. Gobiernos vendrán, gobiernos irán, cambiarán las condiciones del mercado y la situación económica, pero nadie les podrá quitar su educación. Cada una de ustedes estudiará en la universidad, es mi promesa y mi compromiso.

Isabel, que no alcanzaba a entender la dimensión, ni el concepto de asistir a la universidad, le había preguntado con una expresión de ensoñación en su rostro:

—Y en la universidad ¿podré estudiar los eclipses y los planetas, o lo que hace Luisa Lane, la reportera de Superman?

—Por supuesto, podrás estudiar lo que quieras.

Isabel se quedó muy contenta con la respuesta, sin embargo, de pronto se acordó de algo más:

—Pero papi, no nos has dicho el segundo regalo —insistió ella, para quien las palabras tenían un significado literal; él había prometido dos regalos y solo había mencionado uno.

—Ése, es un deseo, solo un deseo.

—¿Cuál papi?

—Que tengan en su corazón y su mente el deseo de conquistar cada día y dar lo mejor de sí.

"Papi, hoy no te sentirías orgulloso, ¡no hemos logrado nada! ¡Estamos atrapadas en desatinos y fracasos!, y además no guardo ningún deseo en el corazón, solo pido que no perdamos lo que tenemos, me siento llena de dudas y ya perdí el rumbo", se dijo Isabel con tristeza.

Un poco de magia

El tráfico por avenida de los Insurgentes venía a vuelta de rueda. Isabel ya se sentía desesperada por llegar a casa, el encuentro con Pablo en lugar de ayudarle le había inquietado más. Respiró profundamente y trató de nuevo de concentrarse en la música; finalmente, casi a las nueve de la noche, llegó a su casa. Entró a la recámara de sus hijos, primero se acercó a las que estaban ubicadas en escuadra, y después a la de Isabela que estaba en el otro extremo. Organizado así el cuarto daba la sensación de amplitud y permitía que todo el espacio de en medio quedara libre para jugar. Las casas antiguas se caracterizaban por tener habitaciones amplias en las cuáles podían dormir cómodamente cuatro o cinco chicos. Después de saludarlos y estar con ellos un momentito, que a Isabel le pareció muy corto y que no le supo a nada, pero consciente de lo tarde que ya era la hora pautada, dijo con voz suave:

—Bueno todos a dormir.

—¿Mami, podrías hacernos una fórmula mágica? —preguntó Daniel entre las sábanas.

La fórmula mágica consistía en una pequeña técnica de relajación antes de dormir y después de decir sus oraciones.

—Está bien —empezó Isabel—, pero primero cada uno me dará un abrazo y me dirá cómo estuvo su día —ya después con voz baja, inició la relajación. Van a cerrar sus ojos y respirar dos veces de manera profunda, una, dos... Después vamos a agradecer a Dios por todas las bendiciones que tenemos: Gracias por nuestras camitas, porque tenemos comida para cada día, porque tenemos un cuerpo sano que nos permite disfrutar de la vida... Gracias por nuestra familia...

—Y por la abuela —interrumpió Patricio.

—Sí, por esa abuela tan linda que tienen. Y ahora se van a relajar pensando en una playa con una arena suavecita como la de Cancún... —Y siguió unos cuantos minutos más, describiendo un paisaje hermoso, y con un bello atardecer.

Para ese momento, observó que ya la respiración de los chicos era apacible, pero cuando se levantó para dejar la habitación cuando escuchó una vocecita.

—Mami —dijo Daniel quedito para no despertar a sus hermanos.

Isabel se arrodilló en su cama y le preguntó:

—¿Qué pasa Daniel?

—¿Qué es disfrutar la vida?

—Mmmm... —suspiró Isabel—. Bueno, a ti te gusta el fútbol, ¿verdad?

—Sí mami es lo que más, más me gusta.

—Bueno pues es eso, es disfrutar que estás sano y puedes jugar un partido, sentir que eres parte del equipo, ayudar a otros a meter el gol o que te ayuden a ti, estar alerta, correr rápido y concentrarte. Así es la vida y eso es disfrutarla, como un partido de fútbol…

—Aaaah —exclamó Daniel, sin estar seguro de haber entendido lo de concentrarse, pero sí lo del partido.

—Algún día lo entenderás mejor y bueno, ahora a dormir.

—Hasta mañana, mami —le dijo dándole un beso.

—Hasta mañana, Daniel.

Un gesto noble

"En el caminar de la vida se llena el corazón de emociones, a veces sucede tan rápido que es difícil comprenderlas y digerirlas en todo su esplendor".

Isabel se dirigió al cuarto de su madre, entró mientras ella terminaba una llamada telefónica, se sentó en el reposet que había junto a la ventana, pasó la mirada por la cómoda de madera de caoba, ubicada del lado derecho de la cama y en el espejo, que de pared a pared la cubría casi completamente. Se detuvo en la foto de la boda de sus padres.

Eran tan jóvenes, tan guapos y llenos de vida, "¡qué rápido se había ido su juventud!" —reflexionó, concentrando su pensamiento en la rapidez con la que también a ella, sentía que se le iba el tiempo. A la derecha de la cómoda se encontraba la foto de su abuela y en la esquina la del abuelo, con un marco de metal que tenía en la parte de abajo una cruz de hierro, máxima presea para un soldado que había ayudado a su país en la Primera

Guerra Mundial. Sintió de nuevo un escalofrío; en cierta manera, al pensar en las batallas que él había librado y los horrores que había presenciado, se daba cuenta que todos los seres humanos peleaban una guerra, si no en el exterior, en la enorme confusión del mundo interior; unos pelean con armas, otros manipulando a los demás, otros aprovechándose de la ingenuidad y sin encontrar paz. Muy pocos pelean ayudando, construyendo, creando o contribuyendo a un mundo mejor.

Gracias a Dios, había personas como su madre, que sembraban paz a su paso y tenían esa enorme habilidad de dar consuelo, de volver a encauzar los sentimientos y de ser un bálsamo para el corazón dolorido. Sin duda, cuando uno le contaba algo, se aligeraba la carga; si Isabel pudiera elegir una palabra para describirla, sería: bondad, ¡eso era ella, un ángel bondadoso!

—Mami, en ocasiones me entran tantas dudas, ¿crees que de verdad soy una buena madre?

—Isabel, ¡eres una excelente mamá!

—Es que, tú has sido tan extraordinaria mami… que quiero seguir tu ejemplo, y, sin embargo, a veces me siento tan perdida. ¿De dónde has encontrado la fuerza para sacarnos adelante? Dime tus secretos, estoy siempre tan llena de preguntas, me cuestiono si estoy haciendo lo correcto, si eso es lo que se espera de mí; si es así como debo educarlos.

—Isabel, el secreto es que solo veas los problemas de cada día. No te presiones tanto y quieras resolver todo al mismo tiempo. Dale a cada cosa su justo valor, su tiempo y no quieras componer todo tu mundo en un solo día. Poco a poco, encontrarás tus respuestas; paso a paso recorrerás tu camino de la mejor manera posible y encontrarás el rumbo, no te presiones hija, lo estás haciendo muy bien y con el corazón por delante, así que eso te ayudará a no equivocarte. Mi único consejo es que no te olvides de agradecer: Dios nos ha dado tanto, tenemos salud, una familia, amistades, una buena vida, aunque ahora te sientas atrapada en esta encrucijada.

—Sí mami tienes razón —suspiró Isabel—. Pero no es fácil ¿eh?

—No, no lo es, pero al final del camino valdrá la pena.

—Oye, por cierto, ¡qué te cuento! ¿recuerdas el proyecto que tenía Verónica entre manos? Ya le dijeron que sí, eso nos ayudará a pagar la imprenta que nos trae en jaque, le debemos tres ejemplares, con eso podremos pagar uno. Como bien dices, poco a poco tenemos que ir solucionando todo.

—¡Qué alivio! Ya verás hija, saldrán adelante, de alguna o de otra manera. He estado pensando mucho y creo que ha llegado el momento de darles algo —dijo, al tiempo que sacaba de la cómoda que tenía con llave un objeto de color café.

Isabel se mostró intrigada, su madre nunca dejaba de sorprenderla. Vio que era una caja antigua de madera, de esas que se tallaban a mano y se les daba un ligero toque de barniz en tono café; eran como las de la abuela —pensó, por eso las recordaba.

—Esta caja se parece a la de la abuela —señaló en voz alta, como siguiendo el curso de sus pensamientos.

—Sí, precisamente era de ella, me pidió que se las entregara en el momento que lo necesitaran. Creo que este ha llegado, este es un buen momento.

En el interior de la caja, tapizada de un fino terciopelo rojo, se encontraban dos compartimentos. Del lado izquierdo había cinco sobres pequeños y del lado derecho, en unos estuches de plástico ya amarillentos por los años: cinco monedas de oro llamadas centenarios, porque se habían acuñado en 1921 para conmemorar los Cien años de la Independencia de México.

Emocionada tomó el sobre que tenía su nombre, lo abrió lentamente y no pudo contener las lágrimas. En él había una frase con la letra alargada y garigoleada de su abuela:

"Isabel no importa en cuántos pedazos te hayas roto, lo importante es cómo vas a levantarte. Te adoro con todo el corazón, el mismo que estará siempre velando por ti".

—¡Ay mami, mami! —exclamó Isabel con voz totalmente quebrada, finalmente derramó la cascada de lágrimas que tenía atorada y que ahora corría por su rostro, sin nada que la bloqueara.

Al cabo de un rato, cuando se sintió otra vez tranquila le aseguró a su madre:

—Esto nos alcanzará para un mes… quizás un poco más.

—Sí, y en un mes ya habrá otro panorama.

—Gracias mami, gracias abuela, este es el momento adecuado, es justo cuando necesitamos recobrar también la esperanza.

—Mañana que venga Verónica, le daré su sobre también. Se los reservaré a Diana y a Eduardo, para cuando los necesiten. Y a Joaquín… bueno algún día —dijo su madre con los ojos empañados de lágrimas al pronunciar aquel nombre.

—Sí mami, para él, algún día será… —le dijo dándole un abrazo.

Sintiendo un gran consuelo en el corazón, Isabel se fue a acostar. Estaba totalmente agotada, mentalmente encerrada en una prisión sin sentido, pero, por primera vez, en un par de semanas, sentía un poco de alivio y un rayo de esperanza. Podía escuchar en su mente las palabras que la abuela siempre repetía: "Mañana… nuevos pájaros habrá".

Kill the project

Pacté con la vida por un penique,
y la vida no pagó más.
Sin embargo, mendigué por la noche
cuando conté mi parco acopio

Pues la vida no es más que patrón,
que da lo que se le pide,
pero una vez se fija el salario,
¡oh!, es preciso seguir adelante con el trabajo

Trabajé por el jornal de un lacayo
solo para aprender, acongojado,
que cualquier jornal que hubiese pedido a la vida
ella me lo hubiese dado.

Piense y hágase rico, Napoleón Hill

Verónica e Isabel llegaron a las cuatro de la tarde con veinticinco, cinco minutos antes de su cita. Daban gracias que a esa hora de la tarde el tráfico estuviera bastante fluido, por lo que pudieron hacerlo puntualmente y sin contratiempos. En la ciudad de México, uno nunca sabía cuánto tiempo tardaría llegar a un lugar; por distancia se podía calcular que tardaría veinte minutos, pero con tráfico, lo mismo podría ser hora y media.

Las oficinas de una de las editoriales más importante del país estaban localizadas en la avenida Constituyentes y ocupaban casi una cuadra completa. La estructura tipo colonial las hacía únicas, construidas sobre un terreno enorme, erigidas en un solo piso en forma de escuadra y en el centro había, un patio de gran extensión, adornado solamente con una carreta antigua. Las puertas en arco estaban flanqueadas de hierro forjado color negro, con puntas en pico tipo español y todo el exterior del edificio construido en ladrillo rojo. Por alguna razón, Isabel siempre había sentido debilidad por este tipo de arquitectura, por lo que se detuvo un momento para contemplarla. Tenían cita con uno de los gurúes más reconocidos del mundo editorial. Se sentían emocionadísimas, en especial Isabel. John Rogers había llegado a México hacía poco más de una década a ocupar el cargo de director general de la compañía Jiménez Editores, y en los últimos cinco años había despertado la admiración del gremio. Había lanzado una de las revistas femeninas con más éxito en el mercado, dando a la empresa millonarias ganancias. También había logrado posicionar los demás títulos de la firma en la primera opción para invertir en publicidad.

La revista que había creado se había situado como top en su público objetivo y todas las marcas de lujo rogaban por una página de publicidad dentro de la primera sección. Su tiraje era de cien mil ejemplares, pero cada año subía un tanto más, al aumentar también su porcentaje de participación en su categoría. Había empezado con cincuenta y cuatro páginas y recientemente había subido a sesenta y cuatro. Su temática eran los "chismes de la farándula", como la había calificado hacía un par de años, cuando él e Isabel se conocieron.

Mr. Rogers era joven, seguramente no pasaba de los treinta y cinco años, era alto, de complexión delgada y atlética, cabello negro y unos enormes ojos verdes. Además de ser tan buen mozo, definitivamente un hombre sumamente atractivo, lo que lo hacía totalmente memorable en el mundo de los negocios, era su mente sagaz, su agilidad al responder, su personalidad decidida y su fiereza para vencer los obstáculos; era famoso en todo el gremio y blanco de envidias, miradas y suspiros. "Aquí entre nos —le comentó Isabel a Verónica— le apodan 'Juan sin miedo', como a un personaje famoso de las novelas, quien salía avante en los retos y aventuras, y conquistaba con su encanto a todas las damas y con su carisma a todos sus colegas". Por todas esas razones, Isabel lo admiraba ciegamente, no podía creer que se encontraban ahí en su despacho, próximas a tener una junta con él.

—Entonces Isabel, primero le presentaremos el proyecto, no quiero hablar de los números hasta que terminemos con esa parte, no me gustaría desilusionarlo ya empezando —le advirtió Verónica en la recepción, antes de entrar a la oficina principal.

—Sí Vero, ¿tú crees que quiera ayudarnos con el proyecto? Al final tenemos los contactos con la industria farmacéutica, puede resultar ser un buen trato para él.

Verónica era mucho más analítica de los números y las variables que su hermana; por eso hacían buena mancuerna. Isabel era buena para vender y Verónica para operar y administrar los proyectos. Por eso, pensando en la pregunta y analizando nuevamente las variables contestó:

—En este punto, no sabría decirte, por lo que me has contado es un hueso duro de roer. Entiendo que lo tengas tan en alta estima, pero no sé si considere ayudarnos, no le costaría gran cosa, pero no lo sabremos hasta terminar la junta.

Las pasaron a la sala de juntas, donde observaron el estante de madera de caoba que se encontraba pegado a la pared, y en el cual resaltaban todos los números de su revista, perfectamente ordenados desde su fundación y también, los demás títulos de la editorial; muchos de ellos dirigidos a nichos especializados tales como el sector financiero, el de la construcción y el empresarial, entre otros, que ellas ni siquiera sabían que existían.

—¿Y si esta cita es un error? —le susurró con voz insegura Isabel a Verónica, tratando de disipar sus temores.

—Tranquilízate, ¿cómo sabremos si no lo intentamos?

—Tienes razón, ya estamos aquí.

El señor Rogers llegó acompañado de su asistente, con una actitud de mandamás y una cara de "Yo soy el jefe", que se percibía a kilómetros de distancia. Nada que ver como cuando Isabel lo conoció. En ese entonces ella ocupaba la dirección de mercadotecnia de una empresa de perfumería y contaba con un cuantioso presupuesto para invertir en publicidad, de hecho, en páginas de publicidad de "su revista". Y entre muchas otras opciones para anunciar la marca a su cargo, eligió la de Mr. Rogers, al darle él la confianza de que su estrategia llegaría al público objetivo. Con esa encantadora personalidad y sin un dejo de arrogancia, la había convencido de que su editorial era la mejor selección. Esa actitud de ahora, contrastaba enormemente con la que Isabel recordaba, pero ella no hizo alguna diferencia y con un ademán fino y un gesto elegante presentó a su hermana y, sin mayor preámbulo, comenzaron a exponer los detalles de su propia revista:

—Hace ocho años empezamos a trabajar con proyectos de mercadotecnia para la industria farmacéutica, tenemos todos los contactos de los laboratorios más importantes tanto nacionales como internacionales. Hace más de un año nos dimos a la tarea de lanzar al mercado un proyecto que veníamos planeando mucho tiempo atrás, la revista *Rayos X, un alivio para el Médico de hoy.*

Le enseñaron los ejemplares que se habían editado mes con mes, a partir de octubre. Corría el número dieciocho de la publicación.

"Sin embargo, estamos teniendo problemas con el flujo de efectivo, necesitamos capital para continuar o el respaldo de una editorial grande, por eso venimos con usted Mr. Rogers". El director hizo un gesto con la mano y con voz autoritaria y un fuerte acento americano, que no se le había quitado en los muchos años que tenía viviendo en México, expresó:

—Enséñame los clientes que tener ustedes y las magazines.

Analizó detenidamente la lista de los clientes, sopesando su valor. Se concentró en un ejemplar, lo hojeó, sintió el grosor del papel, observó el diseño de la portada, de los artículos, y leyó algunos de los títulos. Isabel sabía que al sacar su calculadora y hacer números estaba considerando los costos y el número de páginas de publicidad. Al terminar su análisis y con una voz llena de soberbia se dirigió a Isabel:

—Isabel, *Kill the project and come to work to our group*: Para que este proyecto prosperar —continuó con voz ruda—, tú necesitar tres años y varios *millions of dollars* digo, pesos. Se van a arruinar en el intento y yo poder imaginar que gastarán todos los *savings*.

"¡Qué ingenuo!" —pensó Isabel—, ¿cuáles ahorros?" —Aunque se abstuvo de decirlo en voz alta. Justo en ese momento vinieron a su mente todos sus miedos del pasado, todas sus dudas y las veces que había fallado, una a una y otra vez; en un momento, ella se hizo una con el miedo, se hizo fracaso, se sintió nada. Sin embargo, hizo una pausa, respiró profundamente, lo que le devolvió la cordura y con ella la fortaleza, entonces recordó también sus aciertos, su lucha, sus pequeños éxitos. Con una energía inusitada suspiró y se puso de pie. Fue entonces que, con una actitud de igual a igual, de colega a colega, de profesional a profesional, pero con voz neutra y amable contestó:

—Gracias Mr. Rogers, le agradecemos sus valiosos consejos y su tiempo, pero por el momento no está en nuestros planes dejar el proyecto —sin dejarle ver con su voz, lo herida que se sentía en su amor propio. Luego de una pausa agregó:

—Le puede llamar terquedad de nuestra parte o exceso de confianza; pero esta revista durará muchos años más, usted no lo sabe, pero lo mejor está por comenzar.

"Y… aunque no tengamos ni en que caernos muertas, ¡no vendría a trabajar para usted", se dijo a sí misma Isabel. "No podría trabajar para alguien con un ego tan inflado".

—*Well*, siempre hay posibilidad, *is the best advice* que *me*, darte, yo imaginar que ya gastaron parte de su *money*. ¿Hasta cuándo querer invertir en proyecto destinado a fracaso? Es tirar *the good money*… Aquí tengo lugar para trabajar *you and your sister*, —dijo otra vez con su acento americano y su español cortado.

—Gracias por sus consejos, pero si fuera así y cambiamos de opinión, le llamaríamos en un par de semanas —añadió Verónica levantándose de la silla y dando por terminada la cita. Se había dado cuenta que su hermana estaba furiosa y quien sabe cómo terminaría esa conversación. La conocía y en ocasiones se le subía el temperamento Ramos a la cabeza…

Se despidieron dándole la mano, y sin querer sostenerle la mirada, también irritada de Mr. Rogers, quien, por diferentes motivos, seguramente porque no entendía a estas dos hermanas aferradas a un proyecto destinado a dejarlas en bancarrota. Además, porque no estaba acostumbrado a que nadie contrariara sus deseos y órdenes. De hecho, estaba rodeado de un séquito de personas que le adivinaban el pensamiento con tal de complacerlo. Para Isabel las cosas eran muy claras, ellas no serían parte de este último grupo. Las dos hermanas salieron de las oficinas, contemplaron la carreta antigua una vez más y al mismo tiempo soltaron un "¡aaaah…!" como queriendo liberar el estrés y la desilusión de la cita.

Verónica miró a su hermana.

—No Vero, yo sé que siempre piensas en mí primero, que estamos hundidas hasta lo más profundo, pero ¡no! —aseguró con vehemencia, dejando escapar un poco su frustración—. Primero tú sabes mi opinión acerca de esas revistas que destruyen la reputación de las personas, pero además y lo más importante, es que estamos juntas en esto, juuuuntas lo que le da un verdadero significado y saldremos adelante. Si no es este proyecto habrá otro. Tú me has enseñado eso, ahora no puedo desaprender…

—Pero en la editorial tienen otros títulos, no solo los del mundo del espectáculo y, además, aunque vendiéramos mi departamento, ya no podemos continuar, no hay más dinero. ¡No hay! —afirmó Verónica, con voz quebrada—. Y como bien lo dijiste ahí adentro: ¡Esto ya es terquedad!

—Ya sé, pero algo haremos. Olvida a Mr. Rogers, fue un completo error venir a verlo. Pensé que nos brindaría su ayuda, que quizás pudiera invertir en nuestro proyecto o darnos su asesoría, qué equivocada estaba y lo más triste es que lo admiraba tanto…

—¡Nos abrió los ojos Isabel! ¡Nos los abrió completitos!

—No, no estoy de acuerdo. Más bien Mr. Rogers, tiene un súper ego, es una persona que quiere que todos le rindan pleitesía y no quiere competencia para sus revistas, ya verás, algo haremos, confía Vero, algo haremos —señaló Isabel enfática y con voz tranquilizadora. La fuerza que ahora mostraba quizás provenía de su orgullo herido, pero era suficiente para calmar a su hermana mayor, cuando menos por ese momento.

Arenas movedizas

El departamento de Verónica quedaba al sur de la ciudad, muy cerca del centro comercial Perisur y de una construcción que ocupaba un gran terreno, dedicado a un centro para la familia y la niñez. El edificio donde vivía tenía una estructura de piedra gris con herrería negra; considerada por los arquitectos como ultramoderna, pero por lo mismo, una estructura sobria y fría. Verónica habitaba el 302, el cual tenía vista a la calle, una calle muy tranquila donde solo transitaban los coches de la cuadra. Cerró el agua de la regadera y se secó con suavidad con una toalla blanca. Se puso su bata afelpada, se dirigió a la cocina donde tomó un vaso de jugo de mandarina recién hecho y se quedó en el marco de la puerta. Contempló el comedor de madera laqueada negra y con franjas de piedra nacarada en color beige; la sala, más allá, era de piel color arena. Los cuadros que colgaban de las paredes eran de estilo europeo; paisajes impresionistas de varias regiones de Italia. Todo en perfecta armonía, como le gustaba. De igual forma se encontraban los estantes, los clósets y los armarios, todo impecable y en absoluto orden como una ecuación matemática. Las cosas dispuestas en cajas con divisiones, como si cada objeto se hubiese elegido para el espacio que ocupaba. Caminó despacio sobre la mullida alfombra de color azul fuerte y pasó por el que era su despacho cuando llevaba trabajo a casa. Cuando Isabel la visitaba, le decía en son de burla que, hasta los *clips* estaban en perfecto acomodo. Parecía que todo se acababa de colocar en su sitio. "Un lugar para cada cosa y cada cosa en su lugar", solía decir.

No obstante, ese día Verónica no estaba revisando el orden como solía hacerlo, sino que estaba perdida en sus pensamientos: "De verdad ¿tendré que vender todo esto?, ¿por dónde empiezo?, ¿qué haré con los muebles?, ¿y mis cuadros?, ¿dónde viviré?".

Verónica siempre había sido el refugio de su familia, era la fuerte, la que daba siempre el consejo sabio, la que te escuchaba, la que ponía una curita en el corazón adolorido y la que tenía la solución perfecta para cada problema, aun cuando no era la mayor de las hermanas; era la de en medio y después seguía Isabel, con la que se llevaba solamente dos años.

En este momento, se sentía insegura, caminando sobre arenas movedizas. Tiene que haber otra solución, encontraremos otro proyecto… Solo necesitamos dinero, eso es todo, solo dinero…. Para ganar un poco de tiempo, sí necesitamos ganar tiempo. Si logramos pasar estos meses, saldremos adelante, ya encontraremos otros proyectos, y ¿si pidiera un préstamo? Pero ¿sobre qué? apenas estaba pagando su departamento, ni siquiera era completamente suyo. "No hay solución, lo pondría a la venta la semana entrante. ¿En qué sociedad vivimos que lo más importante, lo que te compra libertad para hacer cosas, capacidad para crear proyectos y hacer lo que te apasiona, es regido solamente por el dinero? ¡Una verdadera tristeza!" —se dijo para sí.

Mañana otro afán

Isabel llegó alrededor de las dos y media de la tarde a su casa, un poco antes de que se sirviera la comida. Estaba haciendo mucho calor y sentía que la blusa se le había pegado al cuerpo. Tomó su bolso y entró sin hacer ruido; pero, su perro la sintió y corrió a saludarla, y se acercó para recibir las caricias que tanto disfrutaba. Ella lo saludó como siempre con unas palmadas en el lomo. En seguida se dirigió al antecomedor que lucía dos enormes ventanales que daban al jardín y dos mesas redondas, una al lado de la otra. Por lo general aquí comían a medio día, especialmente si sus hermanas venían de visita, lo cual era muy frecuente.

El jardín tenía en el centro una fuente de mosaicos azules y blancos, colocada sobre un camino de cemento y rodeada por un camino de flores. Al fondo tenía una enredadera de árboles y del lado izquierdo, se erguía el árbol favorito de su madre, el *baby rose*, que daba unas flores pequeñas en color rosa pálido. Se detuvo un momento a contemplar todo el conjunto del jardín, siempre le había parecido precioso. En su niñez, tenía la percepción de que era muy grande, pero ahora se daba cuenta que era un poco más pequeño que el de sus recuerdos. Los martes era el día familiar, cuando venían sus dos hermanas a comer, y en particular Diana venía acompañada de sus hijos. Ellas se sentaban en la primera mesa con su mamá y en la otra todos los niños, en total eran cinco chicos que casi tenían las mismas edades.

Antes de avisar a sus hijos de su llegada, Isabel se dirigió a la cocina para tomar un vaso de agua, era pleno verano y moría de sed.

La nana Genoveva estaba parada frente a la barra que había en medio, preparando salsa verde en el molcajete. Para Isabel, este era un ritual maravilloso de contemplar. Se sentó en un banco junto a ella, mientras observaba cómo prensaba la cebolla en el hueco de piedra negra, agregándole un poco de sal y los tomates verdes, previamente asados, uno por uno, con un ritmo suave.

La nana solía decir que quien pudiera preparar una buena salsa, podía aprender a cocinar cualquier platillo, por más elaborado que fuera, pero también afirmaba que, si alguien sabía echar las tortillas, moler el maíz en el metate, hacer un buen chocolate, preparar chiles en nogada, ya se podía considerar su ayudante. Así que, sus estándares eran más altos que lo que solía admitir, lo que la hacía la mejor cocinera del mundo, según los hermanos y los sobrinos.

—Nana… —se animó por fin Isabel.

La nana la contempló con una expresión de intriga, intuyendo la preocupación que se reflejaba en su rostro.

—¿Qué le pasa a mi niña?

—¡Ay nana!, no le encuentro sentido a nada… El negocio cayéndose a pedazos, yo sin un peso para el gasto y, ahora ¿de dónde voy a sacar para mantener a los chicos? —decía Isabel y en su rostro se reflejaba la angustia que sentía y que no le daba tregua.

Todo parece caerse a mi alrededor. Me siento como en el juego de "Serpientes y escaleras", solo me tocan los malos tiros y cuando pienso que voy avanzando, en un momento, la serpiente me regresa, me baja o me lleva al principio y tengo que volver a empezar de nuevo. Sé que en la vida no todo es dulce, pero… ya llevo mucho tiempo en que nada sale bien.

—Mi niña, la vida es como en el monte, a veces hay mucho lodo y te resbalas, pero no por eso dejas de subir.

—Nana, es que el panorama está "color de hormiga" como decía la abuela, el negocio en bancarrota, mis hijos como péndulos, entre su padre y yo. Me siento tan perdida, no sé ni a donde voy, solo camino y camino, pero ¿a dónde? Y Pablo, bueno ya sabes… no cuento con él. Estoy como esos carritos de baterías que van a toda velocidad, pero sin una meta de llegada…

—Todo estará bien, ya verás —le tranquilizó, mientras agregaba un poco de cilantro fresco y el chile serrano a su molcajete.

El chile hizo toser a Isabel, quien tomó un sorbo de agua y exclamó:

—Ándale nana, hazme una quesadilla, ¡no puedo resistir tu salsa! Y como cuando era pequeña, no se lo diremos a nadie —le dijo guiñando un ojo… Por un segundo Isabel recordó la voz de su madre que siempre les decía: "antes de comer, no se debe comer nada", y sonrió ante lo paradójico de la expresión.

Cuando hubo degustado la quesadilla con queso Oaxaca, la cual, en medio del queso traía una línea de la deliciosa salsa, le regresó el ánimo.

Al verla más tranquila y relajada la nana le habló:

—Niña Isa, no te preocupes. Dios tiene sus designios.

—Pues ha de saber, cuáles serán esos designios... que no se entienden, —¡pero nana qué delicias preparaste! —exclamó Isabel al acercarse a las ollas de guisado, y percibiendo el aroma de la sopa que la transportó a otra edad.

"Tienen razón cuando dicen que siempre te persiguen los sabores de tu infancia; así es", pensó Isabel, "la nostalgia entra con la memoria de ciertos guisos".

—Hice una sopa de fideo, ya sabes cuánto le gusta a Daniel, y tengo una tinga de pollo, arroz y calabacitas con elote que le fascinan a Isabela.

—¡Ay nana!, ¡qué consentidos estos chicos, con tan deliciosos manjares!

—Y para ti mi niña, tengo tu sopa preferida de alcachofa y para Patricio, que ya ves que no le gusta la tinga, le hice una pechuga empanizada.

—¿Así o más consentidos? —suspiró Isabel sonriendo.

—Y nana... también hay otra cosa, ya sabes que las cosas con Pablo no van tan bien, ¿tú crees que algún día pueda volver a amar? ¿Crees que algún día alguien sea capaz de amarme?

—Mi niña todavía está joven y no está de mal ver, seguro por ahí encontrará a alguien que la quiera en todo lo que vale, pero acuérdate que el amor encuentra a quien no lo llama.

—Yo creo que mi relación con Pablo no durará. Aquí entre nos, yo sé que no me quiere lo suficiente, no sé si su cariño es de verdad, soy su "mientras" y es triste, ¿no crees? Ya me lo ha dicho, él no se compromete en serio. ¡Le asusta el paquete completo! —dijo, haciendo referencia a que él no estaba dispuesto a ver por ella y por sus tres hijos.

—Sí, mi niña.

—Todo parece tan complicado para encontrar a alguien a quien querer y que me quiera, pienso que la canción de Juan Gabriel fue escrita para mí: "Yo no nací para amar, nadie nació para mí..." —tarareó para apaciguar su tristeza.

—Qué cosas dice mi niña, el amor tocará a tu puerta cuando menos lo esperes y, ese Juanga debería escribir canciones más alegres.

—Nana, también las tiene, ¿qué tal la canción del *Noa Noa*? —Dijo bailando al ritmo de la pegajosa canción del compositor y soltó una carcajada.

A la nana le encantaba esa risa que contagiaba el alma.

—Nana, a veces siento que me falta como el aire y que no puedo seguir adelante, bueno no en sentido literal, ¿me comprendes? No como a mi mami...

—Eso sucede cuando quieres hacerlo todo de una sola vez; cuando no tienes paciencia y pierdes la fe, ya ves que tu abuela decía: "Mañana nuevos pájaros habrá y cada día tiene su afán".

—Sí nana, entiendo, pero eso no tranquiliza mi corazón para nada. Estoy como "olla exprés", la ansiedad no me da descanso, ¿cómo le haces tú para siempre mantener la calma?

—Rezo mi niña, y el que todo lo puede, me consuela...

Cómo tú me ves

Isabel volvió a contemplar el jardín desde al antecomedor, a través de sus enormes ventanales, ya que desde ahí se veía mejor la fuente y sus figuras de flor de loto. Pero esta vez su atención se centró al fondo, en la jacaranda de flores lilas que le daba un toque de color a toda esa superficie. En el otro lado, se encontraba una enredadera que cubría toda la pared con varios tonos de verde. Su vista pasó del jardín a los dos cuartos que estaban al final. El del primer nivel estaba lleno de cachivaches; ahí se encontraban los jarritos para las posadas, las ollas de barro, las vajillas extras, los sartenes de las paellas, las sillas plegables y todo lo inimaginable para hacer fiestas en el jardín. Eran artículos que se habían quedado guardados hacía ya tiempo, ya que los festejos, las tertulias y los sábados de paella, no se habían vuelto a realizar desde que murió su padre. ¡Cómo extrañaba esa época! ¡Cuántos recuerdos maravillosos, cuántas risas y cuánta alegría había existido en este jardín!

Por su parte, en el cuarto del segundo nivel… Isabel cerró los ojos, y realizó mentalmente un inventario de todas las cosas que había ahí, de su casa anterior. Una vez más, sintió un escalofrío que le recorrió el cuerpo, "algún día tendré que sacar todo eso", se dijo a sí misma. Sería como destapar su caja de Pandora, como abrir sus fantasmas y darle entrada a un pasado que se esforzaba por contener, algún día… pero por el momento no estaba lista, no quería estarlo. Había puesto una capa de olvido sobre su corazón, la cual temía que al primer movimiento fuerte se resquebrajara y la hiciera sufrir de nuevo con ese dolor intenso, cruel y violento que tanto la había abatido. A veces cuando los recuerdos se le colaban por el alma, ese dolor volvía como un enemigo cruel y despiadado que le mordía el corazón y lo paralizaba. Su pasado, era como un felino enterrado que ante cualquier lluvia con viento, salía a la superficie y la rasguñaba dejando nuevamente profundas heridas. Hay experiencias y tristezas que el tiempo no cura…

—¡Mami, mami! —gritó Daniel, y al verlo, lo levantó en sus brazos. Aunque ya pesaba mucho, hizo un esfuerzo y lo sostuvo un buen rato, abrazándolo.

—Mami, ¡pareces una artista! Sí, con esto pareces una artista —aseguró el pequeño, señalando el lazo dorado que traía ella en el cabello y que hacía la forma de una diadema.

—¡Qué cosas dices Daniel!

—Eres bonita, ma —le dijo poniendo sus manitas en las mejillas de Isabel.

"No crezcas Daniel" —pensó—. "No crezcas, veme siempre con esos maravillosos ojos de niño y déjame disfrutar lo linda que me ves".

—¡Uno a cero! —exclamó el niño entusiasmado—, ganamos hoy en el recreo al grupo de segundo grado. El profesor Jiménez dijo que estamos listos para el campeonato de la semana que entra. Daniel guardó silencio un momento para luego preguntar: ¿Qué es campeonato ma?

Ella sonrió, sabía que Daniel amaba el fútbol, ¿existía algo más? Y también sabía que para su tranquilidad le tenía que dar un significado claro a cada palabra, si no se agobiaría al no encontrarle un equivalente a una idea que no comprendía, ¡tal como su madre! —pensó.

—Campeonato es un evento en el que van muchos equipos a jugar y cada uno compite hasta llegar a un equipo ganador —respondió.

—Aaaah… algo así me suponía.

Isabel escuchó voces que provenían del pasillo, volteó y vio a Isabela y a Patricio que estaban entrando al comedor. Isabela casi lloraba: —¡Mami, mami —se quejaba con voz entrecortada— le dije a Rosy que no quería que me hiciera el chongo tan apretado!

—A ver, déjame ver, si te quito uno de los pasadores… mmm ¿así está mejor?

—Sí mami, ya no me aprieta.

—Bueno, a comer porque si no, no llegan a sus clases.

—Rosy, entonces tu acompañas a Isabela al ballet y yo me voy con los chicos al fútbol.

—Sí señora, ya les traigo de comer.

Su madre y sus hermanas llegaron en ese momento. La plática derivó en varios temas: los chicos, las novedades de la familia, el bebé de su prima Alicia que acababa de nacer, sin embargo, ninguna quiso tocar el tema de la empresa, ya habría más tiempo para comentarlo y tratar de procesarlo. La tensión de las hermanas estaba en el aire, pero por un rato que se olvidaran de sus problemas.

Tu reflejo

Al día siguiente, después de ducharse y de secarse el cuerpo de manera vigorosa y colocarse la toalla con un nudo alrededor del torso, Isabel se contempló en el espejo. Observó las ojeras alrededor de sus ojos y una arruga nueva en la frente, la cual casi no se veía, pero ella la notaba. Le quería creer a la nana cuando le había dicho con una gran sonrisa: "No estás de mal ver". Le gustaba su cabellera abundante, de color castaño como la de su madre, la cual contrastaba un poco con su tez morena clara y los ojos grandes del mismo color verde que los de su padre. Alguna vez él le dijo: "Dios te dio unos ojos hermosos para que contemples con ellos su bondad, que no pase un día sin que la veas o recuerdes que existe, él está en toda su creación, hasta en el más pequeño de los seres que aquí habitan".

En cambio, Pablo siempre le decía: "Usa tacones más altos, unos kilitos de menos no te vendrían mal, deberías de cortarte el cabello diferente ¿no crees que deberías vestirte con un estilo más clásico?" Pero solo estaba en sus treinta, bueno treinta y dos, entonces, ¿cómo quería que se viera?, ¿como mayorcita? Total, parecía que no le daba gusto en nada, por más que lo intentara siempre había un ingrediente que faltaba. Como le decía su querida amiga, "debes hablar con él, no está bien que le ponga tantas trabas a tu autoestima", "¡con el trabajo que le cuesta a uno subírsela!", "se necesitan muchos cursos para ello", Isabel sonrió al recordar las ocurrencias de su amiga. "Bueno, Isabel, nuevo día, nuevo afán", se dijo a sí misma.

Vio el reloj percatándose que ya eran diez para las siete, se vistió en cinco minutos y bajó la escalera casi corriendo. Sus hijos estaban en el desayunador ya casi listos, así que tomó un vaso de jugo, un poco de papaya y salieron apurados para la escuela.

Al llegar, Isabel dijo: —Daniel mucha suerte en tu partido, me estaré acordando de ti a las doce en punto.

—¿Y yo, mami? —preguntó Isabela—. Recuerda que tengo el examen de mate.

—Te irá muy bien, eres muy buena con los números, ¡ya verás! —le contestó con voz tranquilizadora. Sabía que Isabela a tan temprana edad ya luchaba con la ansiedad de los exámenes, aunque estuviera bien preparada.

Patricio solo escuchaba, acurrucado junto a su mamá, cuando de pronto se acordó que quería participar y exclamó:

—¡Mami, hoy te haré un dibujo muy bonito!

—Sí Patricio, ¿qué será?

—Un avión mami, como el que manejaré cuando sea grande.

Isabel sonrió, sí Patricio —pensó—, dame un avión que nos lleve lejos, a un lugar donde nos sintamos seguros, en un mundo nuevo, con alguna buena …oportunidad… Le dio a cada uno un beso de despedida y una bendición antes de que se bajaran del auto, corriendo precipitadamente para la escuela. De pronto, a mitad del camino, ya casi llegando a la puerta, Isabela se detuvo. Le gustaba ver a su mamá otra vez antes de entrar, para despedirse de ella.

—*Bye*, Isabela, te veo en un ratito —le dijo con suavidad, mientras la pequeña corría hacia la entrada para alcanzar a su amiga Daniela, quien estaba entrando en ese momento.

—Roberto, un día más… y estos chicos crecen por minuto —le comentó a su chofer con una voz llena de nostalgia.

—Sí licenciada, así es —respondió él, con esa calma que lo caracterizaba. Llevaba trabajando para ellas alrededor de ocho años, haciendo de todo: de supervisor, mensajero, chofer y siempre de un buen amigo. Por lo general, la acompañaba a todas partes, y cuando llegaban a la oficina, ella le prestaba su coche para que pudiera ir a entregar revistas, mensajes, pendientes o facturas.

El resto del trayecto permanecieron en silencio, cada uno sumido en sus pensamientos, cada uno con sus propias preocupaciones. Isabel llegó a la oficina a las siete y media de la mañana. Le gustaba entrar temprano para tener un ratito a solas, antes de que llegaran los demás empleados. Vio a su hermana bajando de un taxi, lo que le pareció muy raro.

—¿Y tu coche?, ¿está en el taller?

—No. ¿Recuerdas que hoy tenemos que pagar otra factura de la imprenta?

—Sí, yo sé —afirmó Isabel extrañada.

—Bueno, pues ya tenemos para pagarla.

—Pero ¿qué pasa?, ¿no podemos pagarla con el proyecto que cerraste? ¿En verdad vendiste tu coche? —exclamó levantando la voz llena de angustia.

—Es que nos pagan a treinta días y esta factura ¡vence ya!, así, que ya sabes, mi vecino llevaba tiempo diciéndome que quería comprar mi Tsuru, entonces anoche hablé con él y luego luego, me llevó un anticipo, el resto me lo da mañana.

—¡Ay Verónica!, ¿qué haremos?

—Bueno, una por una, ¿de acuerdo?

Subieron y pasaron primero por la oficina de Isabel, la de Verónica era la contigua.

—¿Quieres un café? —preguntó Isabel.

—¡Por supuesto! Siento que todavía no he despertado del todo.

Mientras preparaba la mezcla, el olor se dispersó por toda la habitación. A Isabel le encantaba ese aroma de café recién hecho. Mientras lo servía en las tazas de porcelana, empezaron a platicar sobre los pendientes del día, y una vez servido, saborearon despacio el líquido negro suavizado con un chorrito de leche.

Habían acordado que tomarían solamente un día a la vez, hasta que vieran cuáles serían los siguientes pasos para cerrar definitivamente la empresa. Todo eso lo estarían trabajando con el asesor, poco a poco, esperaban estirar el dinero por un par de meses más.

—Lo que sí —interrumpió Verónica—, es que tendré que despedir a tres personas hoy, ayúdame a decidir. Si no lo hacemos, no nos alcanzará el flujo de efectivo para seguir operando.

—No hermanita, no puedo, no tengo corazón.

—Yo tampoco, pero no me quiero ver en la necesidad de no poder pagarles. Había pensado en Juan Carlos, ya que tenemos a Roberto y a Concho en mensajería, creo que con eso estaremos avanzando un poco. Nos podemos quedar con una persona encargada de editorial y tendremos que prescindir del asistente de Myriam, creo que, por el momento ella sola puede llevar la contabilidad.

—No Vero, solo una persona hoy… Según actividades, puede ser Juan Carlos.

—Me duele como no sabes, acaba de tener una bebé —señaló Verónica con voz entrecortada.

—Por favor, no me digas eso…

—Sí, pero también pensé que si se va hoy, todavía puedo darle algo de liquidación, para los demás no sabemos si tendremos después.

—Sí, tienes razón.

Isabel se fue a su despacho para empezar las labores del día, tomando un pañuelo para limpiarse las gotas de sudor que caían por su cuello, cerró los ojos y rezó: "Dios, no nos sueltes de tu mano, ayuda a estas familias que dependen de nosotros".

Esa noche, después de haber tenido un día con tantas preocupaciones se sentía exhausta, por lo que cayó rendida, sin embargo, su sueño fue intranquilo y se despertó constantemente durante la noche.

Lotería

Perdono al que roba y al que mata,
pero al que traiciona, …nunca.

Francisco Villa

La mesa de lámina pintada de gris se encontraba colocada sobre la tierra seca. Hacía mucho calor. Los trabajadores sentados uno frente del otro, parecían concentrados en algo que tenían sobre la superficie de lámina y se limpiaban las gotas de sudor con pañuelos amarillentos. Había humo y moscas por todos lados. Olía a tabaco y a aguardiente. Isabel se acercó. En el centro había semillas de frijol y cada uno tenía ante sí un cartón de lotería.

El capataz estaba cantando las cartas: —"¡La muerte!, ¡el nopal!, ¡la bota!, ¡la escalera!, ¡el catrín!…".

Los trabajadores se afanaban buscando las imágenes en sus cartones, para colocar sobre el dibujo mencionado una semilla de frijol.

Isabel veía sus caras cubiertas de hollín; el olor a humo, a polvo y a tabaco barato llenaba el lugar y le volvió a golpear la nariz.

El capataz por su parte, fumaba un puro de aroma más fuerte aún. Isabel notó la cicatriz que tenía al lado del ojo derecho, era una raya recta que iba de la frente hacia la mitad de la mejilla. Con un ademán fuerte hizo una pausa para tomar un trago de una botella, que parecía mezcal por el gusano que se distinguía en el líquido ligeramente amarillento, y retomó la tarea de cantar las cartas con voz ronca y fuerte: —"¡el gorrito!, ¡la luna!, ¡el borracho!…".

Los trabajadores buscaban en los cartones, totalmente concentrados, atentos y obedientes a la voz de su patrón. Isabel notó que el capataz se guardaba en el bolso de la camisa varias cartas. Lo miró fijamente, cuestionándolo y haciéndole señas de que ella sabía. El capataz no se dio por aludido, no la veía, ni siquiera notaba su presencia. En cambio, seguía concentrado en su tarea de seguir cantando las cartas, cuando de repente con otra inflexión en la voz y con un grito fuerte y sarcástico exclamó: "¡Lotería, lotería!", al mismo tiempo que recogía las monedas de oro que se encontraban desparramadas sobre la mesa y se reía con esa risa agria, con esa macabra carcajada que ya Isabel había escuchado…

Capítulo 2

El asesor

El asesor llegó puntualmente a la cita. Lo primero que hizo fue percatarse de la palidez de los rostros y de la desesperanza de las dos hermanas. No era solamente el mundo de los negocios que se cerraba ante ellas, eran los años que habían luchado por salir a flote y las veinticuatro familias que dependían de ellas. Las conocía de manera personal de mucho tiempo atrás y sabía la tenacidad y el empeño que habían puesto en esta empresa. Alfonso sentado al lado de Isabel y frente a Verónica, tenía el cabello negro, pintado, con algunas canas y perfectamente recortado como si viniera de la peluquería, poseía una tez blanca sin pecas y unos intensos ojos negros. Vestía un traje gris, elegante, sin alguna arruga, corbata azul y una camisa blanca. Su firmeza y claridad para hablar, además de su porte impecable, era lo que conquistaba a sus colaboradores y clientes. Isabel siempre fijaba la atención en sus manos, perfectamente arregladas, que movía enfáticamente para poner los puntos sobre las "ies" cuando era necesario, para dar firmeza a sus palabras o para suavizar alguna idea.

Verónica tomó la palabra y empezó por explicarle el problema en el que se encontraban, los proyectos que habían llevado a cabo, la naturaleza del negocio, cuántas personas tenían a su cargo en cada departamento y algunos pormenores. Isabel, quien tenía enfrente las carpetas con los estados de resultados y toda la información de las ventas de los dos años anteriores, como si tuviera una papa caliente entre las manos, se las dio rápidamente a Alfonso, como si al entregarle los estados financieros, él tuviera la capacidad de desaparecer el problema como por arte de magia.

Alfonso las escuchó más de una hora, analizando con ellas la contabilidad, los proyectos, los márgenes, las propuestas y, al terminar, le dieron un recorrido por sus oficinas. Saludó a las personas que conformaban el departamento de diseño, de edición, de contabilidad, a la recepcionista y finalmente se despidió con las siguientes palabras:

—Por lo pronto, sigan trabajando en lo que están haciendo, denme una semana para reunir la información y darles mis conclusiones. Nos vemos el próximo martes, ¿les parece bien que nos reunamos a las cinco de la tarde?

—¡Perfecto! —contestaron las dos al mismo tiempo, respirando aliviadas.

—Verónica —dijo Isabel entusiasmada, cuando observaron que Alfonso ya había arrancado el auto—. ¡Ya verás! encontraremos una solución. Alfonso nos va ayudar, ¡estoy segura!

—No sé, no estoy muy convencida, pero lo que haya que hacer lo haremos.

Listón de fe

Las dos hermanas salieron de una cita con un nuevo cliente en la colonia Polanco antes del mediodía. "Otra cita sin éxito", pensó Isabel.

—Bueno, al menos nos dio la esperanza de que le llamáramos en un mes.

—Sí, tienes razón, tenemos la puerta abierta, ¿viste que le gustaron las publicaciones médicas que hicimos para los Laboratorios Orlex?

—Sí, esas le interesaron mucho.

—Quizás en un mes les liberen el presupuesto de mercadotecnia y puedan anunciarse con nosotros, y encargarnos su literatura dirigida al sector médico. Sería un súper proyecto, tendríamos trabajo para la diseñadora y para el impresor, que nos han apoyado tanto.

Se subieron al automóvil y las dos, al mismo tiempo, miraron el asiento de atrás para asegurarse que estaban ahí los dos listones color azul.

—¿Dónde me dijiste que estaba la parroquia de San Agustín?

—Está en la calle Horacio, esquina con Musset. Si avanzas esta cuadra y das vuelta a la izquierda, la vamos a ver en la contra esquina, también de esta avenida. Está frente al Parque América.

Efectivamente, con esas indicaciones, llegaron a la iglesia, ubicada en el corazón de Polanco, y se estacionaron en una de las calles laterales. Al bajarse del automóvil observaron que en uno de los lados había una piedra erigida como monumento a San Agustín, con la inscripción: "Ama y haz lo que quieras", y apenas entraron se encontraron con una hilera de bancas de madera natural bordeando los dos lados y en medio un espléndido kiosco de mármol blanco. Del lado izquierdo, estaba la fina imagen de porcelana que representaba a San Charbel y junto a ella, un recinto para prender veladoras. Del lado derecho en forma de perchero, observaron una hilera de ganchos de madera clavados en la pared con cientos y cientos de listones de diferentes colores y tamaños.

Las dos hermanas cayeron en un profundo silencio, por la paz y tranquilidad que se respiraba, en contraste con el caos del tráfico y la ebullición de las calles de Polanco. Isabel contemplaba los hermosos vitrales y Verónica, a quien le encantaba la arquitectura y la historia de la parroquia le comentaría: "¿Sabes que se empezó a construir en 1942? ¡Cómo ha cambiado Polanco desde entonces y eso que no han pasado tantos años!, antes no había aquí gran cosa, era una manzana de unos cinco mil metros cuadrados en medio casi de la nada, salvo unas cuantas casas. El estilo ecléctico del arquitecto Noriega Stávoli era ultramoderno para la época. Lo curioso es que me sigue pareciendo moderno…" —comentó.

Se tomaron un tiempo admirando la arquitectura y caminando despacio contemplándolo todo, después permanecieron en silencio sentadas una al lado de la otra, cada quien sumida en sus propios pensamientos.

Cuando iba a colgar su listón en uno de los ganchos que se veía más vacío, Verónica rompió el sigilo al decirle a Isabel en voz baja:

—Isabel, no solo debemos pedir, también venimos a ofrecer.

—¿De qué hablas?

—Si nos concede la gracia de que la empresa siga, prometeremos ser generosas, darle trabajo al máximo de personas posible, tratarlas con respeto y remunerarlas con un salario justo. Parte de nuestro esfuerzo será solo por ayudar y contribuir con nuestro granito de arena, para que este mundo sea un poquito mejor.

—Sí Verónica, esa será nuestra promesa.

Cada una colgó su listón con la frase elegida y escrita con plumón indeleble negro. Se sentaron una al lado de la otra para orar nuevamente por su empresa, para que San Charbel intercediera y les concediera la posibilidad de seguir haciendo lo que amaban por muchos años más.

Las hermanas permanecieron sumidas en una profunda reflexión, concentradas en sus plegarias, casi sin sentirlo, unieron sus corazones para pedir por la causa en la que creían.

Dos hermanas, dos mentes, dos esfuerzos unidos y un fin común.

Si tú y yo...

Habían pasado una linda mañana caminando por el pueblo de Valle de Bravo[2] y desayunado en El Castillo, un restaurante en la cima de una de las montañas, conocido por sus deliciosos chilaquiles, que tanto le gustaban a Isabel, y ahora daban un paseo en la lancha de Pablo. Transcurría el mes de marzo, hacía calor, pero no tanto como en el verano, el clima era de lo "más disfrutable" como él había mencionado. El lago lucía en total calma, y por ello, aunque corría una suave brisa, el agua estaba tranquila e Isabel no se cansaba de admirar el paisaje.

—Creo que Valle (como le llamaban al lugar de manera coloquial) es de mis lugares favoritos —dijo de pronto Isabel con voz alegre—. Cuando me retire me vendré a vivir aquí y me dedicaré a pintar, a leer y a escribir mis memorias —sentenció con gran vehemencia— ¡no pido más! —agregó soltando un largo suspiro.

—¡Ay Isabel, ni que tuvieras tanto qué contar! —respondió Pablo en tono sarcástico.

---

2. Valle de Bravo, es considerado un Pueblo Mágico, localizado al suroeste de la Ciudad de México, es el destino turístico favorito de los habitantes de Toluca y de la capital del país. Además, es conocido por tener una vista bellísima, enmarcada por un lago.

—Bueno, no solo serán mis historias, serán las de tantas personas que he conocido.***

—¡Ah caray, ahora sí que estamos filosofando...! En fin, ¿quieres algo de tomar?... ¿Isabel?... ¿Isabel? —repitió viendo que ella tenía los ojos entrecerrados y la vista perdida en el horizonte.

—¿Dónde andabas?

—Perdón, estaba soñando despierta.

Pablo era un buen hombre, aunque en ocasiones mostraba un carácter un poco fuerte y burlón. También, era un extraordinario médico y un gran amigo de sus amigos; pese a ello, por alguna razón Isabel no sentía que estaba comprometido con ella; a él no le interesaba una relación más allá de la que llevaban, eso la entristecía y la hacía sentirse, una vez más, rechazada. Salían juntos a los múltiples compromisos sociales que él tenía y de vez en cuando, en las ocasiones que el padre de sus hijos se los llevaba el fin de semana, se escapaban a ese maravilloso lugar. Para Isabel, era como un remanso de paz en medio de su caótica e insegura vida. Al menos por aproximadamente cuarenta y ocho horas podía pensar, relajarse y ver las cosas desde otra perspectiva.

—¿Quieres algo? —repitió Pablo, acercándose con la lancha al bar flotante.

—Mmm, ¿crees que me pudieran preparar un daiquirí frozen de limón?

—¡Qué mafufadas son esas! —rio Pablo— pero bueno, te lo pido, veremos la habilidad del encargado del bar.

Pues se lo prepararon, e Isabel lo encontró delicioso; la acidez del limón contrastaba con lo dulce del jarabe, lo que lo hacía una combinación perfecta para ella. Pablo había pedido una cerveza Corona "con hielo en la corona", bromeó con el chico de las bebidas. Así, estando tan relajados, disfrutando de sus bebidas, Pablo le preguntó:

—Ahora sí, ¿en qué estabas soñando?

—En lo que te decía al principio, cuando ya sea mayor, es decir más mayor —le susurró coqueta y guiñándole un ojo— me retiraré aquí, necesito un lugar junto a un lago, es el paisaje que más me gusta.

—¡Ah vaya! faltarán algunos años todavía. ¿Cuántos años tiene Patricio?

—Cumple cuatro el mes que entra…

—Cuando menos, te faltan todavía unos dieciocho o diecinueve años años.

—Yo sé, pero bueno, soñar es gratis, dicen por ahí.

—Sí, claro.

—Oye Pablo —se animó Isabel, ahora que estaban los dos relajados y el ambiente se prestaba para una conversación más íntima. —Crees que tú y yo, ¿tenemos algún futuro?

—No lo sé Isabel, por lo pronto, así como estamos, estamos bien.

—Sí, pero no te gustaría…

—¿Qué?, ¿casarme? —respondió con cara de pocos amigos y pronunciando la palabra como si fuera el disparate más grande que hubicra escuchado; finalmente abrió los ojos desmesuradamente y afirmó tajante: —No Isabel, ya sabes, el matrimonio no es para mí, además con tres chicos… bueno, bueno, es difícil.

—Sí, sí, pero no siempre van a ser tan pequeños —contestó Isabel con voz apagada, llena de tristeza.

—Eso lo entiendo, pero, así como estamos, estamos bien —señaló él dando por terminada la conversación.

"¿Qué significaba esa respuesta?, ¿así estaban bien?, ¿cómo? ¿sin compromiso?, ¿siendo eternos novios?", reflexionó Isabel.

¿Por qué las mujeres siempre creemos que la vida en pareja es lo mejor? ¿Por qué buscamos siempre asegurar una relación? ¿Por qué queremos sentirnos seguras?, como si la vida viniera con una garantía... Quizás tenía razón Pablo, ¿para qué comprometerse?, ¿para qué cambiar?, si así estaban bien y el acuerdo funcionaba para ambas partes. Era solo que, quizás, de pronto, extrañaba un poco la vida en pareja y un compañero que la acompañara en el camino del diario vivir.

Isabel se desató el listón y sacudió un poco el cabello, como si quisiera con ello disipar la nostalgia que de pronto la había invadido, como un invitado indeseado y molesto, que arruinaba el encantador paseo.

Plan de ruta

We can't run from who we are:
our destiny chooses us...
De la película *Rounders* (1988)

Llegó a la puerta de la antigua residencia de la colonia Del Valle a las cinco menos cinco de la tarde. Rectificó la dirección en el papel arrugado que tenía en la mano y tocó el timbre. Tuvo unos minutos para observar la estructura de la casa: se veía que había experimentado una remodelación ganando un toque moderno; sin embargo, conservaba las ventanas antiguas, lo cual le daba una combinación interesante.

Actualmente, la pintura era de un color amarillo claro y los ladrillos conservaban el rojo original, bellamente pulidos. Por un momento pensó que quizá se había equivocado de número; algo parecía no estar bien, pero al entrar se dio cuenta que era el lugar indicado. Se topó con una recepción en forma de media luna y del lado derecho con la librería, en la que se apilaban cientos de ejemplares en los estantes de madera pintados en blanco y en las vitrinas, además de una gran cantidad de objetos extraños: pirámides, ángeles, cuarzos y monedas. El piso conservaba los mosaicos antiguos de cuadros grandes, en blanco con gris, hechos de piedra. Isabel siempre había admirado ese particular tipo de suelo que ya no se colocaba más, "todo parecía dar paso a la modernidad, pero definitivamente ¡esos pisos antiguos eran tan hermosos!", pensó.

La recepcionista le dijo que esperara unos momentos, que Sonia estaría con ella para indicarle el camino. Isabel trató de acallar su nerviosismo recorriendo los anaqueles con cientos de títulos: *Cómo crear abundancia en tu vida, Cómo balancear los chacras, Vidas pasadas y presentes, Un despertar...*

Por un momento pensó en retirarse; esto era un error, ¿por qué se había dejado convencer por su amiga?, ya le había advertido su hermana que en la *Biblia* decía: "¡Ay de aquel que quiera saber su futuro...!" ¿Qué hacía ahí? Un nudo empezó a formarse en la boca del estómago, produciéndole un dolor profundo. Era la causa de que tuviera tantos problemas y dolores inexplicables en el vientre, no digería las emociones y ahí se estancaban, había dicho el doctor.

Sonia llegó a recibirla, distrayéndola de sus negros pensamientos:

—¿Cómo está?

—Bieeen, gracias —logró decir arrastrando un poco las palabras—. Es la primera vez que yo...

—No se preocupe, todo va a estar bien —afirmó la adivina con voz tranquilizadora.

Sonia era una mujer a la que nadie le podía calcular la edad; quizás tendría unos cuarenta años de edad, sin embargo, tenía uno de esos rostros atemporales, que no se sabía a ciencia cierta cuánto había vivido; no tenía arruga alguna en la piel morena, sus ojos eran grandes y almendrados, y su nariz ligeramente ancha, pero en completa armonía con su rostro cuadrado. El cabello era negro brillante, lacio y lo peinaba con un lazo a modo de diadema. Era de mediana estatura y de complexión un poco robusta. A pesar de no ser tan alta, despedía un aire de autoridad y de dignidad muy antiguas, como si en ella se escribiera una sabiduría de muchas generaciones.

Isabel la siguió a través de la puerta que daba al patio. En medio se erguía una fuente en la que corría un chorro de agua en forma de flor y al borde de esta, había un ángel que salpicaba por su flauta otro chorro uniforme que caía justo en el tercer círculo. "La fuente era una verdadera belleza", pensó Isabel, quien, al contemplarla y escuchar el sonido, poco a poco empezó a serenarse.

Al final del patio había dos pequeñas habitaciones; Sonia se dirigió a la de la izquierda y viendo la cara de interrogación que ponía Isabel, le dijo:

—Sabe, yo creo en las energías y la habitación de la derecha, aun cuando es idéntica a esta, me parece fría y no tiene buena luz; sin embargo, la usa mi compañera para sus terapias con Flores de Bach.

Al entrar en la habitación, Isabel percibió un fuerte olor a almizcle que venía de un incienso prendido y colocado sobre una pequeña tablita de madera.

Por la ventana entraba la luz de una manera suave, pero al estar cubierta con una celosía de color violeta, le daba a la habitación un toque de reposo y tranquilidad. Había una mesa redonda en medio de la habitación, cubierta con un mantel de terciopelo en color vino oscuro y sobre las paredes, cuadros de figuras que Isabel no pudo reconocer.

—Tome asiento —ordenó Sonia, indicándole una silla acolchonada de color marfil.

Ella se sentó enfrente, tan cerca que Isabel percibió el aroma que desprendía. Olía a crema de almendras y a champú de coco.

Sonia la observó por un momento, Isabel bajó la vista y contempló la baraja.

—Creo que esto es un error.

—Sí está aquí, es porque está buscando algunas respuestas. Quédese, se va a sentir más tranquila cuando terminemos y relájese para que las cartas nos revelen sus secretos.

—Sonia, yo nunca… he querido saber…

—Yo sé, pero aquí estás —dijo tuteándola por primera vez. —Tú interior te lo ha pedido y eso es lo que importa.

Le indicó cómo barajar las cartas, cómo partirlas y lo que tenía que decir:

"Por mi casa, por mi presente, por mi futuro, por mi pasado, por mi destino". Isabel escuchó con atención, mientras sentía la suavidad del terciopelo del mantel que cubría la mesa redonda. También se dio cuenta cómo le temblaban las manos, por lo que le llevó un rato barajarlas. Trataba de ignorar el temblor que sentía y que le impedía sostenerlas con firmeza; pese a todo, logró revolverlas lo mejor que pudo. Sonia le tomó una mano y la observó con detenimiento. Fue la izquierda, Isabel lo recordaría siempre.

—Tienes un espíritu que siempre te acompaña y te cuida. Es un alma, como decimos nosotros un alma vieja, que ha vivido muchas vidas, te quiere mucho. Murió en el primer mes del año. Me dice que te diga, que le gusta que hayas conservado su colección de Sinatra… ya que siempre compartieron el mismo gusto por la música.

Las lágrimas de Isabel comenzaron a correr por su rostro, respiró haciendo un esfuerzo, pero sin lograr detenerlas. Pronto se encontró sollozando sin control. Sabía que la mujer estaba hablando de su padre, pero no dijo nada. Sonia esperó a que pasara esa emoción tan fuerte que se había despertado en ella, por lo que le tendió un pañuelo que Isabel recibió con gusto. Cuando se hubo calmado, tomó una carta del montón que había dicho "por mi presente" y prosiguió.

—Se preocupa usted mucho por su trabajo, pero aquí dice que seguirá por muchos años más. De hecho, creo que tiene que ver con algunas letras, muchas letras, no percibo más, solo colores, fotografías y letras. Sonia le hablaba de usted nuevamente, tenía la mirada perdida y lejana—. Aquí dice que no sufrirá por lo económico, hasta tendrá la posibilidad de ser generosa.

Isabel quería huir, pero las piernas no le respondían. Esta mujer, parecía que no se dirigía a ella; un poco con la vista hacia arriba, parecía que hablara con una persona lejana. No la miraba, era tan raro, como si Isabel ni siquiera estuviera ahí, como si no se percatara de su presencia. De repente sintió un calor inmenso. Percibió no solamente el sudor del cuello, sino que, además, la espalda y las piernas estaban húmedas. "¿Será que hace tanto calor en esta habitación?", pensó un poco mareada. "No podía ser" se dijo para sí, ya que la puerta estaba entreabierta y corría una suave brisa, la cual no lograba refrescarla, y más gotas de sudor se pegaban a su blusa.

Sonia siguió observando las cartas. Isabel no entendía ninguno de sus símbolos.

—Tienes cuatro hijos. Tres varones, una mujer. No sé las edades, ni el orden.

—Solo tres —aclaró Isabel suavemente.

—Pero debieron ser cuatro —dijo Sonia con voz firme.

Isabel no pronunció palabra; no obstante, un triste recuerdo la llevó al hijo que murió al nacer y nuevamente se le salieron las lágrimas.

—Tu hijo, lo veo con una maleta, viajará mucho, pero siempre regresará a ti porque la familia le importa mucho; el otro, ayudará a la gente, a mucha gente, nació bajo la luna de acuario, signo de agua, generoso por naturaleza y también luchador de causas tristes.

Isabel volvió a sentir esa ráfaga intensa de calor y nuevamente las gotas de sudor le recorrieron el cuello. En un gesto acostumbrado, tomó su cabello y lo levantó para hacerse un chongo, tomando de su bolso una pinza para sostenerlo. "Con esto ya no sentiré este ardor tan intenso", pensó. Sabía que Sonia estaba hablando de Patricio, el pequeño, había nacido en febrero, bajo el signo de agua... por lo que asintió casi imperceptiblemente. Sonia la miraba, pero seguía sin prestarle atención, como si no la viera. Isabel sentía que miraba a través de ella, enfocaba su vista otra vez sobre su cabeza.

—Tu otro hijo será médico... Tu hija es una artista nata, se casará joven.

—¿Y serán buenas personas?, ¿saludables?, ¿sabrán encontrar la felicidad?, ¿se casarán?

Sonia solo respondió con voz ronca:

—No tienes de qué preocuparte... —continuó—. Actualmente tienes una pareja, no durará, un par de años quizás.

Isabel sintió un escalofrío en medio del calor que sentía.

—No durará, porque un hombre vendrá del mar, tu destino ya está elegido y tu vida cambiará, *Maktub* —continuó la adivina sin pestañear—. No puedes evadirlo, te repito, si piensas que tú decides, estás en un error, el destino ha tomado esa decisión por ti.

Isabel no entendía muy bien qué quería decir con todo eso.

—No hay felicidad completa mujer. Te irás a vivir al extranjero, pero con mucho pesar, porque tus pies y tu corazón buscarán siempre esta tierra, eso te hará sufrir más de lo que tratarás de aparentar. La nostalgia será una constante en tu vida, el sentimiento de pérdida te acompañará siempre, ¿qué no es también esa condición una constante en nuestras vidas? —preguntó Sonia como hablando consigo misma, antes de mirarla y afirmar—. sin embargo, es un hombre bueno, te va a querer mucho a ti y a tus hijos, estate tranquila. Es tu destino. No dejes que la nostalgia por tu país y tu familia arruinen tu felicidad, en la vida "no todo" —y repitió— "no todo… es miel sobre hojuelas".

Isabel se tranquilizó y dijo para sí: "aquí sí se equivocó, lo que dice no tiene sentido, jamás dejaré a mi familia ni a mi querido México", aunque se abstuvo de expresarlo en voz alta.

—Empezamos con las preguntas, puedes hacerme tres —dijo Sonia mirándola a los ojos, como si fuera la primera vez.

—¿Qué pasará con mi hermana, mi socia?

—No te preocupes, ella estará bien, tendrá una pareja y se le ve fortuna, solo dile que la generosidad también tiene sus límites.

—¿Y mi madre? —preguntó con voz temblorosa.

—Todavía tiene una larga vida, todavía no completa su misión.

Entonces Isabel sintió como si la piedra que cargaba en sus hombros se hubiera esfumado y sintió tanta paz en su corazón, tanta calma, como hacía mucho tiempo no había experimentado. Desde que su madre enfermó, siete años atrás, la posibilidad de perderla siempre estaba latente en su corazón y la preocupación no le daba tregua.

—¿Y qué más quieres saber?

—Mis hermanos, ¿qué pasará con ellos?

—Uno de ellos vivirá en el extranjero, también será una buena vida.

Consciente de que Sonia ya había contestado las tres preguntas, se aventuró con una más.

—¿Y mi hermana, la mayor?

—Ella viajará, pero no permanecerá mucho tiempo en algún lugar —respondió Sonia en voz neutral y continuó—. Eso es todo mujer, las cartas no me dicen nada más. Le agradezco su visita —dijo levantándose, a modo de despedida y volviendo a hablarle de usted—. Vaya en paz y recuerde que también existe la magia blanca. Yo también rezo en las noches.

Isabel no entendía muy bien el significado de las últimas palabras que había escuchado, tan poco sabía de todo aquello. Había ido como un mero compromiso con su amiga, quien le había hecho la cita y hasta había pagado por ella, con tal de que no faltara. Llegó a su auto y una vez dentro, se desplomó como hacía mucho no se lo permitía. No lloró, no derramó una sola lágrima, pero sentía dolor, esos dolores que rasgan el alma y dejan las heridas abiertas, que a cualquier roce vuelven a lastimar. Le atormentaba su divorcio, más por sus hijos que lo habían sufrido y percibía que sus corazones en ocasiones estaban divididos entre dos cariños y entre dos lealtades; también pensó en su madre, en su enfermedad y su viudez. ¡Qué gran pérdida al morir su padre!, ¡cómo lo extrañaba! En ese momento, de igual forma también sufría por su empresa, su gente y hasta por su querido México...

Y así pasó más de una hora hasta que se tranquilizó. Limpiándose el sudor del cuello, manejó un par de cuadras hasta el café La Finca, donde pidió un café americano con un poco de leche. Lo bebió a sorbos, despacio y pensó en todo lo que le había dicho la adivina. Tenía sus dudas, no sabía si podía creerle, pero en cierto modo le había contado verdades de su vida, y, ahora que se había serenado sentía mucha calma, definitivamente le había ayudado a liberar mucha tristeza acumulada. Ya le habían platicado que las adivinas utilizan la psicología y con eso envuelven a la gente para obtener información, pero Sonia había sido clara, puntual y muy acertada.

La persona que le había recomendado a su amiga que fuera a ver a Sonia, le había dicho con lágrimas en los ojos, "esa mujer me descubrió un secreto que ni yo mismo recordaba y que ahora, ya que lo entiendo hasta podría morir en paz".

—¡Manolo, qué cosas dices!… ¡no inventes! —le había dicho su amiga Maru y a Isabel le había comentado: "Tienes que ir a ver a esa adivina, ya te hice cita para mañana a las cinco, ya te la pagué porque no quiero que faltes, tienes el compromiso conmigo, te digo que esa mujer tiene el don de ver". "Será como una sesión de terapia, ya verás porqué lo digo".

Isabel había ido más por el compromiso con Maru que por convicción, cerró los ojos y levantó una plegaria: "Perdóname Señor, pero lo de mi mamá me ha dado mucha paz; perdón por querer adivinar mi futuro". Así, siguió rezando todo el camino a casa.

Al llegar, subió a la habitación de su madre y le contó lo que le había pasado; omitió un poco su preocupación por ella, pero sí le dijo que todavía iban a poder disfrutar de muchas cosas juntas.

Al ver la angustia de Isabel por pensar que no había hecho lo correcto al ir al encuentro de la adivina y con esa sabiduría que la caracterizaba, ella le aseguró:

—Tranquilízate Isabel, a lo mejor, si tienes un poco de paz cumplió su cometido.

—¡Ay mami! pero no será que…

—No te mortifiques Isabel, fuiste a encontrar respuestas y las encontraste, así que escribe lo que te dijo esa mujer y cuando el futuro llegue, veremos qué tan acertada fue.

Así lo hizo, antes de dormir, vació sus miedos en el viejo diario que le había regalado su tía Pequita al cumplir los quince años y que guardaba debajo de su cama: un cuaderno tamaño carta de hojas bond blancas un poco más gruesas que lo normal, empastado en piel y con una cerradura dorada. Pensó en comprar otro, porque este ya casi no tenía ningún espacio para seguir escribiendo… mañana lo haré, se dijo antes de caer profundamente en un sueño reparador.

La Moderna

Todas las máquinas tenían una pequeña placa dorada del lado derecho que decía "La Moderna". Los trabajadores estaban inclinados sobre sus rodillas revisando y ordenando los colores de los hilos y de los estambres. Cada uno tenía una función en esa larga línea de producción. Había mucho ruido, un sonido rítmico que llegaba a los oídos y ahí permanecía, como un molesto zumbido. Isabel sintió un escalofrío que le recorrió el cuerpo. Ahí estaba otra vez el capataz, con los pies sobre el escritorio y meciéndose en su silla.

—¿Buscas a tu padre? —le preguntó con voz ruda.

Isabel no tenía palabras, no podía mover los labios, quería reclamarle todo lo que sabía de él, pero no podía pronunciar una sola palabra, parecía que tenía los labios pegados, la garganta seca y, las gotas de sudor caían por su cuello.

—¡Por favor! —dijo señalando el vaso de agua que había en el escritorio. Por favor, agua. El capataz no se movió.

—No te entiendo —respondió él con esa voz cruel, profunda y amarga. Isabel se dio cuenta que no era a ella a quien le hablaba, sino a la niña de unos 12 años, con caireles castaños parada junto a la puerta.

—¿Buscas a tu padre? —repitió el capataz.

—Sí —dijo la niña con voz temblorosa.

—Hoy se fue a la capital, regresará mañana. ¿Qué necesitas?

La niña no contestó y se echó a correr, sin que Isabel pudiera alcanzarla. Las dos escucharon a sus espaldas, la risa cruel del capataz.

Soltar las alas

Isabel se encontraba en la biblioteca de su casa, sentada en el escritorio que había sido de su padre, mirando la computadora con expresión más que preocupada. Dio un respiro y observó la habitación con atención. Había dos libreros llenos de enciclopedias y libros detrás de donde estaba; también un mueble diseñado especialmente para la colección de elefantes de su padre, traídos de todos los rincones del mundo por familiares y amigos. Contempló los elefantes de marfil, los de madera, los dorados, los cubiertos de piedras semipreciosas, los de alpaca y los de cerámica; algunos eran exóticos, otros con formas ultramodernas, otros clásicos y elegantes, pero todos mantenían un elemento en común: la trompa hacia arriba, porque él decía que eso era sinónimo de buena fortuna. ¡Cuántos años le había tomado lograr esa colección!… Cuando menos veinte, reflexionó. Pasó la vista por la sala que ocupaba el centro de la amplia estancia, con muebles antiguos de fina madera de caoba, tapizados en terciopelo rojo con rayas muy delgadas y una mesa en el centro, sobre la cual había una pieza maestra, el elefante consentido de su padre, diseñado en metal dorado finamente pulido, de unos cuarenta centímetros, y que en el lomo tenía una base que sostenía un plato de cristal delicadamente tallado.

Del lado izquierdo se encontraban dos muebles llenos de rollos de películas en formato súper ocho, tomadas por su padre a lo largo de toda su vida, cuando descubrió el maravilloso mundo del cine, siendo él mismo el director, el editor y el músico, y sus hijos, los actores que improvisadamente daban vida a horas y horas de filmación. Ahí se encontraban las cintas de graduaciones, bautizos, primeras comuniones, fiestas de cumpleaños y los pasatiempos de cada uno de ellos. También los partidos de tenis de su hermano, los concursos de oratoria y poesía de Isabel, las innumerables fiestas de su hermana mayor; tantos momentos significativos que se quedaron grabados en esos rollos de película. Con nostalgia recordó Isabel aquellas tardes que pasaban todos en familia, a la expectativa de ver la película que su papá les mostraría; eran momentos llenos de armonía, donde la realidad quedaba suspendida en la ilusión proyectada, en instantes de felicidad. Reían con las ocurrencias de cada uno. Ahí se veía a Verónica una vez más, lanzándose a la alberca en sus vacaciones en Acapulco; a su hermano golpeando interminablemente una pelota de tenis; a su madre con un bebé en brazos muy cerca de la pila del bautismo y acompañada de los padrino… interminables… recuerdos de una época muy feliz, sin tantas responsabilidades y sin tanta consciencia. Una infancia llena de juegos, de cariño, de buenos momentos y ahora, ¿qué tenía?, ¿a dónde se habían idos esos años?, y muchas personas tan queridas ya no estaban entre ellos… su padre, la abuela, algunas tías y su padrino. "Bienvenida al mundo real", pensó Isabel, ¡qué rápido pasaron esos años, se fueron sin siquiera sentirlo! Uno tiene conciencia de que tenía la felicidad casi completa cuando ya ha pasado.

Paseó la vista por la pared y contempló el cuadro con el árbol genealógico de su padre. Se veían fotos de sus padres, de sus abuelos y su familia. Durante la infancia, Isabel no había apreciado la riqueza de poder contemplar cuatro generaciones en un cuadro. ¡Cuánta historia, hasta llegar al presente!

De pronto, su hermano interrumpió sus pensamientos al entrar a la habitación, ella volteó al escuchar sus pasos.

—¿Qué haces Isabel?

—¡Ay Eduardo!, ando en la angustia total, haciendo cuentas de los gastos, las facturas de este mes y lo que tengo que pagar, ya sabes, bien divertido, ¿verdad?

—¡Ay hermanita!, te conseguiré al mejor abogado que te ayude con el divorcio y que logre que el padre de tus hijos te dé lo justo. Entre los dos deben ver por el bienestar de los chicos, eso es lo más importante.

Después de un rato de analizar diferentes posibilidades y plantear un plan de acción que le diera seguridad a Isabel, Eduardo comentó:

—Sin embargo, quiero que pienses en esto: ¿Cuánto necesitas al mes para que los niños y tú estén bien? Aquí en casa de nuestra madre, ya sabes que no te va a faltar techo ni comida.

—Gracias hermano. Para gastos, tendría que juntar… y mencionó una cantidad que le parecía imposible de reunir.

—A partir de este momento Isabel, guarda esa cifra en tu mente y trata de generarla cada mes. Será tu paso a la libertad económica, ya luego lograrás totalmente la libertad emocional. Cuando te sientas fuerte y haya pasado el tiempo, que ya sabes que tiene que pasar, curarás las heridas del alma.

—¿Cómo es que, siendo el menor de nosotros, sabes tanto hermanito?

—Ya venía así, con ese diskette insertado —señaló Eduardo guiñándole un ojo.

Los dos se rieron por la ocurrencia, y platicaron sobre las novedades de sus vidas. Su hermano era mucho menor que ella, se iba a casar ese año, e Isabel ya estaba en otra etapa de la vida, con tres chicos y separada de su esposo.

Al pasar los años, consiguieron al mejor abogado, quien pensaron sería el más atinado. Sin embargo, las leyes no protegían tanto a la mujer en ese tiempo y el acuerdo fue desventajoso para Isabel. El padre de sus hijos solamente cubriría la mitad de las colegiaturas, la otra mitad y todos los gastos correrían a cargo de Isabel. Los argumentos de él fueron decir que no tenía un trabajo fijo, y además que no contaba con ningún bien a su nombre. Ya que sin que Isabel lo supiera, todo lo que habían adquirido a lo largo de los diez años de matrimonio, lo había puesto a nombre de su madre y sus hermanos, por lo que no había de dónde echar mano.

No obstante, el consejo de su hermano permaneció siempre en su mente y eso la ayudó a levantarse muchas veces, cuando sentía que la abandonaban las fuerzas.

Doña Rosa

La mujer se sentó a la orilla de su cama y ajustó las puntas médicas pegadas al tanque de oxígeno que se encontraba en la esquina de su cuarto. Al principio solamente tenía que usarlo tres o cuatro horas al día, pero ahora la prescripción indicaba que debía hacerlo toda la noche. Sus pulmones ya no tenían fuerza. Cuando su esposo enfermó, las largas noches en vela cuidándolo, más la tristeza sentida, harían que no se diera cuenta cuando ella misma enfermó. Un día se la llevaron de emergencia por una neumonía que le afectaría la capacidad pulmonar de por vida.

Tardó mucho en superar que el amor de su vida se hubiera ido y con él, las charlas diarias, las comidas tan familiares, su risa que a todos contagiaba, los viajes descubriendo nuevos lugares, compartir los problemas y las alegrías de los hijos, y las pequeñas cosas de la vida, con sus retos, sus sinsabores y también sus deleites. Cuando él se fue acabaron para ella los domingos de misa, las comidas con amigos, sus paseos por el centro de la ciudad y lo que más extrañaba: sus pláticas de sobremesa con un buen café. Ahora le pesaba el silencio, no el que había, que con los niños no se daba mucho, sino el que ella sentía, que no era lo mismo.

La vida juntos no había sido fácil, habían superado crisis económicas, enfermedades, problemas de la infancia y de la adolescencia de sus hijos, las pequeñeces y el cansancio del diario vivir. Sin embargo, había algo que no pudieron superar, la ausencia y la traición del hijo mayor. A la edad de veinticuatro años Joaquín el primogénito, sentía que podía hacerse rico de la noche a la mañana y había ideado una manera de engañar a la empresa donde trabajaba, que para colmo era del Tío Ramón. Llámese error de juventud, inexperiencia o ambición desmedida, la cosa es que había cometido un fraude millonario y había escapado a lugares remotos que ni siquiera sus padres tenían idea.Y desde entonces se la pasaba viajando de un lugar a otro sin echar nunca raíces.

"¡Qué duro mi querido Francisco! —Hoy cumple justamente cuarenta y dos años de edad" —le dijo la madre a la imagen en blanco y negro de un joven muy buen mozo, fotografía que tomaron en uno de sus viajes y en la que se apreciaba a quien había sido su adorado esposo, por más de treinta años.

"Tendrá precisamente la edad que tienes tú en esta fotografía, quizás uno o dos años menos. No se lo he contado a tus hijos —continuó con voz ahogada—, pero Joaquín me escribió una carta, han pasado tantos años que ni siquiera sabe que has partido, ¿lo puedes creer? Siete años Francisco, sin recibir noticias de nuestro hijo mayor. Qué tristeza siento en el corazón, yo sé que podíamos perdonar el que hubiera manchado nuestro buen nombre y todas nuestras enseñanzas sobre ética y honestidad, pero la traición a tu hermano mayor te ponía en una situación difícil. Pero bueno, dice que se encuentra bien, que es padre de dos hijos y que la vida donde quiera que sea, ha sido buena. No dice más, pero me envió una fotografía de sus chicos y de él, en un lugar junto al mar, se le ve sonriendo y feliz. Si encontró su camino, aún lejos de nosotros, supongo que eso está bien, aunque tú y yo nunca logramos superarlo...

" ¿Y qué más te cuento? Tu Francisco, nuestro artista, vive en Francia. Aunque es tan buen pintor, apenas la libra vendiendo su arte, sé que a veces lo da a cambio de centavos, pero lo veo tan feliz y realizado, un bohemio sin duda. No se ha casado, pero tiene una novia con mucho talento también para el arte, ella es concertista de piano. Cuídalos esposo mío.

" Tus hijas están bien, ya sabes Diana atendiendo su cafetería y a nuestros nietos. Te encantaría ver al pequeño Javier, ¿puedes creer que heredó también tu gusto por la lectura? ¡Parece una enciclopedia, es un ratón de biblioteca! Y la niña, se parece mucho a su mamá, le encanta hornear galletas y pasteles, y ensayar todas esas delicias culinarias que Diana sabe hacer. Verónica e Isabel, tratando de sacar a flote la empresa; les ha dado un mar de dolores de cabeza, pero estarías orgulloso de ellas, tienen una tenacidad de acero. Sé que algún día sonreirán al recordar esta etapa y se sentirán llenas de satisfacción. Estoy segura de que tendrán éxito, ¿cómo no? si llevan en su corazón el mismo espíritu de lucha que tantas veces vi en tus ojos. A lo mejor no les llega todavía, pero en un futuro lo tendrán, sé que lo harán. Isabel por su parte, está haciendo su mejor esfuerzo, y sintiéndose abrumada con tanta responsabilidad, pero también es un alma adaptable a los vientos de la vida y eso le ayuda. Y nuestro hijo pequeño, a punto de casarse, tan formal y responsable que te sentirías muy satisfecho de él. Siguió el camino de ser empresario como sus hermanas y montó una fábrica, ahora te gustaría ver qué bien la ha sacado adelante; heredó tu sagacidad, también tu ética intachable para manejar el dinero, a los proveedores y para cuidar a los empleados. Ha hecho crecer la fábrica y, además de las piezas que se fabrican para autos, ahora está creando otras para la industria textil. Ha invertido todos sus ahorros en este nuevo proyecto, espero que le vaya muy bien. Síguelo cuidando Francisco, yo sé que no querías irte, por no dejarlo sin tu guía a tan temprana edad… pero quédate tranquilo, que él está andando con paso firme, seguro y recto.

El dinero no sobra, ya sabes. Sé que trataste de protegerme lo más que pudiste, pero ¡todo sube tan rápido! Los muchachos apenas van saliendo adelante, pero gracias a la pensión que me dejaste hemos logrado sobrevivir, sin lujos, pero agradeciendo a Dios lo que tenemos.

"¡Cómo te extraño! ¿Te acuerdas el chiste que me contabas tan seguido del señor del tren?; cada vez que se lo cuento a tu nieto

Patricio, se muere de la risa, ¡no te imaginas las carcajadas! Se parece tanto a ti… en el aspecto físico y en su forma de ser ¿puedes creer que dice las cosas como tú las decías?, no lo he comentado con Isabel, pero ¡me parece tan gracioso!

"Querido mío, estas son las novedades. ¡Cómo extraño ese café después de comer cuando me contabas las noticias del día…! Espero que donde estés, te encuentres bien, mi *amore* mío, mi invaluable amigo, aquí sigo, caminando la vida lo mejor posible y cada día echándote de menos".

La casa de la abuela

Era ya de noche cuando Isabel subió nuevamente las escaleras de su casa haciendo un sonido hueco con sus tacones. Por la tarde había acompañado a Isabela a su clase de ballet y había aprovechado para comprar unas cosas que necesitaba, un regalo para su madre, y lo que le había pedido la nana, para agradecer la paciencia y el cariño que ambas le prodigaban.

Se sentía agotada, habían sido días muy difíciles, que le habían parecido interminables. Entró a su cuarto y cerró la puerta suavemente, mientras reparaba en la foto de la abuela; era una de esas fotografías que, aunque uno la mirara desde cualquier ángulo, parecía que con su vista perseguía a uno. Más que intimidarse, a Isabel le parecía reconfortante, sentía que ella la acompañaba y le daba su fuerza.

"¿Cómo ves abuela?" —habló en voz baja, dirigiéndose a la fotografía—. "La venta con el cliente de hoy cambia el panorama, creo que podríamos salir adelante, es una buena señal, así como la moneda que nos dejaste, ¡gracias abuela!", qué gran ayuda.

Se acostó exhausta, y mientras conciliaba el sueño, un recuerdo le vino a la memoria como si fuera ayer. Junto a su madre y sus hermanos, se veía llegar a la privada donde vivía la abuela. Una construcción antigua de la colonia Roma, donde había tres casas del lado derecho y una muy pequeña al fondo; unidas por un patio en común.

El mayor de sus hermanos tendría no más de doce años de edad, por lo que ella contaba alrededor de cinco o seis años, si mal no recordaba. Al subir las escaleras su madre siempre llamaba en voz alta desde abajo:

"¡Mamá!, ¡¿cómo estás!?, ¡ya llegamos!", y la abuela contestaba animadamente: "¡Chiquis!, pasen, aquí estamos en el comedor".

Después de los abrazos y besos se sentaron alrededor de la mesa, adornada con un mantel color hueso, bordado con flores de mil colores, planchado y almidonado, que justo en medio tenía una enorme Rosca de Reyes. Cada uno de los nietos tenía un platito mediano de porcelana y una taza para el chocolate. Tratándose de esa ocasión especial habían sacado la vajilla de porcelana con figuras en color rosado y toques en dorado. La tía Eleonore estaba sentada en la cabecera, su madre del lado izquierdo, y, la abuela del derecho y los ocho nietos alrededor. Isabel recordaba que les habían servido el chocolate recién hecho, se le hacía agua la boca al pensar en el olor y el sabor de la preciada bebida endulzada. Cada uno escogió un pedazo de la rosca, hubo risas y alborozo por ver a quién le había tocado la figurita del niño. La tradición marcaba que el dos de febrero, Día de la Candelaria, a la persona que le hubiera tocado la figura de porcelana, debía hacer tamales y otra fiesta para agradecer la hospitalidad de quien ofrecía la rosca. A Isabel y a su madre les había tocado el muñeco, y ella, orgullosísima a su tierna edad le dijo:

"¡Mami, yo haré los tamales! Sin saber a ciencia cierta cómo se preparaba ese platillo, pero le parecía que sonaba divertido hacerlo, ya que todos, habían aplaudido cuando de su pan, había surgido el muñeco.

La tía Eleonore, por su parte, también celebraba y se unía entusiasta al aplauso. Era muy querida por todos los sobrinos. Además de ser muy cariñosa y darle a cada uno el consuelo que necesitaba cuando se acercaban a ella, siempre tenía tantas historias que contar de todos los libros que devoraba al llegar del trabajo. No le importaba no dormir, con tal de terminar de leer sus novelas, aunque al día siguiente tuviera que trabajar temprano.

Ese día en particular, contó la historia de "Mamá Blanca", una misionera que había ido al África a ayudar en un pequeño hospital, en una de las zonas más pobres e inhóspitas de ese continente. Isabel había quedado impresionada, no solo por el relato que contaba la tía, con las anécdotas que le pasaban a la misionera, los momentos maravillosos que había pasado junto a los niños, el cariño de la comunidad, la alegría de las pequeñas cosas y todo lo que había aprendido, sino porque además descubrió en ese momento, por primera vez, el impacto que las palabras y las emociones creaban en su interior. A partir de entonces, formaría en su mente imágenes y evocaciones con palabras y, se prometió leer mucho para conocer el significado de todas… y trabajar en algo relacionado con las letras.

Al hacer la tía una pausa, uno de los sobrinos, el mayorcito, dijo con voz compungida y con lágrimas en los ojos:

—La maestra habló hoy con nosotros, Juan Carlos no regresará más al colegio —al decirlo, parecía liberarse de un gran peso que traía encima.

—¿Qué pasó? —preguntó la tía suavemente, sabiendo que el niño compartiría algo que le estaba haciendo daño, un sentimiento fuerte y profundo.

—Dice la maestra que ya está en el cielo, que acompaña a Dios y que tuvo un virus que enfermó su cuerpo.

Por un momento se hizo un silencio absoluto. Isabel sabía que Fernando estaba muy triste y que hoy habían hablado de la palabra "pérdida". Aunque no entendía lo que significaba en toda su dimensión; no sería hasta muchos años después que comprendería el dolor que causaba una ausencia. Todos corrieron a abrazarlo y él, aunque se hacía el fuerte, dejó fluir ese dolor a través de lágrimas de amor y cariño por su gran amigo de la infancia. Después de mucho tiempo Fernando recordaría el episodio y contaría que esa tarde le había evitado muchos años de terapia, y es que se había dado cuenta de la importancia de compartir en familia las penas y los dolores profundos.

Isabel se quedó dormida rápidamente, con un sueño intranquilo, despertando a cada rato con una sensación de angustia y desasosiego...

Capítulo 3

El cliente

Isabel había llegado quince minutos antes de su cita con el director de mercadotecnia de uno de los laboratorios nacionales más importantes de México, el cual se localizaba en la colonia San Miguel Chapultepec. La moderna planta procesadora de medicamentos, con sus equipos tan sofisticados, estaba ubicada en el ala derecha de la construcción con forma de nave industrial. Del lado izquierdo, en un edificio de tres pisos, se encontraban las oficinas para el personal administrativo. Después de pasar el control de seguridad requerido y entregar su identificación, Isabel se colocó el gafete de visitante en un lugar visible y se dirigió al baño; se miró en el espejo, rezó en voz baja una plegaria y se retocó el maquillaje y el peinado. Llevaba puesto un traje sastre de falda y saco azul marino con rayas casi imperceptibles, una camisa de algodón azul claro y una mascada en forma de moño; un atuendo serio que le daba un toque profesional y a la vez elegante.

Sintió un intenso dolor de estómago, y un sudor frío le recorrió el cuello, al mismo tiempo percibió esas gotitas que siempre le resbalaban al enfrentarse a una situación estresante. "Muy bien, que sea lo que Dios quiera...", dijo para sí, tratando de darse ánimo. Salió en dirección a la oficina, hacia el área de mercadotecnia. Ya que el laboratorio era considerado como uno de los más importantes a nivel nacional, ella sabía la importancia de la cita que tendría en escasos minutos, lo cual aumentaba más su nerviosismo, y "¿qué tal si no logro nada?, ¿qué tal si es una reunión como otras donde saldré sin esperanza?, ¿otro gerente que dice que no tiene presupuesto?", eran las ideas que se estancaban en su cabeza y que se resistían a abandonarla. Suspiró e hizo un esfuerzo por callar su diálogo interno, enfocando su atención en el escritorio de la asistente del Señor Cruz.

—Hola señorita Carmen. Vengo a ver —hubiera querido decir: "otra vez, por quinta ocasión en este año", pero se detuvo, no había lugar para eso — al señor Cruz, tengo cita con él.

—Licenciada Ramos, el señor Cruz la atenderá en un minuto, está terminando una junta, ¿quiere tomar asiento?

—Muchas gracias, aquí lo espero—. Hoy sí la recibiría, ¡gracias, Dios!, pensó.

A los pocos minutos le anunciaron que podía pasar y, con un movimiento lento, tomó su portafolio y su bolso, apretándolo con fuerza. Quería detener el momento, para haber si así calmaba el nerviosismo que sentía. Las piernas le temblaban un poco, pero también sabía, es más estaba segura, que el hombre detrás del escritorio, no lo notaría, así como tampoco esas gotas de sudor que corrían por su cuello.

—Señor Cruz, qué gusto me da verlo nuevamente —dijo Isabel, en el tono más suave y encantador que podía, sin dejar de admirar el porte tan atractivo de su cliente, a quien llevaba varios años de conocer, pero sin haber prestado atención a su aspecto físico. Le calculaba que estaba a finales de sus años cuarenta años de edad, con un poco de canas pintadas sobre un cabello negro y un rostro moreno; los ojos grandes iban en armonía con el mentón y la mirada era fuerte y penetrante. Además de tener la destreza para cambiar el rumbo de su negocio, ¡era guapo!, "me doy" pensaba, sonriendo al mismo tiempo y tratando de calmarse, mientras se acercaba para ofrecerle la mano en señal de saludo.

—Licenciada Ramos, el gusto es mío, ¿qué le trae por aquí?

—¿Recuerda que me dijo que lo buscara al término de los seis meses de la revista?, pues bien, cumplimos nuestro primer semestre el mes pasado y como sabe, hemos inundado todos los consultorios posibles; no ha quedado ninguno por visitar de la base de datos que prometemos. La revista está teniendo el reconocimiento que esperamos, le traigo las encuestas de la opinión de los médicos… —, Y sacando un sobre abultado, le dirigió una amplia sonrisa, mostrando al señor Cruz los cientos de encuestas que habían realizado.

—Aquí está el análisis —continuó con el tono más ameno posible—. Esto es lo que ha respondido nuestro público lector. Si observa esta gráfica, están leyendo nuestra revista con interés. El hecho de que seamos el único medio que publica las fechas, las sedes de los congresos y los casos de análisis y descubrimientos más recientes, resulta un punto adicional y fundamental para los médicos. Además, las portadas han roto paradigmas, al atrevernos a publicar lugares, fotocomposiciones, rostros y monumentos de interés, de una manera diferente y poco convencional. La *revista Rayos X, un alivio para el Médico de hoy*, de verdad está haciendo historia.

Isabel siguió hablando sobre los beneficios de la publicación, presentándole uno a uno los números y porcentajes que había arrojado la encuesta y los comentarios de su público lector; siendo los médicos, un sector por lo demás codiciado por los gerentes y directores de mercadotecnia de la industria, dirigida al rubro farmacéutico. Su entusiasmo era tal, que el señor Cruz la escuchaba por primera vez con sincera atención. Observó sus ojos verdes, el rostro moreno claro con pecas en la nariz y su cabello castaño; se dio cuenta que era atractiva, sin embargo, lo que más le impresionaba de esa mujer era su férrea determinación y un sincero entusiasmo.

—Licenciada Ramos —la detuvo en seco—. ¿Hay alguien que le diga que no? —bromeó y continuó—. ¿Tiene disponible la cuarta de forros?

—¡Se la llevo guardando todo el semestre! —Isabel sonrió y pensó para sus adentros: "y también está disponible la segunda y la tercera de forros, y casi todas las páginas interiores", pero no dijo nada, se mantuvo bien calladita.

—Me quedo con esa posición para los próximos seis meses y con una página interior para el lanzamiento del antitusivo que tengo programado que salga en octubre. Mis dos productos llevan IPP de un tercio, para que pueda agregar eso a la pauta.

Isabel sintió, por primera vez en muchos meses, que podía respirar otra vez con tranquilidad, que se quitaba un saco enorme que traía en la espalda. Acto seguido, sacó de su portafolio el bloc que tenía en la parte de arriba y empezó a escribir la orden de inserción; trató de llenarla lo más rápido posible, no quería que su cliente cambiara de opinión o notara que le temblaba la mano, y que por el cuello le escurrían más gotitas de sudor. Sentía por dentro un nudo en el estómago, pero trataba de concentrarse solamente en anotar el número de páginas y el monto correcto para rápidamente terminar de llenar el formato. Finalmente, sacó su calculadora y sumó el total de páginas. La cantidad la mareó, pero no tanto como para dejar entrever sus pensamientos; por dentro temblaba, pero por fuera su rostro reflejaba calma, así que sumó el IVA y escribió la cantidad total.

—Señor Cruz —atinó a decir Isabel cuando se recuperó un poco—. Esto sería: una cuarta de forros semestral, seis páginas interiores y dos tercios para la información necesaria para prescribir, por lo tanto, este sería el monto total del costo de inversión y necesitaría para completar el documento, su nombre, firma y la fecha en este espacio. ¿Cuándo cree tener listos los artes? —dijo con la voz más natural y calmada posible.

—Sería el jueves de la semana que entra; mande por favor a recogerlos a nuestra agencia de publicidad, Carmen le dará los datos.

—¿Y para el pago? —volvió a preguntar Isabel con voz más suave aún—. ¿A quién debemos dirigirnos?

—Haga el favor de llamarle a la contadora Rodríguez a la extensión número veintitrés, le mandaré copia de la orden de inserción para que pueda generar una orden de compra interna. Ha sido un placer verla licenciada Ramos —concluyó el cliente, dando por terminada la cita.

—Señor Cruz… antes de irme, quiero darle las gracias, creo que no sabe lo que significa para nosotras.

—Licenciada Ramos, ¿cuánto tiempo tiene trabajando para la industria?

—Tenemos casi nueve años, ¿y usted?

—Llevo veinticuatro, de los cuales dieciocho, manejando la parte comercial, y sí creo saber lo que significa… —sonrió con benevolencia y guiñándole un ojo—. Salude a su hermana de mi parte.

—Gracias, gracias de verdad —respondió ella con voz conmovida y extendiendo la mano para despedirse.

Isabel se dirigió a la salida; notó que las piernas le seguían temblando, pero no le importó, se despidió amablemente de la señorita Carmen y caminó rápidamente por el largo corredor hasta donde se encontraba la caseta de vigilancia. Recogió su credencial, firmó en la pequeña libreta su hora de salida y se dirigió a la calle. Afuera, hacía un intenso calor. Era mediados de mayo y en las últimas semanas no había llovido. De hecho, era doce de mayo, fecha que marcaría en su calendario y recordaría por siempre. El tráfico de medio día era intenso, Isabel tuvo que caminar varias calles entre el río de automóviles para llegar al estacionamiento donde había dejado su auto. Al hacerlo, tomó su teléfono celular y le habló a su hermana:

—¿Estás sentada? —siempre que había una novedad entre ellas, empezaban con esa frase, como preparándose para recibir la buena nueva o una no tan buena noticia.

—Sí, ¿todo bien, que pasó? —preguntó Verónica con voz angustiada.

—¡Lo logramos!, el señor Cruz acaba de firmar, chécate esto: una cuarta de forros por seis meses, más una página interior, y su información para prescribir, dos tercios más cada mes. Tenemos que seguir adelante. Hoy festejaremos, y ya no necesitaremos despedir a nadie, ¡la revista seguirá por muchos años hermanita! Lo conseguiremos, ya verás, saldremos adelante.

A Isabel se le llenaron los ojos de lágrimas y sabía, por la voz, que a Verónica también le estaría pasando lo mismo. ¡Había un rayo de esperanza! Al día siguiente tenían cita con el asesor para analizar otras posibilidades y le comentarían esta buena noticia, que les daba margen para un par de meses más.

Una luz al final del túnel

Alfonso había revisado cuidadosamente todos los papeles que le habían entregado las dos hermanas, hacía una semana. Había analizado los estados de resultados, las ventas, las deudas, las cuentas por cobrar. Sabía lo que implicaban para el futuro, las palabras que tenía que pronunciar esa mañana. No solamente le preocupaban los veinticuatro empleados que dependían de este negocio, sino también las socias, a quienes conocía personalmente y consideraba sus queridas amigas.

—Como observarán —empezó a decir aclarándose la garganta—, he revisado concienzudamente cada uno de los reportes, y he hecho algunas anotaciones y observaciones al margen. Los números, es correcto, son copia fiel de la situación financiera; tenemos un grave problema de liquidez... —se aclaró nuevamente la garganta y continuó—. Sin embargo, la vida se compone de algo más, de esos sueños y esperanzas, por lo que uno se sacrifica y es capaz de darlo todo. Llegó el momento de comenzar de nuevo, desde los orígenes, pero en este mismo negocio. Todavía podemos sacarlo a flote, les tengo varias soluciones que pondré sobre la mesa; si no conociera su tenacidad, me parecería una locura.

Durante las horas siguientes, las expresiones y el ánimo cambiaron. Detalladamente, les explicó cómo podrían subsistir hasta que las cosas mejoraran. Había varias posibilidades que presentó, diversos caminos que podrían tomar. Verónica no estaba tan segura de continuar; no obstante, en el fondo, algo le decía que el asesor tenía razón, era el momento de recomenzar. Su mente analítica había revisado todas las variables, pero se le habían escapado ciertos detalles que ahora el asesor sacaba a nueva cuenta: un préstamo, un nuevo enfoque y hacer las cosas con los mismos resultados, eliminando los gastos superfluos. A ella, una persona tan preparada, con dos maestrías y un doctorado, le hacía sentido lo que estaba escuchando, al mostrarle Alfonso otra perspectiva. Tenía la mente desde ya, en las soluciones.

Por su parte Isabel, para quien su vida personal era un caos y un eterno comenzar de nuevo para reconstruirse sobre las cenizas, se mostraba también optimista, solamente necesitaba una luz verde para empezar a caminar. No sabía el cómo, pero sí el cuánto quería y necesitaba salir adelante. Las dos hermanas se miraron, habían crecido juntas, se conocían como a las palmas de sus propias manos, llevaban ocho años siendo socias en este negocio. Isabel veía que Verónica cambiaba su expresión de cuando en cuando; por su lado, ella estaba convencida que sí podrían, "nada que un trabajo arduo no pudiera lograr", pensó recordando a algún profesor, cuando decía que era necesario subir el promedio del grupo.

Isabel fue la primera en hablar:

—Alfonso, lo intentaremos de nuevo —afirmó con voz ronca pero firme y recordó la primera junta con él. Alfonso, además de ser un buen amigo, era un hombre brillante, ocupaba la dirección de una compañía internacional de transportes desde hacía muchos años y era consultor de varias empresas de renombre.

Alfonso aliviado, tomó la palabra:

—Además, tengo algo importante que decirles. No quería hacerlo hasta que tomaran la decisión de continuar, pero creo que esto será de total relevancia para ustedes. Un buen amigo mío me ha pedido que le busque inversiones en las cuales participar. Le platiqué de su negocio y está dispuesto a darles el dinero que necesitan para sobrevivir los próximos tres semestres, además de un pequeño fondo para imprevistos. Ya el resto dependerá de ustedes. Respecto al interés, me pide que sea un punto menos de interés que el banco; no exige garantía ni aval, ni escrituras de algún bien, solamente requiere que se firme el contrato y los pagarés correspondientes. Confía en mi palabra; me he encargado de describir su empeño y perseverancia, y por supuesto, las posibilidades de la empresa.

Verónica e Isabel sintieron como se abría una luz: la solución ideal, ¡no lo podían creer!

—¿Quién es, Alfonso?, ¿lo conocemos? —preguntó Verónica realmente intrigada.

—Es un buen amigo, pero quiere mantener su capital bajo estricta confidencialidad, por lo que me pide no revelar su identidad.

—Así se hará, necesitaríamos el equivalente a varios meses de nómina, el pago de proveedores, la renta y los gastos mensuales —añadió Verónica ya con entusiasmo y sintiéndose liberada—. El día de mañana haré mis cálculos y te estaré dando la cantidad exacta.

—Perfecto, mañana espero tu llamada —contestó Alfonso también con voz más relajada.

Se levantó y, con toda la calma, guardó sus papeles, puso su pluma *Mont Blanc* en el saco y se despidió de las dos con un fuerte abrazo. Cuando se fue, Isabel se dejó caer sobre la silla.

—Hermanita, ¿lo puedes creer? ¡Un inversionista!

—¿Qué tal si es él mismo? —preguntó Verónica con un dejo de duda.

—¿Quién? ¿Alfonso?, no Verónica. Yo conozco su situación y él no puede ser. Están pagando su casa, tienen dos hijos en la universidad; no hay manera. Fernanda, su esposa, me ha dicho que le causa mucha inseguridad la situación en la que se encuentran, porque no tienen ahorros, están pagando las colegiaturas, los libros y todo lo que implican los gastos con dos hijos estudiando en escuelas privadas. Tiene que ser como él dice, un buen amigo de ellos.

—Bueno, ya está; pediremos lo necesario para sobrevivir de aquí al año que viene. Con lo de la abuela, por lo pronto estamos cubiertas tres meses más, y el contrato del señor Cruz nos dará también otro margen, y luego ya veremos. Por el momento no es necesario resolver toooodo nuestro futuro.

—¡Por supuesto que no! —concluyó Isabel con una amplia sonrisa en el rostro, sintiendo que un gran peso de encima había desaparecido.

Trato de cenizas

El restaurante se localizaba en la avenida de los Insurgentes, muy cerca de Barranca del Muerto. Viéndolo desde afuera parecía un pequeño castillo en medio de edificios y casas con arquitectura moderna. Se veía más grande de lo que en realidad era. Solo una veintena de mesas ocupaban todo el salón. Si se pudiera definir, en una palabra, se podría decir que era un lugar acogedor que invitaba a las pláticas a media voz y a la danza de ida y vuelta, de secretos y confidencias.

Alfonso estaba sentado en una mesa cerca de la ventana y como era media tarde, había ordenado un café de olla y un delicioso panqué de elote, especialidad del lugar. Justo estaba por degustar la última mordida, cuando vio llegar al extraño personaje, quien al verlo, cambió su rostro preocupado por una expresión de alivio. Segundos después lo vio caminar hacia él. Se sentó justo enfrente, junto a la ventana y lo saludó con un gesto.

"¿Cómo lo había conocido?" Era tan inusual, pensó Alfonso, ¡ah! lo recordaba, fue en el cumpleaños de su amigo Juan y desde entonces lo había, si se pudiera decir, perseguido sin darle tregua.

Pero a Alfonso le había caído bien y después de un par de veces de haberse encontrado, Justino le había platicado su historia.

Había heredado de su padre una buena suma de dinero y ahora quería invertirla en negocios que tuvieran alguna posibilidad.

Alfonso le había hablado de las dos hermanas, y entonces a Justino se le había despertado el interés, diciéndole que invertiría precisamente en ese negocio, que era lo que estaba buscando. No lo entendía, un negocio con mucho riesgo, detenido solo con la voluntad férrea de dos hermanas. Le parecía muy raro, además, el porcentaje que estaba cobrando era menor que otros instrumentos de inversión, pero como sabía que era la solución para sus queridas amigas, no había mencionado nada y había dejado que este extraño personaje tomara sus propias decisiones. Además, él era asesor financiero de las hermanas y no suyo, así que no se sentía comprometido a aconsejarle.

Al paso de los encuentros, Alfonso le había platicado la vida de Isabel y de Verónica, y él se había interesado mucho en la historia. Y en verdad era extraño, quería saber más detalles. Cuando Alfonso había cuestionado alguna vez a su amigo Juan por lo excepcional que era Justino, su amigo le había dicho, "es un excéntrico millonario, pero totalmente inofensivo".

Así que Alfonso siguió con la relación, y viendo la oportunidad de salvar el negocio de sus amigas, había promovido la amistad.

—¿Y cómo está Verónica? —Le pregunto Justino.

—Mejor, desde que supo que habría alguien interesado en invertir en su negocio.

—Bien, bien, ¿e Isabel? ¿Tiene tres hijos verdad?

—Sí, ¿cómo lo sabes?

—Bueno tenemos un amigo en común que me contó algunas cosas de las hermanas. No es que me guste involucrarme en la vida de mis "clientes", por llamarles de alguna manera, pero un poco de información no viene mal.

Alfonso sacó el contrato y le dijo, señalándole cómo debía firmar.

—No tengo prisa, si quieres léelo con calma antes de poner tu autógrafo —dijo en son de broma.

—No es necesario, ya sé que todo está bien, también he hecho mi investigación acerca de ti —le respondió, guiñándole un ojo y soltando una agria carcajada.

Alfonso sintió un escalofrío, ya que no era una risa contagiosa, sino más bien era más fuerte de lo normal, con un toque sombrío, triste y hasta un poco lúgubre. Sin embargo, trató de no tomarlo en cuenta y se concentró en explicarle los pormenores del contrato.

Justino lo paró a la mitad, indicándole que estaba bien, que no necesitaba escuchar más. Sacó una pluma dorada con una línea de pequeños brillantes, del bolsillo de su saco y empezó a poner sus iniciales al lado de las de Verónica, y al final , arriba de la línea que indicaba su nombre o más bien del nombre que él había creado para la ocasión, una firma garabateada. Alfonso sabía que esa pluma costaba una fortuna, por casualidad uno de sus clientes estaba tratando de vender una muy parecida, sin embargo, no hizo ningún comentario.

Cuando terminó, con movimientos lentos, Justino tomó la taza de café y lo sorbió muy despacio combinándolo con su copa de brandy. Ahora sí, Alfonso lo observaba fascinado. Su traje era impecable, su piel morena clara, sus ojos de color negro profundo, de mirada fuerte; tenía el cabello lacio y, sin embargo, perfectamente recortado. De su personalidad emanaba una rudeza como la de las personas que habían tenido que sortear muchos sinsabores en la calle, pero a la vez era tan refinado, como si perteneciera a los círculos sociales más altos, lo que hacía un contraste realmente interesante. Era tan peculiar, que Alfonso lo miraba muy intrigado, tratando de definir quién era ese singular personaje, tanto, que Justino al sentirlo, retiró la mirada intimidado.

—¿Bueno y cuál es el siguiente paso? —lo interrumpió Justino en tono autoritario.

—Sería la entrega de los cheques correspondientes. Aquí están treinta y nueve pagarés firmados por Verónica —concluyó Alfonso, mostrándole un folder, en cuyo interior había una mica con los pagarés.

Justino sacó de su portafolio el talonario de cheques, llenos y firmados a mano. Había cinco cheques iguales, cada uno por doscientos cincuenta mil pesos, haciendo un total de un millón doscientos cincuenta mil pesos.

Verónica le había dicho a Alfonso, "con eso más que nos sobra para operar el negocio un año y medio", con voz aliviada y lágrimas en los ojos.

Justino se despidió con cierta sequedad, salió del restaurante y se subió al asiento de atrás de la camioneta negra que lo esperaba a media cuadra. Dirigiéndose al chofer le dijo:

—A Polanco. Si es tan amable Mario, vamos a casa de mi padre.

—Sí señor, con gusto —respondió el chofer en tono ceremonioso.

En el trayecto, Justino se perdió en sus pensamientos, "qué extraña relación ligaba a su padre con esas dos hermanas tan frágiles y perdidas. Qué extraña causa lo ligaba con querer hacer con ellas una obra de caridad tan particular, porque el negocio tenía mucho riesgo. Sabía que era un poco excéntrico con respecto al dinero, que nunca le había dado importancia, porque por alguna singular razón, se le daba a manos llenas, como al Rey Midas. Cuando le contó a Justino su historia de vida, el hijo había sentido una profunda admiración por su viejo. Después de la Revolución había viajado a la capital, y ahí, sin estudios universitarios, y solamente habiendo acabado la primaria, pero con una gran intuición y dinero que le había dejado su padre, había comprado terrenos en la zona de Polanco. En aquel tiempo no había nada, solo un par de construcciones, pero nada importante; eran terrenos baldíos que valían 'cacahuates' como él mencionaba, hasta que los desarrolladores empezaron a darle importancia y lo convirtieron en lo que es ahora; uno de los centros financieros más importantes de la capital y una zona de gente adinerada. De hecho, una de las más privilegiadas de la ciudad".

Era un placer para los sentidos transitar por la avenida Presidente Masaryk, llena de restaurantes y boutiques de lujo, y caminar por la calle, con sus parques y grandes edificios; una zona rica en estímulos, cafés de moda y cocina de alto gourmet.

Llegaron a la casa estilo español de la calle Anatole France número 37. Justino se bajó de la camioneta y con paso firme cruzó la puerta principal saludando a la muchacha que atendía a su padre.

—Hola Anita, ¿dónde está él?

—Don Nicolás está en la sala de televisión, hace un rato que le llevé el café, estaba viendo las noticias —señaló encantada de dar más detalle del requerido.

Al llegar Justino, su padre inmediatamente apagó el televisor. Estaba sentado en su sillón favorito colocado del lado izquierdo del amplio salón, fumando plácidamente su pipa, disfrutando un humeante café con un buen coñac y con una manta a cuadros azules y grises cubriéndole las piernas. Tenía el cabello gris, pintado de canas, el rostro moreno claro, de rasgos indígenas y con un pequeño hoyuelo en la mejilla derecha que se le marcaba al hablar o sonreír. A veces ese rasgo era confundido con una cicatriz cuando se enojaba, ya que lo convertía en una persona que causaba miedo a los que se encontraban a su alrededor, incluido Justino, especialmente cuando era todavía un niño.

—¿Quieres un coñac? —preguntó el hombre con voz ruda a modo de saludo, y al ver que su hijo negaba con la cabeza, continuó—. Dime, ¿entregaste los cheques? —mirándolo con expresión ansiosa.

—Sí padre, los cinco, aquí está el contrato y los pagarés —dijo abriendo su portafolio y mostrando a su vez los documentos.

—Todos esos papeles necesito que los lleves a la chimenea —ordenó mientras señalaba el fuego que estaba encendido— deposita uno por uno, que no queden ni cenizas.

—Padre, no entiendo nada, que este... ¿no es otro de tus negocios?

—No Justino, esta es una deuda y apenas he pagado una parte muy pequeña. En algún momento tendremos que saldarla toda, pero ya habrá tiempo. Me tomó toda una vida localizar a esa familia, así que si me tardo un par de años en liquidarla tampoco será tan grave. Quiero que me digas todo lo que sepas de ella, quiero saberlo todo.

Justino palideció, no entendía a su padre, y cuando se ponía así, lo entendía menos y le asustaba esa actitud y el misterio que lo envolvía.

—Dime padre, ¿qué te liga a esa familia?

—Lo sabrás a su tiempo.

Recepción en la embajada

Afuera de la oficina de Isabel, Pablo esperaba con impaciencia, ligeramente recargado en su automóvil deportivo. Ella bajó corriendo las escaleras, pidiéndole a la recepcionista que por favor le abriera la puerta con el timbre que estaba justo a un lado de su escritorio.

Al salir, su hermana, asomándose desde el primer piso hacia la recepción, le gritó:

—¡Te ves muy bien Isabel!

—Gracias, ¿crees que el vestido es el adecuado?

—Sí, ¡te queda perfecto!, tranquila, diviértete, ya me contarás a qué personalidades conociste —respondió sonriendo Verónica.

Casi sin aliento llegó a donde estaba Pablo quien, saludándola con un gesto, le preguntó:

—Bueno, y ¿cómo ves mi traje?, ¿te gusta? —dijo mientras le mostraba su atavío azul marino, estilo italiano, que era tan nuevo que hasta la etiqueta colgaba de una de las mangas. Isabel sonrió al verla.

—Vaya, vaya, respondió con admiración. ¡Te queda pintado! Se ve usted muy guapo, doctor —bromeó—. Parece usted un verdadero dandi. Solo permítame —le dijo señalando uno de los puños y retirando, con mucho cuidado, la etiqueta que delataba que era estrenado para la ocasión.

Pablo sonrió con orgullo y le hizo un gesto para abrirle la puerta y ayudarla a subir al auto. Este era uno de los detalles de educación considerado por Isabel, como uno de los más lindos. Su papá siempre le abría la puerta a su mamá, sin importar cuántos años llevaban juntos, y al ayudarla a bajar del automóvil siempre le decía: "Pase usted bella señora". Ese gesto tan simple le recordaba no solo el amor y la educación de sus padres, sino también la cortesía que pensaba debía existir entre las parejas, sin importar cuánta confianza hubiera o los años que llevasen juntos.

Manejaron en el tráfico de medio día hacia el norte de la ciudad, tomaron Periférico y salieron en la desviación que tenía el letrero de Reforma; sin duda, la avenida era considerada una de las más bellas de la ciudad: elegante, señorial y majestuosa. Las casas ubicadas ahí, eran mansiones con hermosos jardines al frente, muchas de ellas con arcos abiertos que dejaban entrever sus fachadas. Pasaron el restaurante japonés que se ubicaba del lado derecho, al comienzo de la avenida y que llevaba ahí años, tantos, que Isabel lo recordaba como parte de su infancia. Después de unos quince minutos, llegaron a la residencia oficial de la Embajada de Suecia. Esa tarde, con motivo del inicio de funciones de la embajadora en México, se darían cita: embajadores, altos funcionarios públicos, empresarios y reporteros.

Isabel y Pablo llegaron a las tres de la tarde en punto. Al entrar a la mansión, primero se pasearon por el jardín, bellamente decorado para la ocasión. Habían dispuesto mesas altas tipo *cocktail*, sin sillas, a lo largo del patio y con vista a la alberca. Saludaron a todos los presentes. Pablo era uno de los médicos más renombrados de México y todos querían conocerlo. "Por si se ofrece, uno nunca sabe", pensó Isabel, y agregó a su diálogo interno: "siempre hay que tener un buen abogado y un excelente médico, entre el grupo de amigos".

Se tomó un segundo para observarlo. Su novio platicaba animadamente con una pareja; tenía siempre una conversación muy agradable, lo que contribuía, además de su atinado diagnóstico, a su gran éxito. Poseía un excelente manejo del lenguaje, lo que le ayudaba a expresar el comentario adecuado. "Ello, junto con un gran sentido del humor, más lo culto que era, definitivamente le daba —pensó— las herramientas para una buena conversación". Solía comentar de una manera muy agradable, lo mismo de arte que de política, de restaurantes y lugares de moda, hasta de museos y los rincones de México que encerraban una gran riqueza cultural. Isabel observó sus manos, eran grandes, delgadas, con largos dedos y bien cuidadas, como las de un pianista. "Manos que curan, que alivian, que consuelan", así imaginaba que tenían que ser las manos de los médicos, como si la profesión concediera a la vez un aire elevado o un bono espiritual muy especial. En el filo de la camisa, que asomaba por la manga del saco, se podían ver unas mancuernillas de oro en forma de nudo que, aunque se notaban, no eran ostentosas, tenían el tamaño exacto para ser elegantes. Definitivamente —siguió Isabel con sus pensamientos—, este día se veía sumamente distinguido, y reconoció con orgullo el gran cirujano que era, cualidad que, en su opinión, lo hacía sumamente atractivo.

La pareja seguía platicando animadamente con él, cuando Isabel se acercó para participar de la conversación. Hablaban de la situación de México que, en los últimos años, se había convertido en una nación violenta e insegura. "Mi querido México", pensó Isabel, "pudiendo ser un país tan avanzado, poseedor de un patrimonio cultural incomparable, valores, tradiciones, riquezas naturales y gastronomía y, sin embargo, no te dejan avanzar, te tienen sumido en la pobreza e ignorancia, con un sistema de educación tan atrasado". Con eso en mente, participó en la plática, expresando los comentarios adecuados a los cuales Pablo, respondió completando con sus opiniones. "Qué suerte que a Pablo le parecieran correctos" se dijo, y en eso estaba, cuando vio a la embajadora de España, quien acercándose la saludó con una sonrisa.

Su amiga era una madrileña de mediana estatura, simpática hasta la médula y de porte muy refinado, lo que contrastaba con su lenguaje tan coloquial y dicharachero; características que la hacían la más querida entre todas las amistades que concurrían a esos encuentros. Se habían convertido en buenas amigas a lo largo de los años, al haber coincidido en recepciones, comidas y fiestas, a las que Pablo había sido invitado.

—Hola Isabel, ¿ya viste quiénes nos acompañan hoy? —dijo la embajadora señalando al grupo de mariachis que en ese momento estaba entrando al jardín y se colocaba a un lado de la alberca, cerca de donde se encontraba la barra de la bebida—. ¡Me fascina la música de mariachi! —exclamó entusiasmada—. Además, seguí tu consejo. En todos estos años que he vivido en México me he quedado con sus mejores facetas; me encanta la comida, la gente, los colores. ¡Me siento bien mexicana! —agregó guiñándole un ojo, mientras reía con esa risa fácil que la caracterizaba—. Por favor no repitas esto a mis compatriotas, —le suplicó sonriendo—. Bueno, bueno, que, si me dan una paella valenciana, no le digo que no.

—Yo sé Ana Sofía, y me encanta que estés disfrutando tu tiempo aquí y la hospitalidad de nuestra gente.

—Sí, eso sí que sí, ¡lo has dicho todo! Ahora que me acuerdo, te invito un café con un par de pastas la semana que entra; estaremos un grupo pequeño, he invitado a mis más cercanas solamente.

—Encantada, ahí estaré.

—Te haré llegar los detalles del sitio muy pronto. Ana Sofía se despidió con un gesto, dando a entender con su ademán que "el deber me llama", al mismo tiempo que saludaba a otra pareja que recién llegaba a conversar con ella.

Isabel y Pablo entablaron plática con un par de personas más; degustaron los deliciosos bocadillos bellamente decorados con mil colores, los palitos de queso empanizados, los canapés de salmón, las pequeñas tartaletas con queso mozzarella y pesto, así como una variedad de chocolates y bocadillos dulces. Al finalizar, se pararon en una esquina para disfrutar de la música. La fiesta había sido un rotundo éxito: todo en su punto, los bocadillos, las bebidas que eran servidas en tres barras dispuestas en el jardín, y el bello salón con vista a la alberca. Además, los meseros pasaban ofreciendo copas de vino, finos licores, tequila y whisky. Al tocar los mariachis, todos se acercaron a disfrutar de la música y del bailec ya que algunos sabían cómo hacerlo al ritmo del *Mariachi loco*, *Tequila 1,2,3* o *El son de la negra*. Isabel contemplaba la escena de lo más divertida. En lo personal, adoraba bailar, y más ese ritmo tan pegajoso, que tanto encantaba a los extranjeros. Los pies se le movían solos, sin siquiera notarlo, miró a Pablo y exclamando lo animó:

—¡Anda, bailemos, me encanta esta pieza!

—No Isabel, esto es parte de mi trabajo y no puedo dar ese tipo de escenas.

—Pero Pablo, tu reputación no estará en juego porque bailes al compás de un mariachi.

—Ya dije que no —respondió con su sequedad característica, así lo que Isabel se resignó a ver bailar a las parejas, al ritmo de sus piezas favoritas.

Los europeos trataban de seguir la cadencia, pero sin mucho éxito, al igual que el representante de la embajada estadounidense, quien trataba de seguir los pasos de baile de su compañera, una veracruzana preciosa, de tez morena clara con ojos verdes turquesa, cambiantes de tono como el mar del Caribe. Isabel la conocía muy bien, en cada recepción buscaban la oportunidad para platicar. Era de esas personas que tienen un encanto especial. Isabel le sonrió y ella feliz la saludó, sin perder, ni por un momento, el zapateado del *Mariachi loco*. Después de un rato, Isabel se disculpó y se dirigió al tocador. Al regresar buscó a Pablo, pero no pudo encontrarlo, "¡Ah! allá está" se dijo, viendo que se encontraba con un grupo de amigos. Entre estos estaba el embajador de Suiza y otras personas que no distinguía bien, parecía que todos estaban saludando a alguien importante. "¿Quién sería?", pensó intrigada. Al acercarse un poco pudo distinguirla, era la artista más famosa del momento: "¡María Bárbara!, ¡qué figura!", se dijo, "noooo, ¡qué curvas!, noooo, ¡qué escote...!".

De reojo vio a Pablo, quien estaba tratando de saludar a la cantanye y acercarse a ella, pero todos intentaban hacer lo mismo. Hacía grandes esfuerzos por alcanzarla y de repente...

Isabel quiso gritarle, pero no le salió la voz, solo observó que Pablo tropezaba, justo al lado de la fuente. El embajador de Suiza lo detenía por la corbata, y el mesero, que iba pasando, le derramaba todas las copas en forma de flauta, rebosantes de champaña. Así que, con un pie metido en la fuente hasta la rodilla y todo bañado en champaña del otro lado, Isabel lo encontró con cara de pocos amigos, pero tratando de guardar la compostura. El mesero se recuperó rápidamente: aun cuando se había derramado todo el líquido, milagrosamente, las copas se habían quedado en posición horizontal y dentro de la charola. Se deshacía en mil disculpas, pensando que, después de esto, seguramente perdería su trabajo. Al momento, aparecieron varios camareros que con servilletas de tela intentaban secar el traje de Pablo, mientras él trataba de recuperar el equilibrio para sacar el pie de la fuente. Nadie quería verlo de frente, Isabel lo sabía porque había observado que todos se volteaban a ver con gesto disimulado y con sonrisas maliciosas, o a punto de soltar la risa, y si no fuera porque Pablo no se lo perdonaría, ella también se hubiera echado a reír a carcajadas por lo cómico del tropiezo.

—¡Ándele! —le reprochó Isabel con una sonrisa en el rostro— Por haber querido saludar a la María Bárbara, la estrella del momento de música guapachosa ¡aja!—. ¡Lo caché in fraganti! —dijo bromeando, pero haciendo acopio de toda la seriedad posible que su control le permitía y a la vez preguntando con voz inocente—. ¿Estás bien, Pablo?, a lo que su novio contestó con un gesto de "me doy" y levantando las manos en señal de darse por vencido.

Después del contratiempo, pasaron un rato más viendo al mariachi y escuchando a la cantante, quien deleitó a los presentes con algunas canciones, entre las que no pudieron faltar: *No sé si es amor*, *Mentiras* y *Te odio y te amo*. Todos estaban disfrutando enormemente, "creo que todos menos Pablo", pensó Isabel, con su traje estropeado y el pie ¡bien mojado!

Eran ya casi las ocho de la noche, ya quedaban los últimos invitados, por lo que se despidieron y se dirigieron al automóvil. Finalmente, Pablo se relajó.

—Bueno, pues gracias por acompañarme Isabel; siempre es un gusto venir a estas cosas contigo. Lo haces todo tan fácil…

—¡Claro Pablo!, con mucho gusto, siempre me divierto —respondió ella, y sin agregar "más cuando das un poco de *show*" por lo que en su su lugar lo hizo con la frase: "—yo también la paso muy bien en tu compañía".

—Es que para mí es como una cita de trabajo —se disculpó Pablo.

—Lo entiendo, sé lo importante que es para ti, pero no te tomes todo tan en serio, también se vale disfrutar un poco.

—¡Ah por cierto!, hablando de compromisos, no podré ir a la fiesta de tu hermana, lo siento mucho.

Pero en su voz no había disculpa, notó Isabel.

—¿Cómo?, ¿por qué?

—Tengo otro compromiso.

—Pero no puede ser, ¿el mismo día? —exclamó Isabel contrariada—. Llevamos dos meses planeándolo, son sus uarenta y cinco años y para ella es una fecha importante, ya sabes que es muy sentimental.

—Lo siento, pero anoche me llamó Pepe y ese día también festejará su cumpleaños, bueno siento mucho que tú tampoco podrás acompañarme.

—Pero Pablo, cancela tu compromiso y dile la verdad, que previamente ya tenías otro.

—Pepe ha sido siempre un buen amigo —señaló él, sin mucho entusiasmo de cancelar su festejo.

—Lo entiendo, pero llevamos meses hablando de esta fiesta, —repitió Isabel con un dejo de tristeza—. No me gustaría que te la perdieras, además, es importante para mí que me acompañes.

Sin embargo, ya no quiso insistir. Esperó un rato a que Pablo cediera, sintiendo una oleada de desilusión y también un fuerte enojo, como si hubiese recibido una puñalada en el estómago. Siempre que tenía algo importante, él la defraudaba y no le daba la misma importancia a las cosas que significaban mucho para ella. ¡Siempre cancelaba al último minuto!

Cuéntame nana

La habitación era grande, pintada de color ostión claro y con una cenefa en forma de peldaños delgados de color rojo ladrillo. Había cinco camas para las niñas, con una cabecera de madera natural; cada una tenía su buró, y encima del mismo una manteleta blanca bordada en tonos café, y un plato de metal para vela. Al final del pasillo había otra habitación idéntica a esta, pero con seis camas, ocupada por los varoncitos de la hacienda.

María Rosa está de pie junto a Cándida, su nana, quien la está peinando para la cena; le está arreglando los rizos castaños. Sus ojos azules, tan claros como las turquesas de sus aretes, se le ven brillantes, quizás está intentando contener las lágrimas. Es la mayor de once hermanos, dos de ellos gemelos. Su mamá había muerto al dar a luz al último bebé.

"¿Es cierto nana que vienen los hombres armados?" preguntó la niña con voz angustiada.

A la corta edad de doce años, María Rosa se da cuenta de todo, de los problemas de la hacienda, de cómo platica su padre en voz baja con esa pareja de amigos, cuando piensa que nadie escucha. Se percata de lo que hace el capataz, y de cómo su hijo lo sigue a todos partes, observando y conociendo sus engaños, al igual que ella. Se pone detrás de las puertas para escuchar, pero todo es tan confuso. Solo percibe conversaciones entrecortadas y frases sueltas como "irse a la capital", "huir en mitad de la noche", "solo lo puesto". Eran mensajes cifrados que ella no podía digerir.

Cuando se angustiaba se ponía a correr por el campo, no le importaba llenarse de lodo y ensuciar su vestido blanco o sus zapatos de charol; corría por el monte hasta alcanzar el árbol, al que subía con sus hermanos, en las tardes calurosas del verano, y desde ahí, contemplaba la hacienda y lloraba hasta descargar esa angustia que le llenaba el corazón.

La nana iba a revelarle la verdad, por fin le iba a contar los secretos que se escondían en la hacienda, María Rosa lo sabía, pero justo cuando ella se acercaba a su oído y le decía: "cuéntame nana… cuéntame"

Isabel se despertó gritando: "¡Nana, dime, cuéntame!"

Isabela veía a su mamá con los ojos muy abiertos, la movía del hombro suavemente.

—Mami, mami, la nana no está hoy aquí... es domingo.

—¡Ay, mi vida, yo creo que estaba soñando...! —le respondió Isabel con voz somnolienta—, pero ahora no puedo recordarlo.

—Querías que la nana te lo contara, pero no se entendía bien lo que decías —respondió Isabela confundida.

Como era domingo y podían descansar un poco más, Isabela se subió a la cama de su madre y ahí se quedó recostada junto a ella, sintiéndose querida y apapachada por un ratito más.

¿Qué le pasa a Isabela?

Al día siguiente Isabel llegó a la una en punto al colegio de sus hijos. En la amplia y moderna recepción se encontraban varios sillones que invitaban a leer, descansar o esperar.

Del lado izquierdo, había tres cubículos dispuestos para dar privacidad a la reunión con los profesores. Del lado derecho se encontraba el área administrativa, ocupando varios lugares, donde se veía a la secretaria y a una de las contadoras. Más allá, al fondo, estaba un salón muy grande, con mesas alargadas, que fácilmente tenían lugar para diez niños cada una. Le llamaban el "salón de actividades manuales"; las clases de arte, manualidades, pintura y dibujo, se daban ahí.

Isabel observó la escena, ya que el salón se había quedado semiabierto. Los chicos estaban haciendo una manualidad que "seguramente sería para el Día de las Madres, que estaba próximo a celebrarse" —reflexionó. Podía ver que era un bello mosaico, decorado con piedritas de colores y en medio tenía un corazón. Los chicos, que parecían de tercer grado, estaban concentrados en la tarea de pegar las piedritas de colores sobre el mosaico de cerámica; se escuchaban sus risas, sus comentarios y un movimiento constante de los niños buscando la piedrita del color que elegirían. Isabel sonrió al verlos.

—Señora Ramos —escuchó detrás de ella.

Isabel giró la cabeza para encontrarse con la figura menuda y pequeña de la maestra Lucero, encargada del segundo grado.

—Hola Miss Lucero, ¿cómo está?

—Muy bien y ¿usted?

—También bien —dijo Isabel, mientras seguía a la profesora quien le indicaba que ocuparían uno de los cubículos.

Cuando se sentaron, la maestra dijo con voz apacible:

—¿En qué puedo servirle?

—Miss Lucero, vengo porque estoy preocupada por Isabela, últimamente ha expresado de manera muy sutil, que no está contenta con su grupo, siente que sus compañeritos se han estado burlando de ella; pero por mi parte, no alcanzo a definir qué es, solo sé que está nerviosa y no viene tan animada a la escuela como antes. Por ejemplo, me ha dicho varias veces que preferiría no venir.

—No he notado nada diferente, pero voy a estar al pendiente. Por favor regrese en una semana, así podré decirle si realmente hay algún problema o solo es algo pasajero. Isabela —continuó la maestra—, no ha descuidado sus calificaciones, sigue manteniendo sus notas y participando en clase; no es de las que más intervienen, pero siempre está atenta a las indicaciones, y como es muy buena para matemáticas, es capaz de dar con el resultado más rápido que sus compañeros. Sin embargo, hablaré con la maestra de inglés, con el de deportes y con su profesora de ballet, por si ellos han notado algo.

—Se lo agradezco Miss Lucero, haré una cita con usted para la semana que entra.

Isabel se despidió, se encaminó a la salida, y justo al final del pasillo escuchó el siguiente diálogo:

—¿Otra mamá que piensa que su hija es víctima de los otros chicos? —dijo a la maestra de francés en tono sarcástico.

—No lo sé —respondió Miss Lucero—. No en el caso de Isabela, tengo que averiguar qué está pasando. He notado que el grupo se ha dividido, es como si hubiera dos equipos diferentes, pero no logro saber en realidad lo que está pasando. Llegaré al fondo de este asunto, te aseguro que aquí hay algo más.

—Qué paciencia tienes para estar lidiando con los padres de familia, para mí— dijo Antoniette— es la parte más difícil de mi profesión. No sabes todo lo que me vienen a decir esas mamás sobreprotectoras que solapan la flojera y la falta de interés de sus hijos.

—Sí, pero no en el caso de Isabela; es una niña dedicada, de hecho, brillante y además siempre ha sido sociable… y aceptada por el grupo. Aquí hay algo más…

La nana Genoveva: para sanar… el amor

La nana Genoveva se encontraba frente a la estufa, moviendo el cucharón del mole de olla y cuidando el arroz que tenía en la otra hornilla, cuando su mirada se dirigió al jardín. Le encantaba esta parte de la casa, le gustaba cocinar con la vista puesta en ese lugar maravilloso lleno de vegetación, árboles y flores. Para ella, era un santuario que le daba calma y tranquilidad. "Si le dieran a elegir" pensó, "se quedaría en este pedacito de tierra, que representaba un refugio y un oasis en medio de cualquier tribulación que le planteara la vida".

¿Cuántos años habían pasado desde que llegó a casa de doña Rosa, como le decían a su patrona? Cuando lo hizo no tenía más de catorce años de edad y era tan delgadita que parecía que se rompería. Había perdido a su madre a una tierna edad. Su padre había llegado borracho un viernes dos de julio, como otras tantas veces; pero esa noche, "el alcohol le había venido con el genio agresivo", como decían en el pueblo, y ya desde que entró a la pequeña habitación de adobe, estaba echando pleito. Su hermanito de tres años y ella de casi cinco se habían quedado muy quietos en un rincón, sin ser vistos por el padre.

Así que cuando empezó la discusión y los golpes, no se movieron ni un milímetro. Ella solo alcanzó a poner la cabecita de su hermano sobre su regazo, para que no viera nada, y es que, no obstante su edad, no quería que viera esa escena de tanta crueldad.

Cuando el padre empujó a la madre con tanta fuerza, Genoveva pensó que, como otras tantas veces, ahí terminaría su enojo y entonces vendría el silencio. De esa manera, las cosas se calmaban porque su padre entraba en razón. Sin embargo, esa vez siguieron los golpes, hasta que luego, en un momento, se oyó un terrible crujido, al golpear la cabeza de su madre en el suelo. Un doloroso y suave quejido se escuchó de sus labios, y un charco de sangre se esparció a su alrededor. Genoveva adivinó sin siquiera moverse, que a su madre le había pasado algo terrible y es que vio, desde el rincón donde se encontraba, que ya no se movía.

El padre horrorizado, al contemplar la escena corrió al monte. Jamás supieron de él. Cuentan que esa noche hubo una jauría de perros salvajes que aullaron hasta el amanecer, como si hubieran atrapado a alguien, pero eran suposiciones, jamás lo encontraron, nadie lo volvió a ver.

Ella había contemplado la escena como si hubiese visto una película. En su cabeza algo se había cerrado para dar paso a un cruel y doloroso silencio; el silencio que enfría el corazón y desde ese momento no había podido pronunciar una sola palabra. A la mañana siguiente, su tía la encontró abrazada a su hermano en ese mismo rincón, y fue con ayuda de familiares y amigos, que enterraron a la madre. La tía se llevó a Genoveva a vivir con ella. Al hermanito lo adoptó otra familia, y cuentan que lo mandaron a Toluca a estudiar, ya luego entró al seminario de padres franciscanos.

Preocupada por su salud, pues Genoveva casi no comía y siempre se le veía triste, cuando cumplió los catorce años, la tía la llevó a la capital, y animándola le aseguró:

"Te curarás cambiando de aires y con el amor de la casa de doña Rosa, ahí todo mejora". Y así había sido. Al cabo de un par de meses, Genoveva fue capaz de hablar, su recuperación se dio poco a poco, muy despacio y es que ser capaz de encontrar y aprender las palabras adecuadas, había sido un proceso muy lento. Al principio ayudaba en el aseo de las recámaras y a veces se escapaba a la cocina para aprender esas cosas tan deliciosas que preparaba Leticia. A doña Rosa le encantaba ensayar cada día nuevos guisados y, todos sus conocimientos los volcaba en Leticia, quien compartía la misma pasión por los sabores, los aromas y los colores de los platillos. Al inicio cocinaban solamente para don Francisco y doña Rosa, aparte de las comidas y cenas que ofrecían a clientes, amigos y parientes. Ya después, la familia fue creciendo, y entonces lo hacían para los niños, los primos y los invitados que siempre visitaban la casa. Para entonces, Genoveva se había repuesto, ya no quedaba nada de esa mocita delgadita, pronta a estallar en lágrimas. Se había convertido en una mujer robusta, fuerte y sí, como decían, con un "corazón de pollo", que apapachaba hasta al más inconsolable, con un don maravilloso para curar heridas, raspones y sentimientos lastimados.

Al ir creciendo los hijos, Genoveva se encargaba de cuidarlos, por lo que se fueron convirtiendo en su propia familia. Ella participó en las fiestas infantiles, en los viajes de verano a Acapulco, en los bautizos, en las primeras comuniones, en los exámenes escolares y hasta en roturas del corazón, cuando empezaron con los primeros amores de juventud. Por eso, para Genoveva, su vida había comenzado al llegar a casa de doña Rosa. Cuando años después se casó, y su esposo le había pedido un lugar para ellos dos solos, ella categóricamente se negó:

"¿Y dejar a mi familia?.. ¡Jamás!" Así que el esposo se había resignado a pasar con ella solamente los fines de semana, en una casita que construyeron cerca de Toluca, donde él nació. De lunes a viernes ella se quedaba en casa, como le decía a su marido. Los viernes temprano tomaba el autobús a Toluca, y el domingo muy temprano, ya le andaba por regresar a su casa con "sus niños", como los llamaba.

¡Cuántas cosas habían cambiado en todos estos años!… Los seis hijos habían tenido un lugar especial en su corazón, pero sentía una especial debilidad por Isabel, tan sensible, frágil y siempre queriéndose hacer la fuerte. De entre todos, le parecía que ella tenía la mayor inteligencia, no la de los números, que de eso Genoveva no sabía nada, pero sí, de la inteligencia del corazón, esa que sabe lo que pasa sin que lo digan, esa que adivina las confusiones del alma, sus encrucijadas, sus recovecos, sus desatinos y sus bondades.

Y ahí estaba de nuevo su querida Isabel, la veía sufriendo tanto. Aunque a todos ocultaba sus emociones más profundas, a ella, sus ojos no la engañaban, ya que expresaban un dolor y una desilusión profunda. El hombre que había amado la había defraudado, y ahora estaba con un matrimonio destrozado, problemas económicos y pleitos por los hijos con su exmarido. ¡Cuánto sufrimiento para un corazón noble!, ¡cuánto dolor!, una vida llena de tropiezos, reveses y un volver a empezar. Y esos pobres niños que a veces no sabían a qué lado del péndulo asirse, en ocasiones se sentían divididos entre el amor de la madre y el del padre.

¡Y ese Pablo!, ese Pablo, solo le quitaba la poca seguridad y fuerza que ella trataba de agarrar. "Lo que mi niña Isabel necesita es cariño y él es tan egoísta...", se decía la nana pensando en lo soberbio que era el doctorcito ese. Pero como siempre señalaba el padrecito de la iglesia: "uno no puede intervenir en el libre albedrío de otra persona..." Pero, si por ella fuera, si por ella fuera, le traería un hombre bueno, que de veras la amara y quisiera cuidarla ¡para siempre!

Escuchó unos pasos en la puerta y la voz de Isabel:

—Nana, nana, ¿a qué no adivinas?

—Pues no mi niña, ni idea de lo que quieras decirme —sonrió ella.

—Nana, ¡el cliente me firmó!—. Y por el momento no tendremos que despedir a nadie, seguiremos nana, tenemos para rato.

—Ay mi niña, ¡cuánto me alegro! Entonces sí que los milagritos existen...

—Sí nana, ahora quiero comprarte un lindo regalo, ¿qué necesitas?, ¿qué te gustaría?

—Ahora sí mi niña, te pediré algo bien grande...

—Lo que quieras mi nana, tus deseos son órdenes...

—¿Te acuerdas de esas bolsitas de seda que pones entre la ropa para que quede bien perfumada?

—¿Unas que huelen a lavanda?

—Sí, ¡exactamente esas!!

—Concedido, hoy mismo pasaré a comprártelas.

—Y también un dulce de nuez.

—¿De la dulcería Celaya?, ¿son deliciosos, verdad nana?

—¡Me encantan!

Isabel le dio un abrazo y subió corriendo las escaleras, haciendo ruido con sus tacones como un piano desbocado, hasta que no se oyó más, y la nana siguió sumida en sus pensamientos, sumergida en los aromas que desprendían las ollas y contemplando su pedazo de cielo, en el jardín que tanto le gustaba.

Una ola hacia el éxito

Isabel estaba trabajando en su computadora, vestía una falda azul marino y una blusa blanca de chalis; con este atuendo su imagen se veía profesional, clásica y elegante. Tenía el cabello recogido en una trenza alta, y el inicio de esta, lo adornaba una peineta redonda en color dorado. Su maquillaje era ligero; un poco de máscara de pestañas, lápiz labial de color rosado suave, y en el rostro una base de polvo, que casi no se notaba.

De repente se levantó, caminó unos pasos y miró por la ventana; observó la estructura del edificio de enfrente, pintado en terracota. Un árbol de tronco delgado, con dos ramas que parecían plumeros o una cabeza tipo afro de color verde, la cual tapaba parte de la ventana derecha. Se percató también de la maraña de cables de electricidad que había en el poste de la acera opuesta, y en las calles de la ciudad, que parecían a la vista barrotes horizontales. Justo en la ventana que quedaba a su altura, se veía una televisión apagada a través de las delgadas cortinas; también se podía entrever la amplia estancia y el comedor ocupado por una familia, compuesta por dos hijos y sus padres, que seguramente estaría desayunado. Era muy temprano, apenas las siete con quince minutos, así que todavía —calculó Isabel—, les quedarían unos diez minutos para salir corriendo hacia las actividades del día. Por lo general, los colegios empezaban a las ocho de la mañana.

En la esquina también podía ver una pequeña joyería que vendía piezas especiales y hacía reparaciones de todo tipo con la leyenda: "Se reparan, se cambian baterías para reloj y se arreglan piezas de oro" y, justo enfrente, una pizzería de la que salía un aroma exquisito a masa recién preparada. La calle donde estaba situada su oficina era un constante movimiento de autos, bicicletas y personas. Hacía casi esquina con la avenida Félix Cuevas, con cientos de opciones para comer; ofrecidas por restaurantes, fondas, cafeterías, y la panadería cercana que ofrecía todo tipo de panes de dulce y pastelitos para los antojos de media mañana o media tarde. Era un boulevard vibrante, que también albergaba boutiques de ropa, bancos, jugueterías y hasta mueblerías, y, justo al llegar a la avenida de los Insurgentes estaba una de las tiendas departamentales más grandes de México y la Plaza Galerías.

Sumida en sus pensamientos, Isabel se dijo: "qué privilegio es trabajar con mi hermana". Sentía una profunda admiración por los innumerables talentos de Verónica; contaba con dos títulos universitarios, dos maestrías y una infinidad de cursos, pero además de todo eso, la admiraba por su gran calidad humana, su entrega y dedicación al trabajo y su capacidad para liderar al equipo. De todas las posibilidades de trabajo agradecía la que estaba viviendo. Aun cuando, en ocasiones parecía muy difícil en el día a día percibir esas sutilezas de la vida, cuando uno está en la maraña de pendientes, en el estrés cotidiano, no siempre hay lugar para reflexiones, pero agradecía estos cinco minutos que la centraban.

—Isabel… —Laura, la sacó de sus pensamientos—. Estamos listas para la junta.

Había reunido a su equipo de ventas; a los cinco ejecutivos que trabajaban para ellas, con el objetivo de evaluar los resultados del trimestre. Al inicio de la reunión le gustaba empezar con alguna historia de éxito, motivación, o alguna anécdota que tuviera relevancia para su quehacer diario.

Ese día empezaría con el caso aquel en que la asistente había olvidado en un cajón una demanda que le costó a la compañía millones de pesos en pérdidas, ya que el problema continuó por un período de tres años, sin que nadie supiera, y debido a que no contestaron oportunamente, perdieron el caso. Quería enfatizar la importancia de poner atención en lo que nadie parece percatarse, en los pequeños detalles.

—Moraleja: —afirmó Isabel con voz suave— no podemos dejar un pendiente a la mitad, todos son importantes, hasta las pequeñas cosas que parece que nadie nota. Recuerden que nuestro trabajo está lleno de pequeños eslabones que al final unen la cadena. La única manera para que un cliente no se vaya con nuestra competencia, es la calidad del servicio que le demos, justamente en eso, en el cuidado de todas y cada una de las variables, por pequeñas que sean.

Después de la introducción, cada uno de los ejecutivos, presentó sus propuestas, señalando con qué clientes estaba trabajando y los proyectos que tenía entre manos. Luego del aplauso entusiasta, por los cierres que habían tenido en esos meses, cada uno compartió lo que tenía para el mes siguiente, comentando los retos a los que se había enfrentado hasta el momento y las posibles soluciones:

Patricia una chica muy joven, quien acababa de egresar de la universidad, que el día de ayer había cumplido veintitrés años de edad, se aventuró a afirmar:

"El problema es que los clientes dejan sonar el teléfono y no responden a las llamadas".

Ricardo, un poco mayor que ella, quien ya tenía varios años de experiencia en ventas le comentó: "Muchas veces, la mejor manera es presentarse, en ocasiones así es como consigo la cita al hablar con la recepcionista, y ella me ayuda a que me reciba el gerente".

Ana, una mujer guapa, también muy joven, planteó la idea de empezar a hacer suplementos especiales dedicados a un tema médico específico. A todos les pareció excelente idea, hicieron un programa de trabajo para desarrollarla, y así siguió la junta por espacio de dos horas.

Después, Isabel trabajó con cada uno, hasta las dos de la tarde; a esa hora se apresuró a llegar a la escuela de sus hijos. Tenían el festival de primavera y no quería perderse el desfile con los triciclos y los disfraces de haditas, catarinas, ranas, conejos, osos y todo lo que pudiera remitir a la llegada de dicha estación. Para ella, también era el inicio de un nuevo ciclo. No sabía cuánto duraría la buena fortuna, así que, como un surfista, se detendría con piernas firmes sobre la tabla en la cresta de la ola, esperando que tardara en llegar la siguiente bajada, o que una nueva tormenta viniera a desestabilizar su vida nuevamente. Sin embargo, tristemente sabía muy bien, de una o de otra manera, siempre llegaba… A la subida, viene una bajada… a la buena fortuna vienen días difíciles, al éxito lo anteceden días áridos, la vida tiene sus propias maneras de equilibrarse…

Somos cebras

—Un día nos vamos a morir, Snoopy.
—Cierto Charlie, pero otros días no.

Charles M. Schulz

El despacho del doctor se localizaba muy cerca del Monumento a la Independencia en la Avenida Reforma. Isabel había llegado puntualmente a su cita y ahora estaba de pie frente a la ventana del piso diecisiete, disfrutando de una hermosa vista de toda la vía. Los coches y la gente se veían muy pequeños desde esa altura; pudo observar el movimiento de la calle, los colores de los puestos, los vendedores, las esculturas y la gente que caminaba de prisa. También pudo percibir que estaba lloviendo, no en forma de tormenta, pero sí suavemente como chipichipi, así como surgían sus palabras, ya que parecía que estaba perdida en sus pensamientos:

"Sí doctor, no todo es malo, trato de ver todo de una manera positiva; por ejemplo, disfruto también de la vida, y tengo días buenos en los que no pienso en todo esto y me enfoco en lo práctico y en lo que me gusta, como el olor a pasto recién cortado, la luz del sol al reflejarse en las nubes grises, el sonido del mar y la música, estar descalza sobre el piso de madera y tener los brazos de Daniel alrededor de mi cuello, cuando me dice que soy la mamá más linda que conoce. Me gustan las manos de la nana, ásperas y curtidas por el trabajo, pero suaves a la hora de curar un raspón o dar una palmada de consuelo. Me gusta el arroz con leche que hace mi madre; sus sabios consejos y su amor; el recuerdo de mi abuela y su fotografía en el buró de mi cuarto; me gusta el café a traguitos y las charlas con mis hermanas sobre trabajo, los hijos y de todo un poco. Me gusta el olor de los rizos de Isabela y los dibujos de aviones de Patricio. Me gusta —siguió Isabel con voz quebrada— ir a caminar al parque de Los Viveros todos los domingos y darles cacahuates a las ardillas; elegir cada portada de la revista, mis juntas de trabajo y los sábados en familia. Adoro a mis hermanos y me encanta estar con ellos. Me gusta cuando llueve y el jardín se ve mojado, y además, la humedad del rocío por la mañana; la voz de mi madre, la cama llena de cobijas en el invierno, y la cara de mi perro"… de repente, se paró en seco, como si inesperadamente hubiera recordado dónde estaba. "Me gusta vivir en mi México, sus colores, la calidez de su gente y su ángel", concluyó, viendo la figura del Ángel de la Independencia, a través de la ventana.

En esa pausa en que recordó dónde estaba, se dio cuenta que había expresado en voz alta el hilo de sus pensamientos. Se alejó del cristal de la ventana y girando, se sentó en el mullido sillón, frente a ese hombre maduro con el cabello plateado, el rostro apacible y los ojos azules. Continuó: "así que doctor, cuando me pregunta sobre qué he hecho con mis pérdidas, cómo estoy sobrellevando el tema de mis hijos y el divorcio, y lo económico y el trabajo, solo puedo decirle que estoy tratando de sobrevivir, de respirar hondo para no quebrarme, de asirme fuertemente a la responsabilidad para que esta me ayude a no caer, de nutrirme con el cariño de mi madre, de quedarme aunque mi cuerpo grite: ¡vete, huye lejos y no regreses más!

"Sin embargo, hay algo con lo que todavía no puedo lidiar, y es la constante sensación de abandono y soledad. Yo sé que la traición no es una falla de quien la recibe, pero en este caso, ¿cómo perdonar mi ingenuidad?, ¿cómo no haberme dado cuenta del romance si duró tanto tiempo?, ¿cómo no reconocí ciertas señales? Cuando mi mejor amiga me lo confesó, no le creí; sobre todo cuando me comentó que llevaban juntos tres años, tres largos años, los primeros tres de la infancia de Patricio. ¿Cómo no lo adiviné? Con lágrimas en los ojos me dijo que se había enamorado, así sin más, de un hombre maravilloso, cuyo único problema es que estaba casado. ¿Cómo imaginar que ese hombre era mi querido Rodrigo, mi exmarido, de quien estaba hablando todo ese tiempo? Es por eso, por lo que no puedo superar la sensación de abandono, el dolor de la pérdida y mi propia ingenuidad, ¿qué puedo hacer doctor? Siento tanta rabia, un profundo dolor y un sin sentido que resulta aplastante. En un momento me quedé sin mi compañero, mi adorado esposo y sin mi amiga de tantos años.

El terapeuta tomó la palabra, pausadamente como solía hacerlo. Dejó su cuaderno de notas y respondió:

—Isabel, lo estás haciendo bien, quédate tranquila, estás haciendo lo que se necesita para sanar. Sé que fue una experiencia traumática, pero el tiempo ayudará a superarla.

—Y usted ¿cree que algún día me sobreponga a este dolor? ¿Algún día podré perdonarlos y perdonarme a mí misma por no haberme dado cuenta?

—Con el tiempo aprenderás a ver ese episodio de tu vida desde otra perspectiva —afirmó el doctor con amabilidad y continuó: Con el tiempo aprendemos a ver que nuestros ogros del pasado quizás no fueron tan ogros, y los personajes buenos de nuestra historia quizás tampoco lo fueron tanto. Cada una de las personas con la que nos cruzamos en el camino es importante para nuestro crecimiento y en ocasiones la que más nos hace sufrir es aquélla de la que más aprendemos. También es un hecho, que las personas somos cebras con partes blancas y negras, y algunas cultivan más las rayas blancas. Con esas personas vale la pena relacionarse, cuando menos en los años en que ya los retos de la propia vida son suficientes.

Isabel tomó un pañuelo y se limpió los ojos antes de que sus lágrimas fueran derramadas.

—No sé si pueda superar ese pasado y, no sé, esas experiencias qué tanto influyan en las relaciones que tengo ahora. Estoy llena de miedos y siento a veces una profunda tristeza, aunque trato de no demostrarlo, pienso que la traición vendrá en cualquier momento.

—Isabel esos sentimientos son parte del duelo, que es importante vivir —añadió con voz compasiva ante el dolor de su paciente.

—Ojalá algún día sea capaz de olvidarlo y que mis sentimientos vuelvan a tomar su cauce. Es a veces un proceso extenuante que me deja totalmente sin fuerzas. Y ¿usted cree que tenga algo que ver con los sueños que aquí le he contado? La traición en la hacienda, los chicos que han perdido a su madre, todo su mundo cayendo, la nana, y el padre que no sabe qué hacer. Puedo describir cerrando los ojos cómo es la hacienda, en qué lugar está cada habitación, cada cama, el rostro de cada niño y el de Jerónimo.

—¿Jerónimo?

—El capataz de la hacienda, pero todavía no sé si él sea víctima de las circunstancias o quien las genera... Son sueños tan reales que se cuelan en mis horas de vigilia. Quiero descubrir la historia, pero a la vez tengo tanto temor de abrir esa cortina... no sé a dónde me va a llevar. María Rosa... ella intuye lo que está pasando...

—Son solo sueños, no deben afectar tu realidad... hablaremos de eso la siguiente sesión.

El doctor guardó silencio, indicándole con un gesto que la sesión había terminado. Isabel elaboró meticulosamente el cheque por el pago de la consulta, se lo entregó, y dándole la mano le dijo:

—Gracias por acompañarme en este proceso, sin usted, sería muy difícil.

El terapeuta hizo un gesto afirmativo con la cabeza y le devolvió la sonrisa.

Isabel tomó el elevador y salió del edificio rumbo a la avenida. No le importó la lluvia. Caminó sin rumbo, disfrutando por un breve momento el saberse otra vez confiada, abrazando ese sentimiento, queriendo conservarlo en su mente. Sin embargo, sabía que más tarde vendría otra vez la sensación de abandono y de fracaso sobre sus hombros, acompañada de una ansiedad paralizante y un miedo terrible al futuro. "¿Por qué todavía le dolía tanto?, si ya habían pasado cuatro años desde su divorcio", se preguntó, y sin quererlo volvió a sentir la punzada en el estómago y una rabia extenuante. Por ese tiempo empezaron los sueños y desde entonces sentía que vivía dos realidades, dos vidas paralelas, con diferencias irreconciliables y con profundas similitudes.

¿Será cierto?

Isabel estaba en la orilla de la pista, montando a la yegua nombrada La Misteriosa, escuchaba la voz del entrenador que en un tono muy fuerte y con voz firme le gritaba:

—¡Isabeeeel las riendas, sostenlas firmemente, aprieta las rodillas y enderézate! ¡Enderézate! ¡Controla al caballo, que sepa quién manda! ¡Vista al frente!

Isabel no podía seguir sus órdenes, sentía al caballo desbocado, como si no reconociese sus señales. Pasaron unos minutos que parecían eternos y otra vez la voz del entrenador:

—¡Isabeeel! disminuye la velocidad, así no te estás preparando para el salto, ¡para! ¡Que pares te digo! ¡Paaara! Y dirigiéndose al caballo lo calmó con un ¡ooooh! Con paso firme se acercó a ella denotando un gran enojo:

—Isabel, ¿qué no me escuchas?

—Sí Mauricio, pero no sé qué le pasa hoy a la yegua, siento que no quiere obedecerme. Está súper inquieta y distraída.

—Vayamos de nuevo, pero si no la puedes controlar, hoy no saltaremos ni los cuarenta centímetros. No te quiero arriesgar a una caída.

Isabel se dirigió de nuevo a la pista, haciendo un esfuerzo enorme por controlar a la yegua, que no respondía a sus indicaciones.

—¡Isabeeeeel!, escucha, tienes que disminuir la velocidad, ponte derecha, enderézate te digo, estás aflojando las rodillas—, y después de otros diez minutos, gritó con voz llena de frustración —: ¡¡¡Se acabó!!! ¡Hoy no hay salto! Aquí termina la sesión de hoy.

Sudando completamente y con las mejillas sonrosadas por el ejercicio, Isabel se dirigió a las caballerizas, entregó su yegua a don Raymundo, quien al verla dejó de cepillar a un potro negro pura sangre, para tomar las riendas de La Misteriosa.

—¿Cómo le fue Chabela? —le preguntó el caballerango con cariño.

—¡Fatal! ¡Ni ella ni yo, dimos una! —respondió, sacando una zanahoria y ofreciéndosela a la yegua, que con gusto la tomó de su mano, sin brusquedad, como si temiera hacerle daño con los dientes.

—Así hay días —sentenció el hombre con voz tranquilizadora. La semana que entra será mejor... ya verá.

Después de preguntarle por su familia, se despidió de él con un gesto y se dirigió a la otra pista, que era más pequeña, donde se encontraba su marido. De lejos, veía una pareja abrazada, pero sin rastros de él. Al acercarse sorpresivamente, se dio cuenta que era él; ahí estaba, con su pantalón de montar negro y una sudadera blanca. Era muy alto y guapo, con un cuerpo atlético y musculoso. De lejos parecía que estaba abrazando a Margarita, la mejor amiga de ella, en una actitud muy íntima. Isabel se aproximó más y él, notando su presencia, se alejó abruptamente de la mujer.

—Isabel, pensé que seguías en tu entrenamiento…—dijo él con voz sorprendida, pero queriendo parecer casual.

—No, ya terminé, la yegua hoy no quería hacer nada —respondió Isabel tajante y con un gesto de intriga por la actitud de los dos. Se hizo un breve silencio hasta que Margarita, lo rompió exclamando:

—Isabel, le estaba contando a tu marido de lo que está pasando con mi padre, como Rodrigo es tan atento —afirmó mirándole a él—, me estaba consolando, ya sabes, es que yo creo que no nos durará mucho, sigue en terapia intensiva y no responde al tratamiento.

Isabel respiró, y repentinamente la invadió un sentimiento de culpa por haber malinterpretado el momento, y abrazando a su amiga le dijo:

—¡Cómo lo siento amiga querida!, ¿qué podemos hacer por ti?

Isabel se estiró en la cama, llenándose de rabia por el recuerdo. ¡Qué tonta fui! Cómo pude ser tan confiada… ¿Por qué no lo descubrí antes…? Tomó un sorbo de agua e hizo un esfuerzo por volver a conciliar el sueño.

Soñó con los caballos de la hacienda, recorriendo los sembradíos y las caballerizas; ahí estaba el capataz con su hijo, habían improvisado una pequeña mesa y sobre esta había un juego de cartas y varias monedas en el centro; percibía que los caballerangos le tenían miedo, y que su hijo siempre se ubicaba unos pasos detrás de él.

Isabel siguió recorriendo la hacienda. Era de noche, pero por alguna razón sus ojos se adaptaban a la oscuridad. El capataz se levantó con un gesto, recogió el dinero y empezó a caminar hacia ella, no la veía; su hijo lo seguía detrás. Se dirigían a la hacienda, bajaron por una especie de túnel hasta lo que parecía un sótano, y ahí el hombre retiró un pesado tapete tejido de color café, dejando descubierto un agujero y una enorme caja de madera, la abrió y arrojó las monedas que traía en su bolsillo; se giró para ver a su hijo y le dijo con los ojos rojos inyectados por el alcohol:

—Nicolás, esta caja es la llave al mundo... no lo olvides... Algún día nos salvará de vivir muriendo, como lo hacemos ahora, y soltando la más temible carcajada se alejó del lugar, mientras su hijo lo seguía.

Isabel se despertó sudando, pero con un intenso escalofrío. Resonaba en su cabeza esa risa macabra. Prendió la lámpara puesta sobre su mesita de noche y trató de tranquilizarse, apenas eran las cuatro de la madrugada, todavía podía dormir un par de horas más, hasta que sonara el despertador. Se sirvió un poco de agua y tomó un sorbo, esperando volver a conciliar el sueño de nuevo.

Capítulo 4

Un laurel en medio de la lucha

Habían pasado ya muchos meses desde que en ese escritorio habían pensado en la posibilidad de cerrar la empresa, y ahora todo parecía marchar bien, tenían una buena cartera de clientes, la revista había encontrado su nicho de lectores, y esto, les había abierto la posibilidad de hacer otros proyectos editoriales. Parecía que rendía frutos su esfuerzo.

Como directora general, Verónica había convocado a todos los empleados a una junta extraordinaria, y ahí estaban con un nudo en el estómago, sin saber qué esperar. Sabían que cuando esto pasaba, seguramente no habría buenas noticias qué celebrar. Verónica empezó su discurso: "Como saben el próximo mes nuestra revista, *Rayos X, un alivio para el Médico de hoy*, cumplirá cuatro años. Hemos competido con muchas otras publicaciones que tienen más capital que la nuestra, más experiencia y más años en el mercado; sin embargo, los que trabajamos aquí, sabemos cuánto empeño hemos puesto por ganarnos un lugar en este campo tan competitivo. Isabel y yo apreciamos el talento y el profesionalismo que cada uno ha puesto. Sé que han dado lo mejor de sí mismos, y por ello hemos logrado posicionarnos en el gusto del médico y sus pacientes. Isabel y yo nos sentimos muy orgullosas de los resultados y con mucha esperanza en esta empresa".

"José Luis —continuó Verónica, dirigiéndose al coordinador editorial—, haga el favor de leer en voz alta esta carta". Primero el encargado de la edición empezó con voz temblorosa: "Me es grato comunicarles que la revista, *Rayos X, un alivio para el Médico de hoy*, ha sido acreedora a nuestro máximo galardón, por ser considerada la mejor en su género. Le invitamos a recibir este reconocimiento en la ceremonia que se celebrará el día 23 de febrero del año en curso, en el Centro Nacional de la Cultura y las Artes, ubicado en…"

Todos se miraron por un momento, sin entender. Ahí estaba Ricardo, un tiburón para las ventas, Laura, Ana y Patricia, quienes asimismo integraban ese departamento y eran consideradas ejecutivas disciplinadas, profesionales y entregadas; Paola, que se encargaba de la contabilidad, tan seria como siempre, y Elena la recepcionista. Los que conformaban el departamento de editorial y diseño estaban conmovidos, y los mensajeros Roberto y Poncho que se encontraban en el piso de abajo, al oír la algarabía corrieron a unirse al grupo. Todos sonreían, era momento de festejar. Verónica, como solo lo hacía en ocasiones especiales, levantó una botella de *Champagne* y dejó que el tapón volara hasta rebotar en la ventana. Sirvió un traguito a cada uno de los presentes del burbujeante líquido dorado, y los invitó a pasar al patio, donde, sin que nadie lo notara, habían montado las cazuelas de deliciosos guisados para degustar una taquiza. No faltaron, el chicharrón en salsa verde, las rajas con crema, la tinga de pollo, las carnitas, el arroz a la mexicana y los frijoles refritos.

Brindaron, rieron y cada uno de los trabasjadores tomó la palabra para celebrar las fortalezas y los talentos de sus compañeros. José Luis, quien había realizado un excelente trabajo como coordinador editorial, los ejecutivos de ventas, que con su disciplina y perseverancia habían sacado a flote la publicación, las diseñadoras, la contadora y los mensajeros, que no habían descansado un solo día para que la distribución de la revista fuera oportuna, mes con mes, en los últimos cuatro años.

Verónica abrazó a su hermana con un apretón fuerte y sentido. No eran necesarias las palabras, cada una sabía lo que había en el corazón de la otra. Desde la entrada del patio contemplaron la escena por un buen rato, antes de integrarse al festejo. Ambas sabían que cada una había vencido sus demonios internos de inseguridad, miedo, cansancio y desilusión para sacar adelante el proyecto. No había satisfacción mayor, y ahora se sentían con la fuerza necesaria para conquistar otro día.

Isabela

Había notado a Isabela particularmente callada en las últimas semanas, lo cual era raro en ella. Isabel no podía entender qué le pasaba, había algo que estaba lastimando el corazón de su hija, pero no podía encontrar qué era.

Sin mucha importancia la pequeña le había dicho hacía un par de semanas que no sería "Clara" en *El Cascanueces* en el Festival de Navidad. Isabel sabía cuánto había trabajado para conseguir ese papel, llevaba meses de ensayo y, sin embargo, no la vio desilusionada al mencionarlo, sino más bien aliviada.

¿Qué estaba pasando? ¿Por qué se había quedado tan resignada al descubrir que llevaría un papel secundario en la obra…? Sería el hada de azúcar, pero no Clara…

Había tratado de hablar con ella, pero cambiaba el tema… Había perdido peso y las actividades que antes le entusiasmaban tanto, ahora carecían de importancia, se refugiaba en su cuarto con el argumento que tenía mucha tarea… El problema es que ya había pasado más de un mes y la situación no mejoraba. Isabel se sentía preocupada, no sabía qué hacer, lo bueno es que tendría una nueva cita con la maestra la semana siguiente, esperaba que ella pudiera descifrar qué estaba sucediendo. Por lo que intuía estaba involucrando a todo el grupo de amigas, pero no estaba del todo segura.

Recuento de la revista

Los meses que siguieron al premio parecía que todo cambiaría, pero ciertamente no fueron fáciles. Isabel observó su agenda una vez más y volvió a contar. En los últimos tres meses había visitado de manera personal, a ciento sesenta y siete clientes, y junto con los ejecutivos que estaban a su cargo, habían cubierto trescientas ochenta y nueve citas. Analizó los primeros números y revisó cuidadosamente las gráficas en la computadora. La primera era desalentadora: de la cartera de prospectos tenían más de cuarrocientos prospectos y solamente veintitrés clientes; sin embargo, no podía creer lo que estaba evaluando dos puntos, las ventas habían crecido de marzo a la fecha en un doscientos doce por ciento. De tres páginas de publicidad iniciales, para los meses subsecuentes, habían logrado alrededor de siete páginas y estaban desarrollando tres proyectos especiales, entre los cuáles se incluía un plan de lealtad para uno de sus clientes, el cual les ocuparía gran parte del segundo semestre. Con esto podrían sostenerse a lo largo de todo el año y seguirían visitando prospectos y tratando de cerrar ventas.

No sabía cómo, pero su situación ahora era diferente, y su hermana y ella podían ver el mundo desde otra perspectiva. Recordó una frase que había leído y le había gustado: "Cuando una persona con una actitud positiva va hacia la cima, los que están alrededor le dan la bienvenida y lo empujan para que lo logre". Claro que… "También cuando va en caída…", reflexionó. Pero en ese momento Isabel quería comerse el mundo a bocados. Se levantó de su silla tapizada en color azul marino y recorrió la corta distancia hasta el despacho de Verónica, se asomó y preguntó:

—¿Tienes un momento?

—Claro, pasa.

—Raúl nos pide que junto a su producto para la depresión le desarrollemos un texto que incluya los centros de apoyo que existen en México, no solo en el Distrito Federal, sino en toda la República. ¿Crees que Alejandra pueda tenerlo listo para el viernes?

—Déjame ver. Está redactando la entrevista del director del laboratorio *Research Pharmaceuticals*, pero la termina hoy, así que podría comenzar mañana y tenerlo listo para el viernes.

—Perfecto, daré fecha de entrega para la semana que entra. Verónica —hizo una pausa para preguntarle—, ¿puedes creer la posición en la que estamos?

—Isabel, lo único que sé, es que contamos con dinero suficiente para la nómina, ya con eso, me cambia el ánimo. ¡Qué años tan duros hemos pasado, creí que nunca lograríamos sacar a flote el barco! Claro que todavía no podemos cantar victoria, pero ahora cuando menos tenemos más estabilidad, más proyectos y el reconocimiento de nuestros clientes. Imagínate, ¿qué hubiéramos hecho sin la moneda de la abuela y el préstamo que nos consiguió Alfonso? Estaríamos ya en otro lugar, quizás hubiéramos tenido que cerrar la empresa y conseguir trabajo en otro lado, ¡qué diferentes serían nuestras vidas ahora!, ¿te has puesto a pensar en qué empresa trabajaríamos?

—Sí, que diferente serían nuestras vidas ahora.

—Por cierto —continuó Verónica—, Alfonso ha tratado de localizar al misterioso hombre que nos hizo el préstamo y no ha dado con él. Se vence el primer pagaré en un mes y tenemos que abonar el pago, pero no ha podido localizarlo, parece que cambió su número de teléfono y no dejó la cuenta a la que tenemos que depositarle.

—Qué raro…

—Sí, he hablado varias veces con Alfonso, pero él tampoco tiene información, solamente me confirma que es un inversionista conocido de otro conocido y que parece que está de viaje y que regresará pronto. Ojalá sea así, no quiero que se me junte con el siguiente depósito.

—¿Y tenemos los fondos para el primer pagaré?

—Sí, ¡gracias a Dios! Previniendo que en cualquier momento debemos pagar, he ido guardando un poco de dinero cada mes.

—Algún día Verónica, esta revista logrará ser un buen negocio, ya verás, confía.

—Con la suma de los proyectos que tenemos, el plan de lealtad que es un *hit*, y los anuncios de la revista podemos sostenernos sin problema hasta diciembre. El reto será el flujo de efectivo en los meses siguientes. Mira esta gráfica, no tendremos para cubrir los gastos en… junio, y para julio y agosto, nos veremos en serios problemas, si no logramos cobrar a tiempo las órdenes de compra que tenemos, pero por lo pronto el tener la liquidez necesaria para este trimestre hace una gran diferencia.

—Verónica confía, ya verás que todo saldrá bien.

Isabel observó a su hermana, los ojos los tenía brillantes y la expresión confiada, casi satisfecha.

—¿Cómo le haces? No estoy del todo segura y ¿tú?

—Tampoco, pero no podemos angustiarnos todavía por eso.

—¡Me sorprende y te admiro que siempre veas todo en positivo!

—Ni me digas, si no es por tu fortaleza, jamás hubiésemos podido salir adelante.

—Y ahora, ¿te conté lo de Isabela? Ya sabes, llevaba ensayando a diario sin descansar todo el año escolar, y su maestra de ballet le acaba de decir que el papel de Clara se lo darán a Brenda.

—¿Quién es Brenda?

—¡La hija de la maestra que le da las clases a su grado! Isabela está que nada la consuela, pero no me enteré por ella. No te imaginas, ayer que invitamos a Sofi a comer, platicando en la sobremesa fue entonces, que entendí cuál era el problema.

—No te preocupes, en el papel que le den ella lucirá. ¡Mi sobrina tiene talento!

—Pues sí, yo sé, créeme que eso no me preocupa, aunque cuando tiene uno esa edad, hacer un solo de ballet, ¡imagínate! Es como un sueño, una ilusión en la que enfocan toda su atención y quizás sienta que su mundo se le viene encima. Sé que tendrá muchas oportunidades más, pero… lo que realmente me tiene intranquila es que intuyo que hay algo más y no logro saber qué le está lastimando el corazón. Ya tuve una cita con la maestra, pero no ha notado nada diferente, me dice que todo está bien.

—Habla con otras mamás, quizás ellas sepan algo.

—Sí, tienes razón, así lo haré.

Quinto Aniversario

El hotel localizado en Paseo de la Reforma era uno de los más prestigiosos de la capital de México. Sus arcos antiguos y su hermoso jardín constituían el centro en el que convergían todas las habitaciones. Su estilo tan elegante y refinado, lo hacía indudablemente señorial. El salón de eventos, ubicado en el tercer piso, subiendo las escaleras de caracol, lucía una fina decoración europea con candelabros, alfombra roja y paredes pintadas en color beige claro. Las mesas estaban cubiertas con un mantel café oscuro; todo se encontraba perfectamente dispuesto para el evento que habría de realizarse en unos momentos. Para recibir a los invitados, había seis edecanes, vestidas a la antigua usanza italiana, estilo carnaval, con pequeños antifaces sobre su nariz, y vestidos largos bellamente decorados en rojo y verde, y aplicaciones en dorado.

Asimismo, en la mesa larga, haciendo la tarea de recepción se encontraban cuatro chicas vestidas impecablemente con trajes sastre azul marino y camisa blanca, quienes se afanaban en buscar el nombre del invitado e indicar a la edecán en qué lugar debía sentarse. Sobre las mesas estaban dispuestos los menús y la agenda del día, así como un antifaz en cada lugar, sobre una servilleta dorada en forma de abanico y piedras tipo cristal de los mismos tonos esparcidas por la mesa. El adorno del centro estaba hecho con plumas en colores verde árbol y morado, y en la punta de este tenía la máscara de un arlequín con los ojos decorados con rombos de diferentes colores. La vajilla era blanca con el filo dorado, combinando con las servilletas. Todo armonizaba con el tema del Carnaval de Venecia, que habían elegido para celebrar el quinto aniversario de la revista.

Los aplausos seguían en el aire, cuando Isabel se levantó y respiró profundamente como queriendo atrapar ese momento. La ovación era para su hermana, por el conmovedor discurso que había dado. Sintiendo en su corazón mucho orgullo por ella, se encaminó al podio con calma, disfrutando las palmas que no cesaban. Habían logrado reunir a cuatrocientas personas de la industria farmacéutica, entre directores generales, gerentes comerciales y de mercadotecnia, y todos aquellos de otras industrias de consumo que les habían ayudado en su quehacer profesional.

En una de las mesas principales, estaba el señor Cruz, quien había sido uno de sus primeros clientes; los hermanos Fernández, dueños de un laboratorio nacional que se clasificaba dentro de los primeros lugares; el licenciado López García, con un puesto importantísimo en compras, y muchos clientes más, algunos de ellos se habían convertido en buenos amigos a través del tiempo.

Con un ligero temblor en la voz, Isabel empezó su discurso, poco a poco fue adquiriendo confianza, y fue entonces que se hizo un cómodo silencio, para escuchar su mensaje:

"Dame un hombre fuerte y construiré un pueblo.

Dame un hombre fuerte y con pasión, y construiré una ciudad.

Dame un hombre fuerte, con pasión y sueños, y construiré una nación.

Dame un hombre fuerte, con pasión, con sueños, y con amor, y construiré un hogar.

Si tengo un hogar, tengo hombres fuertes: con pasiones, con sueños y con sabiduría en el corazón.

Solamente así podemos reconstruir el mundo".

Hizo una ligera pausa y continuó:

"Queridos amigos, estimado auditorio: la revista, *Rayos X, Alivio para el Médico*, dirige sus páginas a hombres que desean reconstruir el mundo en el que vivimos y a aquellos que entregan sus conocimientos, su arte, su ciencia y su tiempo, con el único propósito de devolver la salud. A lo largo de la historia, estos hombres han sido llamados: "ángeles sin alas", "hechiceros", "sanadores", nosotros los llamamos: médicos. Son a ellos a quienes dirigimos nuestras páginas, abriendo un puente de comunicación entre los últimos adelantos científicos, las noticias más relevantes y los medicamentos más recientes de la industria farmacéutica.

Sin embargo, para que los médicos puedan tener los medicamentos capaces de aliviar el cuerpo y el alma, cientos de personas trabajan diariamente en un laboratorio, intentando descubrir una nueva molécula que dé sentido a una nueva patente. Este proceso toma aproximadamente diez años y una inversión de ochocientos millones de dólares, para el descubrimiento de un componente que alivie el dolor o la enfermedad. Por estas razones, para nosotros es un motivo de orgullo trabajar al servicio de estos maravillosos seres que brindan su ciencia, su arte y talento al servicio de la humanidad, dando lo mejor de sí mismos para otorgar una nueva y mejor esperanza de vida.

A nombre de todo el equipo que conforma esta publicación, les damos la más cordial bienvenida y les agradecemos que nos acompañen esta noche. Asimismo, agradecemos a nuestros anunciantes que han creído en *Rayos X, un alivio para el Médico*, al considerarla como la mejor propuesta de inversión publicitaria. Gracias también a nuestros patrocinadores que hoy nos acompañan, y quienes nos han apoyado para compartir este momento entre amigos y colegas, con un rato de esparcimiento.

En los años que se ha conformado esta empresa, y en los momentos de mayor desánimo; de su ejemplo hemos aprendido que con fe en creer que es posible, podemos lograrlo, aunque el mundo esté en contra nuestra, ya que nos han llevado con su firmeza y confianza a emprender el rumbo de esta gran aventura, portando como estandarte las ilusiones y la esperanza de realizarlas. Le doy las gracias en nombre de todos los que laboramos en esta empresa a nuestra directora general, Verónica Ramos, ¡muchas gracias, te admiramos y nos sentimos muy orgullosos de trabajar bajo tu liderazgo!

Es mi deber también, agradecer a cada una de las personas que trabajan para la empresa Veisa Editores y Servicios de Mercadotecnia, ya que día con día aportan su energía, su fuerza y sus conocimientos para que la revista *Rayos X* llegue a a manos de los médicos y sus pacientes, buscando siempre la mejor portada que despierte su interés, los contenidos que atrapen su tiempo y las imágenes que enciendan sus sentidos. Es por ello que, nuestra revista ha sido galardonada con el premio al Arte Editorial y de original contenido, por ser la mejor en su género.

Y ahora, me gustaría compartir con ustedes una historia:

Cuentan que una de nuestras hermosas playas de El Caribe, había sido azotada con una terrible tormenta, dejando la arena blanca, cubierta de estrellas de mar. Al amanecer, un anciano pacientemente recogía cada una de las estrellas y las regresaba al mar. Un turista que caminaba por la orilla se le acercó y le preguntó:

—¿Qué hace usted?, ¿no lo comprende? son miles de estrellas; no va a terminar nunca. Hágame caso, yo le digo que es lo mismo.

El anciano serenamente recogió otra estrella y la llevó al mar y entonces le respondió:

—Yo le digo que para esa estrella, para esa… ¡no fue lo mismo!

Para la revista *Rayos X, alivio para el Médico*, no es lo mismo; los que estamos aquí, estamos conscientes que HOY es el único día conocido y que hoy tenemos que intentarlo una vez más.

HOY es el día para perseguir los ideales.

HOY es el día para sembrar y dar lo mejor de uno mismo.

HOY es el día para correr un kilómetro más y reconstruir este mundo, porque la vida y las oportunidades no te esperan, las tienes que abrazar, tomar fuertemente y no soltarlas.

¡Gracias por contar su presencia el día de hoy!

Isabel terminó con lágrimas en los ojos y la voz quebrándosele al final de la frase. Se bajó del podio con las piernas temblando y la emoción en cada centímetro de su piel. Podía escuchar los aplausos, aun cuando sentía que escuchaba más fuerte, los latidos de su corazón. En ese momento tocó el turno al maestro de ceremonias, quien presentaría al tenor que habían contratado para celebrar el inolvidable aniversario de la revista *Rayos X, alivio para el Médico de hoy.*

El despacho

La puerta del despacho estaba entreabierta. Se escuchaban voces en un tono más alto que lo normal; sin embargo, la hacienda estaba totalmente en silencio y casi a oscuras.

La única figura que se veía era la de María Rosa quien, vestida con un ligero camisón, un gorro blanco sobre su cabello y totalmente descalza, escuchaba detrás de la puerta sin ser vista. Dos voces masculinas provenían de la oficina de su padre.

—Don Eduardo, como le he comentado en varias ocasiones, los gastos han rebasado las entradas de dinero, y todo se nos ha ido en materiales y en el pago de los trabajadores y los peones.

—¿Pero no hay suficientes fondos de la fábrica de hilos? —preguntó el hombre con voz angustiada.

—No señor, los materiales han subido muchísimo y hemos tenido que hacer varias reparaciones a las máquinas. El pago de nóminas, de insumos, de materia prima nos está acabando, aunque ha habido ventas, no ha sido suficiente. La gente no quiere comprar, todo está detenido y ya nos acabamos el dinero que había. ¡La Revolución está acabando con los negocios!

—La Revolución, la Revolución... ¿No entienden esos hombres que solo es manipulación de unos cuántos y el capital solo cambiará de mano? Será como en otros lugares, la ayuda no llega a quien la necesita. En fin, y volviendo a la fábrica, no entiendo, no puede ser, si solo estuve fuera un par de semanas y dejé suficientes recursos para subsistir todo el mes.

—Don Eduardo, es que no ha visto la situación completa. Ya no hay más, se tendrá que declarar en bancarrota, la fábrica ya no está funcionando.

—¿Y los sembradíos? ¿qué pasa con el sembradío de trigo, de maíz y el de limón?

—Se quemó gran parte de la cosecha, solo sobrevivieron unos cuantos árboles de limón y aguacate. Aun así no habrá suficiente para la temporada, los becerros todavía están muy pequeños y la granja no ha producido lo que se esperaba.

—Pero... ¿y las ovejas?, tú mismo dijiste que la lana era un negocio redondo, en el que había que invertir.

—En este tiempo nadie quiere comprar lana.

El padre colocó las manos sobre las sienes y se dijo para sí unas palabras con voz quebrada y en tono muy bajo, pero el capataz y María Rosa alcanzaron a escuchar como un triste lamento: "¡Y ahora, ¡¿qué pasará con mis hijos?!"

Solo una maleta

"Solo una maleta" ordenó su padre con expresión categórica y firme; no obstante, en su rostro se reflejaba una profunda tristeza. Era la misma mirada que tenía, cuando con lágrimas en los ojos le anunció que su madre había muerto, pero que la última bebé, producto de su amor, había sobrevivido, como un recordatorio de la semilla nueva que germina y vive, y que, en una jugada del destino, apaga a la semilla vieja. María Rosa no lo entendió en su momento, pero ahora, ahora sí que entendía la ausencia diaria de su madre. ¡Cuánta falta le hacía! Le pesaba la responsabilidad sobre sus hombros a tan temprana edad, se sentía incapaz de sacar adelante a sus hermanos. Se puso otra bufanda alrededor del cuello, encima de la que ya tenía; en una mano tenía su veliz, y en la otra una muñeca de trapo sin un ojo y con la sonrisa desdibujada en una mueca triste, como si al ser testigo de su dolor, lo copiara. Percatándose de sus hermanos, alineados y muertos de susto en la fría estación del tren, María Rosa se dirigió hacia ellos, abrigó a cada uno y les dio un abrazo, sintiendo cómo temblaban de miedo y de frío, y los consoló diciendo: "¡Será una nueva… aventura!" Y después fue con su nana, quien la abrazó por un tiempo que pareció largo, brindándole fuerza, cariño y consuelo. "¡Ay nana!, ¿qué será de nosotros?"

En su sueño, Isabel también quería abrazar a María Rosa y recibir a su vez el consuelo de su nana. Soñó con su abrazo y sintiendo la calma, la fuerza y el consuelo que ella brindaba, empezó a llorar suavemente en un susurro. Finalmente, despertó sintiendo la almohada húmeda a su lado y los brazos adoloridos por la fuerza que había puesto en el abrazo que le estaba dando al mullido cojín.

En la cárcel de tu adiós

Isabel estaba sentada junto a la ventana de su cuarto. Había estrenado un vestido azul con verde que le ceñía la cintura y le sentaba de maravilla. Lo había comprado justo para esa ocasión especial. Se había tardado horas en decidir cuáles zapatos se pondría, en aplicarse el maquillaje y en elegir el bolso que le haría juego. El resultado había valido la pena, se veía muy guapa, *chic* y elegante, así como pensaba que le gustaba a Pablo. Isabela y Daniel estaban invitados a casa de unos amiguitos de la escuela, y Patricio se quedaría en casa con la abuela. Él era feliz jugando ajedrez con la Chiquis, como le decían de cariño, tratando de ganarle y cada vez volviéndose más experto; tenía un talento nato para aprender con rapidez ciertas jugadas y descubrir nuevas estrategias.

Volvió a mirar por la ventana: "qué raro", pensó, eran ya las dos y media de la tarde y ni sus luces de Pablo, había quedado de pasar por ella desde hacía media hora. Trataba de localizarlo, pero sin éxito; le había marcado a su teléfono, pero al sonar varias veces sin respuesta, la mandaba a su buzón de voz, ¿dónde podría estar?, ¿será que alguno de sus pacientes se había puesto delicado? "¡Pobre!" —pensó Isabel—, qué profesión tan sacrificada…

De repente el timbre del teléfono la hizo volver a la realidad:

—¿Isabel Ramos? —preguntó una voz joven al otro lado de la línea.

—Sí, soy yo.

—Le hablo de parte del doctor Pablo Jiménez, soy la nueva recepcionista.

—Mucho gusto —respondió Isabel por ser amable.

—Igualmente, me ha pedido el doctor que le diga que no puede llegar.

—Pero ¿qué ha pasado?, ¿tiene que cubrir alguna emergencia médica? "Me dijo que solamente iría a jugar golf esta mañana, pero que se desocupaba a la una de la tarde", pensó Isabel sin expresarlo en voz alta.

—Bueno, el doctor no me dio mayor explicación, no ha venido al consultorio y por lo que sé tampoco ha ido al hospital, solo me pidió que la llamara para avisarle, me supongo que ya le dirá cuando se comunique con usted.

—Sí claro —afirmó Isabel sin estar convencida.

Le llamó a Raquel, la esposa de otro doctor del grupo con el que se reunía para jugar los sábados por la mañana.

—Hola Raquel, ¿cómo estás?

—Bien Isabel que te cuento… y empezó a platicarle las últimas novedades desde que se habían visto.

Con mucho tacto Isabel la interrumpió:

—Raquel, estoy por salir… pero te quería preguntar si sabes algo de tu esposo, Pablo está con él y no puedo localizarlo.

— ¡Ay Isabel!, ¿todo bien?

—Sí, todo bien, tenemos un compromiso social y quería ver si lo esperaba.

—Mmmm yo que tú mejor no, hace veinte minutos que me habló Javier para decirme que les faltaba todavía un rato para completar los 18 hoyos. También me comentó que estaban los cuatro que siempre juegan.

—Muchas gracias Raquel, que bueno que te llamé, mejor ni esperarlo…

—Sí amiga, bien dicen… somos viudas del golf… ¡Ja ja ja!

Escuchó reírse a su amiga antes de colgar.

La invadió una infinita desesperanza. Habían planeado este día con mucha anticipación. Sus amigas le harían una comida especial por su cumpleaños y los esperaban justo a esta hora. Hacía varias semanas que él lo había anotado en su agenda y que venían platicando del suceso. ¿Por qué ni siquiera se tomaba la delicadeza de llamarle personalmente?, ¿qué se creía? Ahora una rabia la dominaba, ¡le habría tomado un minuto, un cochino minuto, le hubiera tomado explicarle qué sucedía y disculparse!

Corrió al cuarto de su madre y, con el mayor control que podía para que ella no percibiera la contrariedad que sentía, le dijo:

—Mami, ¿qué crees? A Pablo se le ha presentado una emergencia, ya sabes, a los médicos les pasa, pero tomaré el coche y me voy volando porque me están esperando mis amigas.

—Isabel —le dijo su madre intuyendo que algo no estaba bien —, diviértete, la comida es para ti, que nada empañe tu tarde.

—Sí mami, así lo haré.

Besó a su madre y a Patricio, quien ya estaba listo junto a la abuela con el tablero preparado para la partida.

No pudo evitar al subir al automóvil, sentirse furiosa, además que profundamente herida, y sin querer de golpe, que las lágrimas corrieran como en cascada sobre su rostro, descomponiéndole el maquillaje que con tanto cuidado se había aplicado, sacó un pañuelo, se las secó y con un gran enojo se dijo: no vale la pena llorar por él, y lo repitió una y otra vez. No vale la pena... ¿por qué?, ¿por qué para él no son importantes mis compromisos? Se preguntaba sin respuesta... En la radio escuchó la canción de Vicente Fernández *En la cárcel de tu adiós*... "Si tú ya no me quieres, vida mía, arráncame de un golpe el corazón, evítate toditas las mentiras, entiérrame el puñal de tu traición..." Muy *ad hoc*, se dijo Isabel.

Siguió sorteando el tráfico de sábado a medio día y después de un rato larguísimo, por fin llegó a la casa de su amiga, con el maquillaje estropeado y los ojos hinchados. Gotitas de sudor le resbalaban por el cuello. Entonces, hizo una pausa; respiró profundamente, se compuso el maquillaje, se limpió las gotas de sudor y se dijo: "Si he podido superar tantas cosas, también superaré a Pablo, así que en mi corazón hoy le digo adiós". Y se bajó del automóvil dispuesta a disfrutar la tarde.

El Mercado de San Juan

Al escuchar la voz de Isabel que con un quejido exclamaba: "¡Ay nana!, ¿qué será de nosotros? ¡Ay nana!", la nana Genoveva tocó suavemente la puerta, pero como no obtuvo respuesta, la abrió. Observó que Isabel estaba dormida, parecía que estaba lidiando con sus sueños, por lo que esperó un momento antes de despertarla.

—Nana, estaba soñando tan profundamente; es la hacienda otra vez… me causa tanta angustia, no me da tregua, una y otra vez se repite el sueño, solo preguntas y ninguna respuesta —susurró Isabel, haciendo una pausa, para luego preguntar con voz confusa y entrecortada—, pero ¿qué día es hoy?

Sin saber de qué estaba hablando la nana le dijo:

—Mi niña, es sábado y quedamos en ir al mercado. Ya son las ocho, aquí te dejo un licuado de tuna recién hechecito.

—Gracias nana, dame cinco minutos y ya nos vamos.

Rápidamente, Isabel se puso un pantalón de mezclilla y una camiseta gastada, que le quedaban muy cómodos, y bajó los escalones de la casa, sin hacer ruido para que no se despertaran los chicos. Después ayudó a la nana a colocar las bolsas de yute en la cajuela, las dos se subieron al coche y enfilaron rumbo al Mercado de San Juan. Tomaron la calle Ángel Urraza hasta llegar al Eje Central, para doblar a la izquierda en la calle Ernesto Pugibet, donde se encontraba la entrada del mercado. Se estacionaron un poco más adelante e Isabel aprovechó para admirar la arquitectura del edificio contiguo, construido en piedra lisa color gris, con un arco estilo español y la inscripción tallada "Compañía Cigarrera Mexicana"; una edificación que actualmente parecía albergar viviendas. En los años veinte era la sede de una reconocida empresa de mercadotecnia y la cuna de la radiodifusora XEB, famosa por haber recibido en sus instalaciones a grandes figuras del espectáculo de aquella época, como Joaquín Pardavé, Pedro Infante y Mario Moreno 'Cantinflas' y acogido el debut del programa *El Panzón Panseco*, tan famoso en su tiempo.

Todo esto lo sabía, Isabel porque su padre había tenido su negocio de joyería justo en el centro de la Ciudad, en las calles de Bolívar y 16 de Septiembre. Cuando era pequeña y lo acompañaba a su despacho, la llevaba por las calles explicándole la historia de cada edificio, museo y restaurante que se encontraban a su paso. "Su padre, pensó con nostalgia, definitivamente había sido un erudito". Había estudiado la carrera de contabilidad, sin embargo, un año antes de terminar la escuela nocturna, la había tenido que abandonar para ponerse a trabajar y mantener a sus hermanos pequeños y a su madre, quien había quedado viuda. Pero, eso no le había impedido aprender por su cuenta, así que a veces le parecía a Isabel que con tanto que sabía era una enciclopedia llena de conocimientos. Ella siempre lo recordaba con un libro en la mano o escuchando música clásica y española. Esta última, en honor a su propio padre, quien había venido de la madre patria a los veintiún años de edad, con el corazón repleto de sueños y promesas, y sus bolsillos completamente vacíos. Su padre contaba que el abuelo siempre había querido regresar a España para ver a sus padres y hermanos, pero no le fue posible, eran tiempos duros; trabajaba de sol a sol pero siempre había una cuenta que pagar o un gasto que hacer, y nunca reunió lo suficiente para los pasajes que cada año soñaba que compraría.

Isabel volvió a la realidad. En el trayecto hacia el mercado iban repasando la lista de lo que necesitaban; comprarían lo necesario para los próximos quince días, así ya solo tendrían que pasar al supermercado por algunas latas y por leche. Al llegar, se paró un momento y contempló la explosión de colores y el fuerte olor a fruta, verdura y guisados. Las piñatas colgadas del techo en colores vivos, las canastas de mimbre y los puestos con la mercancía perfectamente ordenada, hacían un contraste impresionante con el caos del mercado. Pasaron a ver a su marchanta favorita:

—¿Qué va a comprar la güerita hoy? —Así se dirigían las vendedoras a las señoras que iban a comprar, sin importar el color de su cabello, pues solo era un término coloquial que todos entendían.

—Denos seño, dos kilos de calabazas; de papa solo uno, pero de la chiquita, y de zanahoria —pidió Isabel, y dirigiéndose a la nana le preguntó—: o ¿llevamos dos?, y acuérdate que no podemos olvidar las habas, cebollas, tomate verde y los jitomates.

Vieron los nopales tiernitos y compraron dos paquetes grandes. Escogieron también la fruta; había tunas, papayas, cerezas, chabacanos, manzanas y mandarinas, todo tan fresco que parecía recién cortado. Cuando terminaron le pagaron a la marchanta y pasaron al puesto que estaba al lado para comprar una gran variedad de chiles. En esa área también encontraron las tostadas, el arroz y el frijol. Al final del pasillo encontraron el puesto de especias y condimentos que solamente ahí se vendían, compraron dos o tres para complementar su compra. Cada una de las cosas que adquirían, las iban poniendo en las bolsas de yute, que eran transportadas en un diablito, por un chico que se había ofrecido a ayudarles. El mocito no tendría más de doce años, pero tenía los brazos fuertes y una habilidad impresionante para manejar el pesado carrito entre puesto y puesto, y más, con el espacio tan reducido de los pasillos.

En el fondo encontraron el puesto de pescados y mariscos, y allí, también se dieron vuelo comprando filetes de huachinango fresco y camarones que le encantaban a Daniel. Más adelante, compraron pechugas de pollo para empanizar y algunos retazos para preparar un buen consomé. Tanta actividad había despertado el apetito de Isabel, por lo que le dijo a la nana: "Vamos nana, te invito una quesadilla, estoy muerta de hambre".

Doña Lucha, estaba poniendo un par de quesadillas en el comal lleno de aceite para freírlas. La nana pidió una de queso con champiñones e Isabel una de queso con nopales. Eran enormes, así que con una tenían para toda la mañana. También pidieron un jugo de naranja recién exprimido, que "sabía a gloria", dijo la nana.

Cuando terminaron, pagaron y se dirigieron al puesto de don Pablo, quien decía que tenía "el mejor café de México".

—¿Qué se le antoja a la güerita hoy?

—Don Pablo, denos dos capuchinos.

—Ahora mismo se los preparo, pero siéntense que vienen chapeadas de tanta compra y no quiero que se alteren, con calmita y se los preparo.

Después de degustar su café, coincidiendo que era uno de los mejores, Isabel y la nana pasaron por el altar de la Virgen de Guadalupe; cada una dijo en silencio una oración y se dirigieron hacia el coche. Isabel abrió la cajuela y el muchacho empezó a acomodar todas las bolsas, perfectamente en posición vertical para que no se derramara nada. Después, Isabel sacó un billetito dándole una generosa propina, a lo que el chico, abriendo los ojos todo lo que podía, le dijo con gratitud:

—Ya sabe seño, que aquí me encuentra los sábados y, muchas gracias.

—¿Cómo te llamas?

—Felipe.

—Muy bien, no se me olvida, te buscaré aquí en quince días.

—Gracias seño, a sus órdenes.

Cuando se acomodaron en sus asientos, Isabel suspiró profundamente y una sombra de preocupación cubrió su rostro.

—¿Qué le preocupa a la niña? —preguntó la nana con voz cálida—. Pensé que la empresa estaba funcionando bien.

—Sí nana, pero no es eso lo que me tiene así, parece que las cosas ahí van marchando mejor, ahora lo que me preocupa y no me deja en paz, son…

—Pero los chicos están bien —interrumpió la nana, tratando de sonar convincente.

—Sí nana, los niños están bien gracias a Dios, pero lo que me preocupa son mis sueños, no me dejan en paz —precisó con angustia y derramando un par de lágrimas—. Siento que me estoy volviendo loca tratando de entenderlos, es tanta la angustia que no puedo estar en paz en ningún sitio. No puedo dormir bien y cuando estoy despierta solo pienso en eso. Sueño con una hacienda, con una niña llamada María Rosa, y con sus hermanos y con el capataz Jerónimo… Y es una historia triste… Han perdido a la madre… y les han robado en la fábrica de hilos, también propiedad de la hacienda…

A la nana se le erizó la piel al escuchar esos nombres, por lo que le comentó que ella ya los había oído nombrar; sí, se los había oído decir muchas veces a la abuela de Isabel y también hablaba de una hacienda.

—Pero… ¿Ya lo platicó con su mamá, le ha contado a ella esto que me dice? —expresó la nana tratando de resolver tanto acertijo.

—No nana, pensé que no tenía importancia, pero no me dan tregua… Me causa desesperación ver lo que les pasa a esos niños, y son muchos, quizás diez u once.

—Mi niña, esos nombres los decía su abuela, platíquele los sueños a su mamá, ella entenderá.

—¡Ay nana!, es todo tan incierto… me provoca tanta angustia que ya no puedo estar, ya no sé estar en ningún lugar…

Capítulo 5

La invitación

*L*legaron al despacho de Horacio un poco después del medio día; habían acordado comer cerca de su oficina, ya que les había dicho que tenía un día bastante complicado.

Isabel y Verónica tomaron el elevador del edificio localizado en Reforma.

—Es el cuarto piso, ¿verdad Verónica?

—No, es el tercero.

—¿Para qué nos querrá ver con tanta urgencia? —preguntó Isabel.

—Ya lo sabremos, a ver qué nos dice.

Horacio ocupaba la dirección general para México y Latinoamérica de una de las líneas de cruceros más reconocida del mundo. Su matriz estaba en Génova, Italia, en tanto la oficina filial de México operaba desde un moderno edificio en pleno Polanco y sobre la avenida Reforma.

A lo largo de los años, además de un excelente cliente, Horacio se había convertido en un gran amigo. Desde el inicio había creído en la revista, aunque pasaron varios años hasta que tuvo el presupuesto para invertir en medios de publicidad impresa, eligiendo la revista para lanzar una campaña, en la que a través de trivias y acertijos se invitaba a los médicos a participar. Una vez al año se rifaba un viaje de siete días al Caribe, iniciativa que había sido un éxito completo. Los médicos participaban enviando sus respuestas y sus comentarios, lo que generaba una base de datos que le daba un plus a su estrategia. El sector era muy atractivo para Horacio, por tratarse de médicos con poder adquisitivo para viajar.

Después de saludar a la recepcionista, y pasar la puerta de cristal de la entrada, las hermanas entraron a una moderna sala de juntas, con una mesa de cristal biselado, sillas perfectamente alineadas, tapizadas en color azul oscuro, una pantalla de televisor del lado izquierdo y la pintura de un barco sobre la pared que ocupaba todo el largo de la sala. Llegó a saludarlas Carmelita, quien era la mano derecha de Horacio; inquieta, todo el tiempo con muchas ganas de aprender y muy organizada; cualidades con las que él la describía. Horacio, siendo un genio para las relaciones, para encontrar el negocio adecuado, para lanzar las estrategias certeras al mercado, era una calamidad para la organización y para mantener el orden, por lo que no prestaba atención a los pequeños detalles;, siempre perdía las llaves del coche, las tarjetas de crédito, el teléfono celular y el portafolio. "Por eso existen las Carmelitas en nuestras vidas, ¿qué haría sin ella?, ¡no saben la de veces que me ha salvado!", comentaba cada vez que se reunían con él.

Horacio entró a la sala, llenándola toda con su presencia. Se distinguía por ser tan buenmozo, de tipo italiano, alto, de figura atlética, piel morena clara, cabello negro, mirada penetrante y de un gran carisma. Aunado a sus atributos físicos que las personas no podían dejar de notar, no había manera de estar con él y no reírse con su agilidad mental. Siempre tenía el comentario ade-cuado adornado con un gran sentido del humor, lo que hacía que la reunión se adornara con grandes risas y una que otra sonora carcajada. Después de saludarse, pasaron al tema del trabajo. Repasaron la campaña que estaban realizando con la revista, las encuestas, la respuesta del sector médico y el número de llamadas recibidas, de las cuales el tres por ciento había reservado su viaje. Estaba contento con los resultados, así que les aseguró que continuarían con la campaña de publicidad para el siguiente semestre. Isabel y Verónica se miraron aliviadas y más, al saber que su esfuerzo estaba dando frutos.

Al terminar su junta, se dirigieron a un restaurante que ofrecía pescados y mariscos, el favorito de Horacio. Después de ordenar sus platillos, el ejecutivo les comentó que el próximo mes sería el viaje inaugural de un nuevo barco, ¡una joya del mar!, no solo por la alta tecnología con la que se construyó, sino porque trabajaron en él los mejores arquitectos italianos, dando como resultado una embarcación de vanguardia y con todas las comodidades. Se trataba de una magnífica pieza de arte, les comentó con gran orgullo. Para ese viaje, tenía tres países para gente de prensa y quería invitar a una de las hermanas para que cubriera la ceremonia de inauguración y los espectáculos con motivo de su lanzamiento, primero en aguas europeas y en el otoño en aguas del Caribe.

Horacio mencionó la fecha, y Verónica asintió de inmediato sin darle oportunidad a Isabel, de hablar primero:

—Horacio, Isabel puede ir en nuestra representación, en esa fecha desafortunadamente no podría asistir yo.

Isabel empezó a sentir mariposas en el estómago...

—¿Estás segura Verónica?

—Isabel, ¡por supuesto!, Horacio dinos qué tenemos que preparar y estaremos listas para ese maravilloso evento. ¡Muchas gracias por pensar en nosotros!

Isabel no tuvo ni tiempo de responder nada; así la habían comprometido, sin participar en la decisión. Ella no tenía idea de que ese viaje cambiaría su destino… Horacio les dio algunos detalles y les dijo que al día siguiente le enviaría a Isabel la invitación formal con todos los requerimientos que necesitaría preparar.

Ya en el coche Isabel le comentó a su hermana:

—Verónica, ¿por qué no vas tú?

—Porque tengo un examen de la especialidad de investigación, así que ese viaje es para ti. Ya habrá otros… además Isabel has trabajado mucho, será como un descanso, te hará bien desconectarte un rato de todo.

—Vero, no inventes. Y dejar tantas cosas que tengo ahora…

—No te agobies, podrás organizarte, ya verás, y los niños van a estar bien. Estaré al pendiente de ellos…

—¡Ay hermanita, siento tanta emoción!, y a la vez… ¡tantos nervios!

Al día siguiente Isabel recibió la invitación acompañada con un kit de prensa en el que se indicaban las recomendaciones para el viaje inaugural de "la nave de Neptuno", como lo había bautizado. Venía una simulación del boleto de avión, el número de cabina donde se alojaría, la lista de eventos a los que asistiría y el código de vestimemta. Todo perfectamente especificado con los horarios, la agenda, el itinerario y el contacto a bordo. Se quedó unos momentos admirando la convocatoria; la ilustración era de la embarcación entrando a Venecia. Lanzó un largo suspiro, sabiendo que esta convocatoria uno la recibe quizás una vez en la vida, y a veces ninguna… "¡Qué suerte tengo!"

También en el kit venían explicadas las piezas de arte, los lugares del barco que era importante resaltar y las características que lo hacían único. Datos importantes que como agente de prensa no se podían pasar por alto, también contenía unas tarjetas impresas en un papel plastificado con las especificaciones técnicas del barco, cuántos pasajeros podían instalarse cómodamente, el número de personas que trabajaban a bordo, en qué año empezó a construirse, el número exacto de cabinas, piscinas, restaurantes, cafeterías, etcétera. Así como la velocidad que podía alcanzar.

Fue al despacho de su hermana para compartir con ella la emoción que sentía y comentarle algo que se le acababa de ocurrir.

—Verónica, mira qué belleza de invitación, ¿lo puedes creer? Todo esto me parece un poco irreal… Como que siento que es una historia de cuento… imagínate esos lugares, el barco, todo suena tan bonito… Y, por cierto, mira lo que se me acaba de ocurrir, nuestra amiga Mónica sigue trabajando para el diario *La Faceta de Madrid*, en la sección de hoteles y restaurantes. ¿Crees que pueda pedirle a Horacio el favor, de ver si convence al director del periódico español de incluirla en el programa? Gracias a Mónica, conocimos a Horacio y sé que él la tiene en buena estima.

—Inténtalo Isabel, no pierdes nada con preguntar…

Isabel regresó a su oficina y marcó el teléfono de Horacio. Después de agradecerle nuevamente la invitación y de expresar la admiración por el kit de prensa tan elegante y con tan bello diseño, se animó a preguntarle:

—Oye Horacio, ¿crees que puedas sugerirle a tu colega de la filial española de incluir a Mónica de *La Faceta de Madrid* en el programa del lanzamiento del nuevo barco? Es un periódico de gran prestigio y con un buen número de ejemplares… Estoy segura que están invitados, pero no sé si Mónica específicamente sea la corresponsal del viaje inaugural…

Se hizo un silencio y solo se escuchó un fuerte respiro de Horacio. Después de unos momentos que parecieron una eternidad, respondió:

—Isabel, aprecio enormemente tu sugerencia, pero ¿no crees que sería un atrevimiento de mi parte decirle a Luis Javier, que le diga al director del diario, con quien no tengo relación, que destine una de sus invitaciones a una amiga mutua?

—Tienes toda la razón, discúlpame, no debí haber preguntado.

—Bueno, la lucha se hace, pero en esta ocasión no puedo complacerte. Ya sabes que cuando se puede se puede, pero en esto no…

—Ni me digas, estoy apenada por haberlo mencionado.

—No te preocupes. Por cierto, Carmelita te llamará mañana para pedirte algunos datos del pasaporte y dejar listos todos los detalles del viaje. Si tienes alguna duda coméntalo con ella…

—Gracias nuevamente por pensar en nosotros —enfatizó Isabel al despedirse, justo un segundo antes de colgar.

Una copita de vino… que quite el estrés

Isabel estaba en la sala de espera de la aerolínea española lista para abordar. Los pensamientos corrían en su mente como un maratón dispuestos a arruinarle el viaje. ¿Dejé pagada la clase de Isabela? ¿Su traje estará listo para el recital? Ojalá que el equipo de Daniel pase a la final… Y Patricio… espero que no tenga las pesadillas que creo que heredó de su madre o sea yo… Y en la oficina, olvidé decirle a Blanca que vendría el proveedor y tenemos que liquidar la factura… Y así seguían viniendo a su mente como visitantes impertinentes. Cerró los ojos y se dijo: "Isabel solamente es una semana, los niños estarán bien y la oficina también sobrevivirá". Se tranquilizó pensando en lo que su madre le había recomendado: "disfruta cada segundo. Esta oportunidad no siempre se da..."

En eso estaba, cuando vio al resto del grupo que se acercaba hacia ella. Horacio hizo las debidas presentaciones y se dirigieron a la puerta de embarque. Una vez instalados en su asiento, Isabel cerró los ojos haciendo sus ejercicios de respiración. Uno, dos, tres... todo va a estar bien, hay miles de vuelos diariamente, es de los transportes más seguros. Uno, dos, tres... respira... reza... uno, dos, tres... respira... Juan Carlos, el reportero que le había tocado en el asiento de al lado, la observaba con detenimiento, sin atreverse a decir nada, veía que su compañera de asiento cerraba los ojos y luego los abría, respiraba una y otra vez, hasta que finalmente se animó a interrumpirla:

—Isabel, ¿verdad?

—Sí —respondió ella con voz casi inaudible.

—¿Estás bien?

—Sí, es que me da un poco de miedo volar...

—Todo va a estar bien, relájate.

Se concentró en su respiración, las manos le sudaban, las tenía fuertemente asidas al asiento, cuando por fin se escuchó el ruido del despegue; unos minutos más y ya estarían en el aire. "Isabel tranquila, es normal que se mueva... Todo está bien... Piensa en otra cosa..." Respiró una vez más profundamente y esperó otro rato. Por fin se estabilizó el avión, por lo que aprovechó para levantarse de su asiento. Se dirigió a la primera estación del avión para pedir un vaso con agua y relajar un poco las piernas que las sentía tensas. Se trataba de un viaje pagado por la línea de cruceros, así que incluía boletos en primera. Isabel trataba de que el viaje no se le echara a perder con sus miedos, sus miles de pendientes y su tendencia a querer hacer todo personalmente. Por lo que trató de concentrarse en la emoción que le daba poder hacer un viaje así, a la vez que se sentía como niña con juguete nuevo pensando: "primera vez que viajo en primera", y hasta la frase hace rima; sonrió con su ocurrencia, tratando de no dejar que la ansiedad que le producía volar se apoderara de ella.

Se acercó a la sobrecargo, quien le dijo que en un momento le llevaría su bebida y, justo estaba regresando a su asiento, cuando escuchó que ella le decía a su compañero:

—Yo sabía que había algo mal en el motor derecho, vibraba de una manera diferente, se lo dije al capitán y él a su vez a los encargados de mantenimiento. No se escuchaba bien al despegar… pero lo checaron y dijeron que todo estaba bien.

Isabel regresó a su asiento pálida como el papel, parecía que había visto un fantasma.

Juan Carlos francamente preocupado, insistió:

—Pues qué, ¿te encontraste a alguien?

—Mira lo que acabo de escuchar —Isabel le comentó lo que había dicho la aeromoza.

—No te preocupes, no han comentado nada, si eso fuera cierto, ya el capitán nos lo hubiera dicho, créeme que no se arriesgan, y ahora con tantos avances, ya tienen muchos controles —le aseguró él con tranquilidad.

—Es que de veras no te imaginas qué miedo me dan los aviones, es un terror que tengo desde pequeña —respondió Isabel con voz temblorosa, sintiendo que las gotas de sudor ya le empezaban a caer por el cuello—. Antes de subirme a un avión hago meditaciones, respiraciones y todo lo que se te ocurra, no puedo dormir bien desde una semana antes del viaje.

—Y… ¿qué te ayuda a tranquilizarte? Sabes qué, lo mejor es una copa de vino, así que entonces, ¡brindemos! Y eso hará que no pienses en ello —dijo llamando a la chica—. Por favor, si puede traernos dos copas de vino tinto, el mejor que tenga.

Después de la segunda copa, Isabel sentía que se iba relajando, hasta que se escuchó el anuncio proveniente de la cabina de pilotos:

—Habla el comandante Marco Díaz González, para decirles que tenemos un desperfecto en uno de los motores, por lo que necesitaremos aterrizar de emergencia en el aeropuerto más cercano. Lo haremos en el aeropuerto de Cancún; llegaremos ahí en aproximadamente cuarenta minutos, pero será necesario soltar un poco de combustible. Les estaré informando del estatus de nuestro vuelo.

Isabel se volteó hacia Juan Carlos:

—Entonces sí era cierto. Ahora, ¿qué haremos?, ¡estoy que quiero saltar ahora mismo! Le empezaban a temblar las piernas y la vista se le empezaba a nublar.

—No, no, no, cero dramas… Mira Isabel, te lo pongo de esta manera, a menos que estés en la cabina de pilotos, no hay nada qué hacer, así que relájate —afirmó llenando otra vez su copa de vino.

—Es que empiezo a sentir un pánico que no sabes —añadió ella en voz baja y temblorosa.

Los pasajeros habían guardado silencio, nadie platicaba, ni hacía ruido, como si temieran moverse. Vio a Elena, la otra reportera que venía en el grupo, llorando en el hombro de Horacio.

—Isabel, mira, seguro que el piloto tiene una novia en Cancún y quiere pasar a saludarla, así pasa cientos de veces. Yo a los pilotos me los conozco tan bien…

—Y ¿por qué en la pantalla de allá —dijo apuntando al monitor que tenía vista al exterior de la cabina—, se ve que están soltando algo, un líquido o algo?

—Porque tienen que deshacerse del combustible extra para poder aterrizar. Mira, Isabel, he viajado cientos de veces y he pasado por varios incidentes en los aviones, así que no te preocupes, todo saldrá bien y lo que necesitamos es… otra copa de vino. Señorita —señaló, dirigiéndose otra vez a la chica—. ¿Podría traernos otras dos botellitas de vino?

—Por supuesto, el capitán nos dijo que la tarde de hoy es barra libre para todos —contestó seseando y con un fuerte acento español.

—Y ¿por qué barra libre? —preguntó Isabel a Juan Carlos—… ya ves seguramente porque algo terrible pasa. Y ¿por qué Elena está llorando de esa manera?

Elena seguía recargada en el hombro de Horacio, se veía que tenía varios pañuelos en la mano izquierda y con la derecha se cubría el rostro.

—Isabel, ya te dije, ¡tranquilízate!, porque no hay nada qué hacer. ¡Deja te platico un par de anécdotas que me han pasado en mis viajes!

A Juan Carlos lo invitaban siempre a cualquier inauguración, *cocktail* o lanzamiento de productos o boutiques. Tenía una columna en el periódico de mayor circulación, con miles de lectores y colaboraba en tres de las revistas de moda más reconocidas. Sus recomendaciones hacían que los restaurantes, hoteles, centros turísticos, eventos y bares tuvieran éxito. Era uno de los mejores publirrelacionistas de la actualidad, serio, profesional y encantador. También, Isabel sabía, que era apreciado un don Juan por excelencia.

No era propiamente un tipo muy guapo, pero tenía estilo y "emanaba de él una masculinidad que hace tan atractivos a los hombres", pensó Isabel, sin mucho afán de involucrarse más allá. Lo que sí, estaba muy entretenida con las historias que desplegaba con todo su encanto: la ocasión que había perdido el avión por dos minutos; la vez que dejó su portafolio en el avión dde vuelta a casa con sus reportajes y fotografías, y así cada una, con un toque de humor y simpatía. Además, con las copas de vino que había tomado, tan inusual en ella, más chistosas le parecían, y empezaba a sentir más ligera la cabeza. Sin embargo, de cuando en cuando checaba el reloj, veía que los minutos pasaban y no acababan de aterrizar; en el fondo de su cerebro existía todavía encendido el botón que alertaba el peligro, pero como estaba un poco mareada, su mente dividía su atención no dejando que el pánico inicial la pusiera mal. En eso estaba, cuando escucharon otra vez el altavoz que venía de la cabina de pilotos "Habla nuevamente el comandante Marco Díaz González, estamos preparándonos para el descenso. En aproximadamente veinte minutos estaremos aterrizando en la tierra maya".

"¡Gracias a Dios!", se dijo Isabel, acomodándose en su asiento y asegurándose que tenía bien puesto el cinturón de seguridad y empezando a tomar agua para contrarrestar el mareo que la embargaba. Empezó a respirar con más tranquilidad y a rezar, hasta que finalmente el avión tocó tierra. Fue en ese momento que se dio permiso de derramar un par de lágrimas y soltar un suspiro, que había contenido durante las últimas horas y que percibía se le había quedado atorado en el pecho.

Cancún

Llegaron a Cancún poco después del atardecer; Isabel se sentía agotada con tantas emociones y un poco mareada por tanto vino. La última media hora había tratado de beber mucha agua, pero aun así, el mareo no se le quitaba y empezaba a sentir un terrible dolor de cabeza.

Llegaron al hotel, y se armaron de paciencia al ver que los empleados de la recepción estaban tratando de acomodar a los casi trescientos pasajeros del vuelo con destino a Madrid.

Finalmente les tocó el turno a ellos; les pusieron un brazalete, por ser un Resort *all inclusive* y les indicaron sus habitaciones.

Al llegar a la suya, Isabel admiró la hermosa decoración, lo amplia y moderna que era. Adornada en tonos suaves, con una enorme tina de jacuzzi junto al baño y un balcón amplio con vista al mar. "Me encantaría quedarme aquí algunos días", pensó, y renunciando a una deliciosa siesta, desempacó una muda y se metió a la ducha. Después del baño se sintió mejor. Se encaminó al restaurante donde habían quedado de encontrarse.

Después de disfrutar una exquisita cena de platillos típicos de la región, Horacio les planteó las posibilidades para ver si todavía era viable llegar a la inauguración. Era jueves y la ceremonia se llevaría a cabo el sábado a las seis de la tarde. Si pudieran conseguir otro vuelo el día de mañana, quizás podrían llegar a tiempo. Una de las reporteras cuestionaba a Horacio, ¿y qué tal, si mejor ya regresamos a la ciudad de México y ya no hacemos el viaje?

Por dentro Isabel rezaba para que sí pudieran ir, qué ilusión le daba asistir a una ceremonia como esa.

Al término de la cena se fueron a descansar, había sido un largo día, con muchas emociones, por lo que se sentían agotados.

Isabel le llamó por teléfono a su madre para explicarle lo que había pasado; escuchó su voz al otro lado de la línea.

—Isabel, que sea lo que Dios quiera, si no pueden ir por algo será.

—Yo sé mami, pero ojalá, Dios sí quiera…

—Sí Isabel, sería una hermosa y única experiencia, yo sé que no todos tienen oportunidad de viajar a esos hermosos lugares y asistir a una ceremonia tan especial, pero hay ocasiones en que tenemos que confiar en él. Sobre todo porque no depende de ti… Por los niños no te preocupes, están bien, solo Isabela, ya sabes lo que nos preocupa, a veces la veo muy callada, algo inusual en ella. Pero la escuché platicando con la nana y le dijo que, aunque no será "Clara" en *El cascanueces* le habían dado un papel muy bonito y que eso la llenaba de alegría.

—Ay Mami —respondió Isabel suspirando—, no te conté, pero por fin sé lo que le está pasando, las mamás de las otras niñas me dijeron que el salón de clases se dividió en dos bandos con esto del recital de Navidad; por un lado están las que apoyan a Brenda, y por otro las que apoyan a Isabela. Entre los dos equipos se han dado discusiones y bastantes pleitos. Isabela se siente culpable de que las amigas se hayan enojado, aunque ella ha sido la víctima, sin embargo, la Miss Lucero me pide que tenga paciencia y que la escuela tomará cartas en el asunto después del festival. Falta muy poco para el gran día.

—Isabela lo hará muy bien, y ya tendrá muchos años para que le den un papel principal.

—Sí mami, ella está consciente y eso no creo que sea lo que le preocupa. Creo que lo que ha sido difícil para ella, es que siente que ha perdido a sus amigas, ya que tres de ellas tomaron partido por Brenda, y el otro día me contó Sofi que le dicen cosas horribles a Isabela. Un lío este festival. Ya veremos que tal sale.

—Sí Isabel, no te preocupes, los niños tienen una excelente capacidad para resolver sus propios problemas, nuestra labor es vigilarlos, para que en aras de que aprendan a salir avantes de sus propias batallas no se lastimen tanto, pero cada uno tiene que aprender a resolver de la mejor manera ciertas experiencias.

—Yo sé, pero Isabela es tan pequeña… y tan sensible…

—Sí, pero es muy lista y tiene una gran capacidad para recuperarse. Al ser tan importante para ella la armonía con sus amiguitas, encontrará la forma de salir de esta. Yo sé que te duele en el alma, pero no puedes estar con ella las veinticuatro horas del día tratando de que camine siempre sobre algodones de color rosa. Así que, por lo pronto disfruta cada momento, te mereces unos días de descanso, aunque sea que pases un solo día en Cancún… disfruta los maravillosos colores de su mar —le aconsejó la madre con voz muy animada.

—Sí mami, como siempre tienes razón, te quiero mucho, ¡gracias por todo!

Isabel colgó el teléfono y sin cambiarse de ropa se quedó dormida, con ese sueño intranquilo que en ocasiones no le daba tregua.

Nueva vida en la colonia Roma

María Rosa observó la amplia estancia de su nuevo hogar ubicado en la colonia Roma, no había un solo mueble, pero "la casa se percibía a *grosso modo*, sin detenerse en tanto detalle, que estaba limpia", pensó. Subió las escaleras y se encontró con cuatro recámaras; en cada una había camas improvisadas que servirían para pasar la noche. Ésta sería su nueva vida, aunque se resistiera, las cosas no cambiarían.

Llamó a sus hermanas, quienes se sentaron juntas en una de las camas, rígidas como estatuas y con los ojos tan abiertos como si se hubieran quedado en modo de pausa. María Rosa abrió su maleta para buscar su camisón de dormir, había sido un día largo y doloroso. En un día, en un solo día, maduró lo que no había hecho antes a su corta edad de catorce años.

Después abrió una por una las otras maletas y les pidió a sus hermanitas que buscaran su ropa de dormir y se cambiaran, para que pudieran descansar luego del largo trayecto. Las pequeñas no sabían qué hacer, habían estado acostumbradas a que las nanas de la hacienda les ayudaran en todo, pero ahora solo quedaba una nana y ella tendría que pensar en muchas cosas más.

Habían dejado la hacienda, el campo, el sembradío, sus caballos y los animales de su granja. Ya no habría su rutina de todos los días, y su vida en cierto modo, pintada del color del campo, con bellos atardeceres y la vista a un sembradío que no se le veía el fin. Sus paseos a caballo al atardecer, la cena en el inmenso comedor, el profesor Genaro que llegaba todos los días a darles sus lecciones de matemáticas, historia y geografía, la escalera de caracol, la amplia estancia llena de pinturas con retratos de familia: todo cambiaría desde ese momento, sabían que ahora sería diferente, ¡ni siquiera habían podido traer el piano!

Ya no serían mimadas por esos campos, cobijadas por esa gran hacienda, por tener el cariño de las nanas, ahora serían una gota más de lluvia en la gran ciudad… perdidas en un mundo diferente.

Cristina se atrevió a hablar, expresando los temores de las demás:

—María Rosa, ¿es verdad que lo perdimos todo?…

—No Cristy, no todo; nos tenemos a nosotros, eso es más que suficiente para recomenzar.

Maktub

Al día siguiente Isabel se levantó muy temprano y se fue a la alberca a nadar un rato. Necesitaba aclarar sus ideas y recuperarse del vino que había tomado. El agua siempre la tranquilizaba, nadó por espacio de una hora, contempló el mar del Caribe con sus tonalidades verdes, azules, amarillas y, finalmente, decidió que era hora de arreglarse para el desayuno.

Llegó al restaurante donde habían cenado la noche anterior; a la primera que vio fue a Elena, la reportera de *Turistcruise*, revista especializada en reportajes y ofertas de cruceros, con cien mil ejemplares, la cual era la envidia de muchos medios. Elena era buena persona, pero un poco soberbia por ocupar el puesto de director comercial de la publicación en la que todas las líneas de cruceros y aerolíneas le rendían pleitesía y la invitaban a todos lados, con tal de que hablara de ellos en su revista. Se quejó con Isabel que no había podido dormir bien y que todo era un desastre:

—Si ya no llegamos a la inauguración pues ya para qué vamos.

Juan Carlos y Laura, los otros reporteros que completaban el grupo permanecían callados, solamente al cabo de un par de minutos él dijo con voz suave:

—Pero Elena, tenemos que cubrir el reportaje, ¿cómo perdernos el viaje inaugural después de tanto que lo hemos esperado?

El mesero les condujo a una mesa cerca de la ventana, con la bella vista al mar. Les explicó que el desayuno era tipo buffet, que la fruta estaba del lado izquierdo, junto con el pan de dulce y, que en la barra de la derecha podían encontrar chilaquiles, huevos a la mexicana, frijoles, tamales y el resto de los guisados; también que en la parte posterior encontrarían la sección de omelettes y huevos al gusto, y ahí mismo, quesadillas con tortillas recién hechas.

Isabel tenía buen apetito y más después del ejercicio, por lo que se sirvió un poco de papaya, pidió un omelette con flor de calabaza y una quesadilla de champiñones.

Los demás también ya se habían servido su selección de frutas y habían ordenado un omelette.

Horacio llegó media hora después, se veía agotado.

—No dormí nada, pero ya tengo la solución: volaremos todos a Amsterdam y de ahí tres de ustedes tomarán otro vuelo directo a Marsella. Dos más volaremoss a Niza, y de ahí en coche haremos el resto del trayecto.

Ustedes llegarán a las cuatro, justo dos horas antes de la inauguración, y Juan Carlos y yo lo haremos a las cuatro y media, para darnos un baño rápido y justo llegar a la ceremonia.

Una hora después los cinco integrantes del grupo se encontraban en el taxi para tomar el avión con destino a Ámsterdam. A pesar del miedo que sentía Isabel de subirse nuevamente, solo pensaba en la ceremonia de inauguración de ese barco tan magistralmente construido y del que se hablaba desde hacía muchos meses en todos los periódicos, revistas y reportajes de televisión.

—Horacio —señaló Isabel cálidamente—, gracias por la invitación y por hacer posible que todavía podamos ir.

—Sí Isabel, será un viaje mágico… lo vas a disfrutar mucho, ya verás, será una de esas experiencias que quedan para siempre en la caja de recuerdos… Yo mismo he asistido a muchas inauguraciones y no dejo de maravillarme, es una experiencia única.

Ella no sabía que así sería y que además, ese crucero cambiaría para siempre su destino…

Altamar

Isabel se despertó con el vaivén de las olas del mar; por un momento no supo dónde estaba, prendió la luz de la mesita de noche y admiró la hermosa cabina del barco. Se levantó para abrir las cortinas y contemplar el mar desde el balcón. Se sentía hipnotizada con el sonido y la imagen de las olas golpeando suavemente al "Neptuno de acero", como se le había apodado al maravilloso navío. Vio su reloj: las seis con cuarenta y cinco de la mañana, con el cambio de horario entre México y Francia se sentía desubicada y ya no tenía sueño. Había pedido un café al servicio a cuartos para las siete, por lo que pasados unos minutos escuchó el toquido, y al abrir la puerta apareció un sonriente muchacho con una charola con café y un *croissant* recién salido del horno. "¡Qué delicia, esto es vida!", pensó Isabel, imaginándose ser un eterno huésped del barco, viajando de aquí para allá sin detenerse y disfrutando ese suave oleaje del mar.

Recordó los eventos de la noche anterior y otra vez las emociones le llegaron a flor de piel. Llegaron al barco una hora antes de que empezara la ceremonia. No habían podido dormir casi nada en el avión y luego el largo trayecto a Marsella había sido agotador; sin embargo, con la emoción, se sentía de lo mejor. Se bañó y arregló en tiempo récord. Sacó de la maleta un vestido negro que le llegaba al tobillo y que iba en armonía con su figura. El resultado había valido la pena; al verla Juan Carlos y Elena le habían comentado lo guapa que se veía.

En la explanada, junto al barco, había gradas dispuestas y un escenario alumbrado con luces de colores. Se encontraban personajes importantísimos, vieron a varios artistas del momento, corresponsales de los principales noticiarios y miembros de la realeza europea. Asimismo, se dieron cita máximos representantes de distintas religiones: cardenales, rabinos, patriarcas, pastores, etcétera, y el primer ministro italiano. La demás concurrencia estaba compuesta en su mayoría por periodistas y otros miembros de la prensa internacional que colaboraban en los principales diarios, canales de televisión, estaciones de radio y otros medios enfocados en la industria turística.

La ceremonia dio inicio en punto de las seis de la tarde, con las palabras del director general de la línea de cruceros, siguieron el príncipe Rouss y la princesa Regina, para culminar con el emotivo discurso del capitán. A tan significativas palabras siguió un espectáculo de bailarines y acróbatas que aparecían por todos los rincones del barco con una bella música y la canción *La vida es una fiesta...* Al término del baile hubo un silencio y la expectativa de quién le daría el nombre al imponente barco que enmarcaba todo el escenario. De las cuatro esquinas empezaron a caminar integrantes de la tripulación impecablemente vestidos, con sus trajes en blanco y algunos toques en dorado y sombreros de marineros. Se colocaron en una línea recta al lado del capitán. Pasó al escenario el cardenal italiano, quien ofreció unas palabras para bendecir el barco y desearle un feliz destino. Para el nombramiento habían invitado como madrina a la gran Francesca, famosa actriz en todo el mundo por la infinidad de películas y programas de televisión en los que había participado. Con voz emocionada pronunciaría las siguientes palabras: "Yo te bautizo a ti, ilusión de los mares, con el nombre de "Speranza" y deseo que navegues por mares tranquilos, que te lleven siempre con bien y de regreso al puerto, y con la bendición de Dios como compañía". En ese momento cortó el listón amarillo, que haría que la botella de champagne se estrellara en la cubierta del impresionante dragón de acero, de ese barco moderno, y majestuoso con capacidad para tres mil setecientos pasajeros y un mil cien miembros de la tripulación. Los fuegos artificiales no se habían hecho esperar, venían de todas direcciones, y también había luces de colores proyectadas en todas las esquinas y que anunciaban ¡Bienvenido Speranza! Todos los barcos de alrededor hicieron sonar sus sirenas en señal de acompañamiento.

Después de contemplar el maravilloso espectáculo, pasaron al comedor principal a degustar la cena de inauguración. Al llegar, Horacio los presentó con las personas que integraban el equipo americano, la mayoría hablaba español, porque estando la filial en Miami muchas de ellas tenían raíces latinas. La excepción era Daina, la directora de relaciones públicas y un tal Joseph, escuchó decir Isabel, quien estaba a cargo de las finanzas de todo el territorio de Estados Unidos y América Latina. Al buscar un lugar para sentarse Isabel pensó, "Espero no quedar junto al americano… mi inglés está fatal, hace años que no lo práctico y pues bueno, al ser nuestros anfitriones no quisiera parecer grosera al no poder comunicarme con él", sin embargo cuál no sería su sorpresa, al percatarse que el asiento al lado suyo era precisamente de Joseph, quien se presentó y le empezó a hablar como si la barrera del idioma no fuera ningún impedimento. ¡Qué chistoso, Isabel le entendía y pues no sabía cómo, pero él también a ella!

La cena estuvo de lo más divertida. Horacio como siempre era el alma de la fiesta y hacía sentir a todos como en casa. Contaba sus historias de viaje con tanta gracia que tenía a todo el grupo riendo a carcajadas. Isabel admiraba tanto esa cualidad de lo que ella llamaría ser un buen charlista. ¡Qué bárbaro! No podían parar de reír…

Al término de la cena los llevaron a recorrer el barco. La música en uno de los bares sonaba pegajosa, los pasajeros bailaban al ritmo del compás. Isabel moviendo los pies, moría por correr a la pequeña pista que había junto al grupo musical, pero no se atrevía a hacerlo. Vio que Joseph se había detenido junto a ella y que también tenía ganas de bailar; su pie derecho lo delataba, porque lo movía siguiendo el ritmo.

—Tú no bailas ¿verdad? —preguntó Isabel sin estar convencida.

—Por supuesto que sí —dijo Joseph tomándola de la mano y llevándola al centro del salón.

Bailaron encantados con las piezas internacionales de todos los tiempos, mientras todos les aplaudían. Así estuvieron hasta que la pequeña orquesta compuesta por el cantante, un teclado y una batería había hecho una pausa para tomarse un descanso.

Siguieron recorriendo el barco por espacio de una hora, visitando los distintos bares, el teatro, las tres albercas, las boutiques, el spa, el gimnasio y el casino. En todas direcciones había decoraciones estilo renacentista que eran una obra de arte, esculturas, cuadros, adornos, telas, colores, cortinas y alfombras. Todos los periodistas admiraban la elegancia, el confort y la belleza del crucero, tomaban fotografías de todo, para adornar las páginas o los noticieros con la reseña de la inauguración para los medios en los que colaboraban.

Al día siguiente llegaron a Savona temprano en la mañana. Isabel se había quedado de ver con Juan Carlos y Elena para caminar un rato por el puerto y disfrutar un buen almuerzo en uno de los restaurantes con vista a los yates y a los barcos anclados, y para continuar con la visita a la Catedral de Santa María Assunta y a la Fortaleza del Priama. Al terminar, embarcaron nuevamente y ella se disculpó con ellos para tomarse una ducha y descansar un poco. Después del baño, cuando estaba terminando de ponerse un poco de labial, el teléfono de la cabina empezó a sonar.

—¿Isabel? —al otro lado de la línea la voz de Horacio se escuchaba impaciente.

—Sí Horacio, ¿cómo estás?, ¿pudiste descansar?

—Sí, sí, pero ¿no te dijo Juan Carlos que tenemos ahora un evento importante en el restaurante La Stella?, junto a la alberca, en la mesa del lado derecho, en la que nos sentamos ayer por un momento, ¿recuerdas?

—Enseguida subo —le aseguró Isabel apurándose y rociando un poco de perfume detrás de los oídos.

Cuando llegó al piso once, se encaminó justo a la mesa en la que se habían sentado un momento la noche anterior, pero al acercarse más solo veía una figura femenina. ¡Qué raro! —pensó Isabel. Estaba por girarse para otro lado creyendo que se había equivocado, cuando vio a Horacio, quien la tomó del brazo al mismo tiempo que la encaminaba hacia adelante y le decía: —Tengo una amiga que quiero que conozcas.

—Por supuesto Horacio, encantada.

Justo entonces su amiga Mónica se levantó acercándose a ella.

—¡Guau! ¿Qué haces aquí? —exclamó Isabel abriendo los ojos y los brazos para darle un fuerte abrazo. Las dos estaban tan emocionadas con el encuentro sin entender cómo se había dado…

—Horacio nos tenía a todos una mega sorpresa. —exclamó Mónica con voz quebrada—. Mi esposo no me dijo nada, y entre los dos planearon el viaje. Yo pensaba que iba de trabajo a Londres y resulta que ya estando en el aeropuerto me confesó que realmente mi vuelo era hacia Savona, que me embarcaría en el Speranza y además, que aquí te encontraría. Entre mi esposo, mi jefe quien me había dicho que este viaje lo iba a cubrir Martha, mi compañera de trabajo, y Horacio se tenían una buena jugada, ¡no sé cómo se guardaron el secreto!

Se dieron otro abrazo largo y sentido y platicaron de las novedades de su vida; se les unieron Juan Carlos, Elena, Horacio y otras dos personas del equipo de Miami.

Isabel estaba feliz de poder compartir con su amiga este maravilloso viaje y tan agradecida con Horacio por haberlo hecho posible.

—Gracias Horacio, gracias…

Horacio le respondió guiñándole un ojo y con una gran sonrisa.

En los días siguientes disfrutaron cada momento a bordo del barco, de sus instalaciones, los restaurantes, la vista al mar, los eventos y la compañía de los que integraban el equipo de prensa. Tomaron cientos de fotografías, notas y grabaciones para poder completar su reportaje, y además coleccionaron para su baúl de recuerdos, momentos especiales del viaje.

La caída

Andábamos sin buscarnos, pero sabiendo
que andábamos para encontrarnos.
Rayuela, Julio Cortázar (1963)

Joseph siguió a Isabel con la mirada y se acercó a ella; le atraía tanto que no podía evitar aproximarse. Habían cenado en un hermoso castillo en Palermo y ahora se dirigían a la salida para tomar los autobuses que los llevarían de vuelta al barco.

Por alguna razón, se encontraban caminando los dos solos por la vereda que los conduciría a la salida. Charlaban animadamente, comentado los deliciosos platillos que habían disfrutado y lo hermoso del lugar, pero justo, al dar la vuelta, Isabel no se dio cuenta y se resbaló, cayendo de lado sobre su pierna izquierda. Joseph se inclinó para ayudarle, estaba apenadísimo de no haber podido evitar la caída, pero el piso estaba resbaloso y no se había fijado en la pequeña rampa que estaba precisamente justo al lado de la puerta. Parecía que no tenía nada roto, pero la pierna le dolía terriblemente.

—¿Estás bien?

—Creo que sí —respondió ella sin estar totalmente segura.

—Déjame ayudarte, ¿puedes caminar?

—Me duele mucho la pierna, pero creo que no tengo ninguna fractura…

Caminaron lentamente al autobús para alcanzar al grupo; al llegar, Isabel vio a Mónica en uno de los asientos cercanos a la puerta y se sentó junto a ella, quien al ver que caminaba raro le preguntó:

—¿Qué te ha pasado, amiga?, te estaba buscando, pero no te encontré en la salida. Estás tan pálida…

—Amiga, me resbalé en la acera y caí sobre este lado —dijo señalando la pierna y contándole a su amiga lo desafortunado del percance. Me duele tanto que quiero gritar…

—Grita amiga, se vale —respondió Mónica.

—Y ¿perder el estilo? ¡Jamás! —le guiñó un ojo a su amiga. Lo que sí, con esta falda, creo que no dejé nada a la imaginación.

—Seguro que nadie reparó en ello. Me imagino el buen susto que se llevó Joseph… y más siendo nuestro anfitrión… —bromeó su amiga.

Después de un momento, Joseph se inclinó para preguntarle nuevamente si estaba bien, ella le aseguró con una sonrisa fingida que sobreviviría.

—Amiga, esta noche, no podré bailar ni una sola canción... ¡qué dolor!

—Llegando al barco te llevo con el médico para que te revise, todavía nos quedan un par de días en altamar.

Pero, cuál no sería su sorpresa cuando, después de una hora de camino, al llegar al barco, se quedó sola. Todos parecían tener prisa por embarcar y se adelantaron. Su amiga Mónica platicaba animadamente con el director y se distrajo, por lo que Isabel la perdió de vista. Joseph con toda la paciencia, se esperó para asegurarse que estuviera bien y pudiera caminar. "Yo creo que se sentirá un poco culpable de que no pudo detener mi inevitable caída", pensó Isabel, sonriendo por su propia torpeza.

Llegaron a la recepción e Isabel le dijo que no quería caminar mucho, por lo que Joseph sugirió que tomaran una copa en lo que llegaba la hora de ir al teatro como cada noche a ver el espectáculo, donde se encontrarían con los demás. La camarera, una chica jovencita, sosteniendo en sus manos una pequeña charola, se acercó atenta, preguntado qué deseaban tomar. Isabel ordenó un café y una crema irlandesa sin hielo como acompañante, y Joseph pidió una copa de vino blanco. Y como si el vino hubiera tenido un efecto de "play" o de "arrancan las carreras", Joseph comenzó a contarle su historia. Le habló sobre sus padres, su trabajo y los retos a los que se enfrentaba con sus dos hijas adolescentes. Isabel entendía, aunque sus hijos todavía eran pequeños, los problemas que vivían los jóvenes y las exigencias del mundo actual. Su propia juventud había sido quizás un poco diferente, más tranquila en cierto sentido, sin tantas elecciones que tomar, pero también llena de encrucijadas. La diferencia que encontraba es que en este tiempo parecía que la vida era más acelerada y giraba de una manera vertiginosa. "Pero como era lógico, en todas las épocas, los adolescentes tienen prisa por experimentar el mayor número de emociones" concluyó Isabel con voz comprensiva.

Mientras más escuchaba a Joseph, más lo comprendía; parecía que la barrera del idioma se esfumaba. Sus palabras y la forma tan clara en la que hablaba hacía que fuera fácil entenderlo. Conforme pasaba el tiempo Isabel iba sintiendo un nudo en la garganta; su franqueza al hablar la dejaba de una pieza. Se expresaba también con bondad, de una manera suave y segura. En un momento sintió escalofríos, con una emoción y es que, hasta el momento, en todos sus años de vida nunca había experimentado estos sentimientos, eran como más profundos, como algo irreal, algo etéreo, algo mágico. Se le vino a la memoria una frase que había leído hace muchos años: "prácticamente no existe, es el encuentro casual entre la luz y la materia".

Estaba preparada para coquetear un poco, quizás tenía ganas de una pequeña aventura, pero lo que estaba notando era más fuerte; tenía la sensación de conocerlo desde siempre… Como si hubiese llegado por fin algo que había perdido hacía mucho tiempo y que ahora recuperaba. Además, intuía una conexión muy especial para la cual ni siquiera las palabras más sublimes le harían justicia.

Terminaron su bebida y caminaron lentamente hacia el elevador para dirigirse al teatro del barco.

Al llegar, Isabel vio al grupo en el segundo piso, le hizo una seña a Joseph y los dos subieron a la pequeña escalinata para unirse.

Estando ahí, Isabel se acercó a Mónica, quien le dijo:

—Amiga, gracias a Dios que llegaste, ¿dónde andabas pillina? Te busqué por todos lados para acompañarte al doctor…

—Mmmm, amiga, la pierna ya no me duele tanto, pero me tienes que salvar de este hombre, creo que es demasiado bueno para ser verdad.

—Isabel, tu disfruta, te mereces pasarla bien, así que relájate y conócelo un poco más, ya Dios dirá.

Venecia

Si nos abrazamos cabemos en el mismo destino,
si nos abrazamos cabemos en el mismo mundo,
porque un abrazo une dos mitades que se han perdido,
y al abrazarte eres mi horizonte, y tu horizonte soy yo.

Jacques Pierre

Eran las seis con treinta y ocho de la mañana, cuando el barco entró a las aguas cercanas a Venecia, según el tiempo oficial: primero por el Gran Canal, para seguir su cauce por la marea tranquila del mar Adriático. Mónica e Isabel estaban una al lado de la otra en el balcón contemplando la escena, emocionadas, queriendo detener ese hermoso momento, cuando el barco se acercaba a la inigualable ciudad, cuna del arte, máscaras y agua de mar, pasando por la Plaza de San Marcos.

—Isabel, mira qué privilegio estar aquí, ¡somos tan bendecidas!

—Sí Moni, es una belleza, mis ojos están que no creen lo que estoy viendo. Qué afortunadas somos, ¡cuántas personas darían lo que fuera por estar aquí!, y nosotros contemplando este bello paisaje, qué hermoso regalo de la vida.

—Además del paisaje, también pensaba en nuestra amistad. Mira si somos hijas consentidas de Dios, que nos ha dado la oportunidad de recorrer el mundo juntas y ver lugares tan espectaculares.

—Sí Moni, somos consentidas de Dios… tenemos que ofrecer una oración de gracias, ¿no crees?

Cada una juntó sus manos y en silencio hizo su oración, compartiendo el sentimiento de gratitud. Su amistad había nacido cuando tenían alrededor de veinte años de edad y empezaban su carrera profesional. Mónica trabajaba en una agencia de publicidad e Isabel en una empresa de perfumería. En aquel tiempo tenían la cabeza llena de sueños, metas que deseaban cumplir y la dulce inconsciencia de la juventud. Entre junta y junta, entre proyecto y proyecto fue creciendo su amistad, que se convirtió en confidencias, en apoyo, en encuentros y en muchas tazas de café. Mónica se había ido a vivir a Barcelona hacía ya siete años y desde entonces, las dos amigas se las agenciaban para verse una vez al año. A veces con los hijos y el marido de Mónica, y a veces las dos solas. Eran viajes llenos de nostalgia, de risas, de anécdotas, coleccionando vivencias para el invierno de la vida. No sabían cómo, pero encontraban ofertas de viaje, ahorraban todo el año y trabajaban horas extra, con tal de vivir juntas esos recorridos y aventuras por el mundo. Era una ilusión que las mantenía juntas, planeando, buscando diferentes sitios y disfrutando el viaje desde antes de llegar al destino elegido. Bromeaban y decían, "nosotras siempre tenemos tiempo para disfrutar una taza de café con un Baileys en las rocas". Encontraban tiempo para las pláticas llenas de íntimos secretos, confidencias, desilusiones, esperanzas y otras tantas ideas, tratando de arreglar el mundo. Nunca lo componían, pero esos ratos de filosofar, de soltar los temores del corazón y dejar fluir las emociones, les daban la medicina para seguir en la batalla del día a día. Cada una lidiando con sus propios retos, con el estrés profesional y los momentos difíciles del crecimiento de los hijos, el matrimonio, en el caso de Isabel, su divorcio y su lucha para recomponer su vida.

"¡Qué solitario hubiera sido el camino, si no hubiese contado con los sabios consejos y la compañía de mi adorada amiga!", pensó Isabel.

Siguieron contemplando el espectáculo de la vista tan hermosa de la Plaza de San Marcos y su imponente catedral. A las siete con cuarenta y cinco, habiendo ya salido el sol completamente, entraron al camarote para ducharse y estar listas para el desayuno, ya que ahí, en esa inigualable ciudad, disfrutarían el último día del crucero y guardarían en su saco de memorias ese mágico viaje.

—Amiga ahora sí a disfrutar, nos quedan menos de veinticuatro horas para despedirnos…

—Ni me recuerdes, hoy tenemos que disfrutar intensamente el paseo —contestó Isabel, evitando a toda costa ese sentimiento de nostalgia que empezaba a embargarla.

Se bajaron del barco y empezaron a caminar detrás de Horacio, quien guiaba al grupo entre las calles de la ciudad, la cual era un poco diferente a como la recordaba Isabel. La primera vez que había ido fue en los años noventa, no había tantos turistas ni tantos locales comerciales. "El mundo cambiaba a pasos agigantados", pensó. Se detuvieron en un par de boutiques, puestos y tiendas. Cada uno de los integrantes del grupo buscaba los recuerdos que quería llevarse. Isabel tenía una obsesión con las máscaras; desde pequeña había sido una fanática de esos pequeños antifaces de colores, y, máxime si eran de los que se ven en la noche del carnaval. Ahora buscaba uno especial para aumentar su colección; no en vano habían elegido ese tema para festejar el aniversario de la revista, dos años atrás. Mónica en cambio era una enamorada de los jarrones, así que buscaba uno muy original para el rincón de la casa donde tenía su colección, la cual consistía en más de una docena de ánforas de diferentes tamaños y colores que había traído de sus viajes por el mundo. Horacio buscaba algo que llevarle a su esposa, y habían perdido de vista a Elena y a Juan Carlos.

Joseph, por su parte, no buscaba nada, solamente observaba a Isabel de cerca y caminaba unos pasos detrás de ella. Isabel notaba que tomaba fotografías de las escenas, de la gente, del paisaje. Después de un rato, ella sintió más cerca su presencia por lo que giró para preguntarle:

—¿Y a ti? ¿Qué te gustaría comprar?

—Realmente, a mí lo que me gusta es tomar fotos, no soy muy fan de los artículos… Mi colección es de imágenes…

—Mmm…. —respondió Isabel—. Definitivamente las mujeres somos más chiveras… ¿Imágenes?.. como cada noche repitió Isabel como cada noche… y yo palabras… Qué curioso… Y la revista: imágenes y palabras…

Siguieron al grupo, que se detuvo al llegar a la Plaza de San Marcos; Horacio ya estaba pidiendo una mesa en el Café Florián, a un lado de la Catedral. Se sentaron afuera del local para poder disfrutar la vista de la plaza y ordenaron unos bocadillos y un aperitivo. La plática estuvo muy animada, ninguno se quería ir; sin embargo, al cabo de un par de horas, todos se levantaron para seguir recorriendo la hermosa Venecia, ya de camino al barco.

Isabel y Joseph se habían quedado un poco atrás del grupo charlando animadamente y, ahí fue cuando Joseph la detuvo del brazo justo en el puente de los suspiros. Isabel quedó atenta esperando que dijera algo, pero él no dijo nada, la miró y la abrazó suavemente. Ella no se lo esperaba y casi tropieza, pero ya Joseph la tenía tomada por la cintura. La atrajo hacia él y la besó. Al principio de forma tierna, suave y lentamente, pero a medida que los segundos pasaban, el beso se volvió exigente y apasionado. El tiempo pareció detenerse y el mundo ya no giraba más. "Si la vida y el amor caben en un instante", pensó Isabel, "este sería justo el momento para describirlo".

El olor a mar, el sol quemando la piel y el bullicio de los turistas la trajo otra vez de regreso a la realidad. Cuando recuperó la compostura, Joseph con los ojos llenos de lágrimas, le dijo:

—Por favor no te vayas nunca…

—Joseph… —respondió suavemente Isabel, intimidada por la emoción que acababa de despertar en él y por la profunda emoción que también acababa de sentir—. Esto es simplemente, una locura… No tiene sentido… Es todo muy complicado… ¿Por dónde empiezo?, Tengo una relación que me espera en casa, una vida y mil responsabilidades. No podría ponerme nada más encima, no podría ni siquiera pensar en algo más. Mi chip está completamente sobrecargado. No puedo Joseph, lo siento mucho —continuó Isabel casi al borde de las lágrimas, hablando rápido y sin poder casi respirar.

Hizo una pausa para recomponerse observando ese rostro por unos segundos; sus ojos azules como ese mar italiano expresaban un cúmulo de emociones, su sonrisa franca, su mentón partido… y lo más doloroso era saber, mejor dicho tener esa absoluta seguridad, que él era la persona que estaba buscando.

En sus brazos se sintió por primera vez como en casa. Lo volvió a observar y se dio cuenta de que él estaba deteniendo el aliento, a la expectativa, con los ojos brillantes y llenos de interrogantes.

—Por cierto Joseph, es una pena, pero quiero decirte que, ¡besas diiiiiiivino! —diciendo esta frase con una amplia sonrisa y luego de manera firme—: ¡pero no más!

Joseph intentó abrazarla, pero Isabel, sintiendo una profunda pena en el corazón como no la había sentido jamás, lo rechazó y caminó rápidamente para alcanzar al grupo.

Mónica, al verla tan contrariada le preguntó:

—Isabel estás tan chapeada… ¿te sientes bien?, ¿no habrás tomado demasiado sol? Amiga, ahora sí que me preocupas.

—Moni, es que me acaba de besar Joseph.

—¿Cómo?, ¿un beso de verdad? Es decir, ¿un beso romántico?

—¡Muuuuuy romántico!

—¡Ay amiga…! Ya había notado algo en ese Joseph, ¿sabes? No quería decírtelo, pero ese hombre se ha enamorado de ti… Sí ya lo sabía, se ha enamorado y ¡sin conocer tus cualidades! Deja que las conozca amiga y te va a perseguir por cielo, mar y tierra y, si crees que la distancia es un impedimento, al contrario, para él será la ilusión de su vida.

—Amiga, no quiero ni darme por enterada… ¡Este viaje me ha hechizado! Todo aquí parece tan fácil y cuando regrese a casa, todo volverá a ser complicado. Mi vida es un lío Moni tú sabes, no hay manera de componerla. Pero eso sí amiga, hay que reconocer que Venecia es de esos lugares en los que uno tiene que estar antes de morir, y Joseph, uno de los hombres que hay que besar, también antes de morir…

Hasta pronto querida amiga, hasta siempre Joseph

Dicen que no son tristes
las despedidas,
decile al que te lo dijo
que se despida.

La Huanchaqueña, Atahualpa Yupanqui

Después de esos hermosos y mágicos días a bordo del barco, había llegado el momento de despedirse. Le dolía profundamente separarse de su amiga, no sabía cuándo la volvería a ver. Con tanta incertidumbre por su revista y las actividades con sus hijos, parecía poco probable encontrarse nuevamente en un futuro cercano. Cada una cogió su maleta de mano y se encaminaron por el pasillo, para tomar el elevador que las conduciría a la recepción del barco, donde se habían quedado de ver con el grupo para despedirse.

—Amiga, ya sabes lo que te deseo: cuídate y sé muy feliz.

—Sí amiga, ya sé, yo también te deseo lo mismo, pero principalmente que encuentres el amor verdadero —le expresó Mónica.

—Sí, ya sabes, quiero mucho a Pablo, pero siento que... él no me ama igual, cuando menos no lo suficiente —dijo Isabel mientras una sombra de tristeza le cruzó por el rostro—. Bueno, en fin, ya veremos, Dios nos tendrá reservada alguna sorpresa, eso espero —dijo cruzando los dedos.

—Isabel, quizás la sorpresa ya la hayas encontrado... Recuerda que te mereces ser feliz, para el amor solo hay posibilidades.

—Qué locura amiga, para mí hace mucho, se acabaron las posibilidades...

Los reporteros que regresaban a México estaban ya listos con las maletas para desembarcar y tomar el taxi que los llevaría al aeropuerto. El grupo de Miami, integrado por invitados de prensa y por los altos directivos de la filial, entre los que se encontraba Joseph, se quedarían hasta más tarde, al igual que Mónica, porque su avión salía casi a la misma hora. Isabel le dio un abrazo a cada uno, agradeciendo sus lindas atenciones, luego a su querida amiga y al final a Joseph, quien la tomó fuertemente por la cintura y le dijo al oído:

—Tengo que volver a verte, no sé cómo ni cuándo, pero algún día estaremos juntos.

Isabel no dijo nada, ni entendió del todo sus palabras, solo lo miró con una profunda emoción. Ella regresaba a casa con el corazón lleno de bellos recuerdos, pero también regresaba a la vida que amaba, con sus hijos, su madre, sus hermanos, la nana, con sus múltiples responsabilidades, el trabajo y... Pablo. Al avanzar, sintió una mirada clavada en el hombro, giró la cabeza: ahí estaba Joseph, de pie en la escalinata, con los ojos brillosos por las lágrimas y una expresión de profunda tristeza; entonces se le vino a la memoria una frase de León Daudet: "Es curioso que la vida, cuánto más vacía, más pesa".

La tía Victoria

Isabel y su madre llegaron en punto de las seis de la tarde a casa de la tía Victoria. Así era con ella: ni un minuto menos ni un minuto más. La puntualidad era una cualidad que valoraba mucho. Decía que seguramente había tenido un tatarabuelo inglés, y que la conciencia sobre el tiempo la había insertado en sus venas, que no podía ser de otra manera. Así que justo a esa hora, Isabel tocó la campana de la puerta.

La tía Victoria María como se llamaba, era tía de su madre y la menor de las hermanas de su abuela. Después de nacer ella, al año siguiente tristemente su madre había muerto, al dar a luz a quien sería su hijo número doce, por lo que había sufrido de orfandad a edad muy temprana. De Isabel vendría a ser tía abuela y, como dato curioso, los sobrinos, copiando a sus propios tíos, hermanos de ella, la nombraban con el diminutivo de "Tía

Pequita". Contaban que de niña era tan bella, con un rostro de piel blanca y tersa, ojos verdes en forma de almendra y largas pestañas negras y, con un carisma tan especial que le llamaban "La muñeca" y los más pequeños "muñequita" haciendo referencia a las figuras de porcelana con las que jugaban sus hermanas. Como la hermanita que le seguía no podía pronunciar 'muñeca" o "muñequita', le decía "Pequita", y de ahí venía su apodo. Aun cuando había quedado huérfana, a Victoria María no le había faltado cariño; era la adoración del padre, de la nana y de sus hermanas, quienes la habían consentido hasta el cansancio, y ella, siendo la más pequeña había desarrollado una personalidad de líder y una fortaleza disfrazada de suave fragilidad. "Como quien dice, se hace siempre lo que la Pequita quiere", diría la madre en tono de broma.

Al entrar vieron la mesa del comedor con un mantel bellamente bordado en tonos vivos y el servicio de café, perfectamente dispuesto, compuesto por unas tazas de porcelana con flores pintadas en color dorado y rosa pálido, y unas galletitas finas que se veían exquisitas. Se encontraban acompañadas además, de una tarta casera de manzana sobre una elaborada charola en color beige y dorado, combinando todo en perfecta armonía con las cucharitas, la crema y el azúcar. Un hermoso adorno de flores completaba la decoración de la mesa, perfectamente dispuesta para esa pausa con el café de la tarde. Del lado izquierdo, estaban alineados los álbumes de fotografías, cartas y documentos amarillentos, casi deshechos en los bordes.

Con esa elegancia que la caracterizaba y con voz apacible, la tía Pequita les dio la bienvenida con un cálido beso y abrazo. Les señaló las sillas del comedor y las invitó a sentarse. Empezaron por platicar las novedades de la familia, la situación política y los cambios que se habían dado en México en la última década, y también, de la nueva novela de la tía. ¡Isabel la admiraba tanto! En su vida había hecho tantas cosas que no sabía cómo lo había logrado. Era un pilar importante para todos sus hermanos, además de su propia familia, integrada por su esposo, un médico de profesión y tres hijos que ahora veían por sus propias familias. Sus hijos eran de la edad de la madre de Isabel y de la hermana de esta. Había dado cursos de oratoria a cientos de alumnos que se inscribían en su academia, en aras de dominar el arte de hablar en público; primero para sus actividades escolares y luego, porque su vida profesional se los demandaba. Y además, había escrito tres novelas que habían tenido gran éxito y estaba por publicar la cuarta. Una secuencia de *thrillers* de suspenso, en la que los protagonistas eran altos funcionarios del país.

—Isabel —dijo de pronto con voz pausada—. Sé que vienes a encontrar respuestas. Hoy saldrás de aquí, espero con algunas de ellas, pero seguramente tendrás otras preguntas, las cuales te tocará a ti responder y llegar a tus propias conclusiones.

—Sí tía, como te comenté por teléfono, la historia de la hacienda no me deja en paz, no me da descanso. Yo no sabía que tendría relación con nuestra propia historia, hasta que a la nana le sonaron tan familiares los nombres que mencionaba. En mis sueños —continuó Isabel con voz angustiada—, puedo ver unos campos quemados por el fuego, al capataz Jerónimo, que guarda muchos secretos; a un hombre mayor que se angustia y que es el padre de los niños, son muchos. Hablan de Revolución, de pérdidas, de un viaje a la capital, y de María Rosa...

Ahora fue la tía Pequita, quien se mostró profundamente conmovida; sus ojos se llenaron de lágrimas, aunque hacía el esfuerzo por evitar derramarlas, tomó un pañuelo y discretamente las secó.

—Perdóname tía, a lo mejor estás cansada y yo te estoy molestando con estas pesadillas que tengo, que ni siquiera tienen sentido; a lo mejor tengo un problema y esos sueños, sueños son… —comentó Isabel, arrepentida de haber expresado en voz alta lo que le acongojaba.

—No Isabel, no es eso, me encuentro perfectamente bien —señaló con voz quebrada—, es que no lo sabes, ¿cómo podrías saberlo? Eras muy joven cuando murió tu abuela y hay cosas de la familia que se mantuvieron en secreto; estoy segura que ni Chiquis sabe toda la historia— dijo dirigiendo la vista hacia su madre—. Eso que me cuentas, lo que ves en tus sueños, se parece a la historia de tus ancestros. Ahora mismo te enseñaré de qué hablo.

Primero le mostró las fotografías de la hacienda de Guanajuato, sus caballerizas y la fuente a la mitad de la casa, que tenía dos plantas en forma de herradura y una fachada tipo colonial. La construcción de piedra al estilo español de la época, con arcos, columnas y más allá, los sembradíos de aguacate, mandarina, limón, los caballos y demás animales de la granja, vacas y ovejas que pastaban tranquilamente, sin percatarse del fotógrafo.

Isabel veía con ojos ávidos todos esos rincones y solo pronunciaba:

—¡No puede ser, no puede ser! es justo como los sueños tan vívidos que tengo. Tía sé que aquí está la cocina, esta es la recámara de los niños y esta más, es la de las niñas. Este es el despacho del señor mayor, aquí está el comedor justo en medio y más acá —dijo señalando una puerta— se encuentra una habitación a la que nadie entra, permanece eternamente cerrada y no sé porqué. Y aquí —señaló con su dedo un punto junto a la construcción—, por este lugar que siempre sueño, vienen a caballo tres hombres sombrerudos. Y tía, esta es la casa del cuidador y de su esposa, y más allá, de la otra familia que ayuda en la hacienda…

La tía Victoria no decía nada. Aunque ella misma era muy pequeña cuando dejaron la hacienda, justo recordaba de manera un poco velada y borrosa todo eso; cada una de las cosas que mencionaba Isabel eran ciertas, pero ¿qué había ocurrido? ¿Cómo podía ser que ella supiera detalles tan vívidos?

—Isabel, ¿cómo sabes todo esto?, ¿te lo ha contado alguien?

—No tía, yo solo lo sueño —le aseguró Isabel con voz trémula. —También sueño con una habitación cerrada, un cuarto especial o secreto; ahí veo vestidos, sombreros, un secreter, una máquina de coser y agujas para tejer, y junto al espejo, una mecedora. En el rincón está tirado un muñeco de trapo de color azul.

De pronto la tía empezó a palidecer, su enfermera se acercó a ella, ofreciéndole un vaso de agua: —¿Está usted bien?

—¡No! Siento que me voy a desmayar… —advirtió cerrando los ojos y sintiendo un fuerte mareo.

—Mami —dijo Isabel angustiada—, ¿fue algo que dije? Mami, qué pena, seguramente removí algo que no debía… ¡Ay mami!, ¿qué me pasa?, ¿por qué sé estas cosas…?

Su madre no respondió, su atención estaba concentrada totalmente en su tía. La enfermera frotó alcohol a la tía, quien ya estaba recuperando el sentido. Esperaron unos diez minutos más que les parecieron eternos y vieron con alivio que la tía se reponía, aunque todavía no podía hablar. Poco a poco iba recuperando el color. Le ofrecieron un vaso con agua y empezó a tomarla en pequeños sorbos. Por fin, después de un rato, vieron que ya parecía recuperarse. Mientras tanto Isabel siguió viendo las fotografías, las piernas no dejaban de temblarle… Ahí estaban los lugares tan familiares de sus sueños… Los caballos, el monte, los campos, la construcción del rancho y, finalmente en el álbum, se encontraba una fotografía pequeña de todos los niños muy juntos para que cupieran en el retrato. Mentalmente para no alterar más a su tía, recitó los nombres de cada uno de ellos, señalándolos con el dedo.

Su madre la observaba sin decir nada, veía cómo su hija leía las cartas y pasaba las hojas de los álbumes tratando de encontrar respuesta a sus acertijos.

Al cabo de un rato, se aseguraron de que la tía se encontraba bien y se despidieron con un cálido abrazo.

—Perdóname tía, si te revolví emociones que tenías olvidadas…

—Isabel… esa habitación que mencionaste, era de mi madre, nadie tenía permitido el acceso, solo mi padre. Un día la dejó abierta y con una de mis hermanas, entré a escondidas; recuerdo cada rincón tal cual lo describes y ese muñeco de trapo azul…era mío, lo busqué por toda la casa sin encontrarlo jamás… —la voz se le quebró al pronunciar estas palabras, y se despidió dejándose ir a un lugar olvidado de la infancia.

Otro adiós…

Ojalá hubiese callado menos
Y hablado mucho más.

Alejandro Ordoñez

Llegaron al Hospital Santa Mónica justo a las siete de la noche, para asistir a la presentación del libro sobre neurocirugía, de un amigo de Pablo. Caminaron rápidamente al auditorio ubicado en el primer piso y se sentaron en los primeros asientos disponibles que encontraron. El lugar estaba completamente lleno, y es que el doctor Sergio Domínguez era una eminencia en el tema, por lo que la presentación de su obra era una de las más esperadas dentro de la comunidad médica. Llevaba años investigando y analizando la mejor manera de operar los tumores desarrollados en la cabeza y el día de hoy presentaría sus conclusiones. Los invitados estaban sentados, cuando los ponentes ocuparon las sillas detrás de la mesa ubicada en el centro del escenario. Ésta se encontraba forrada con un mantel de fieltro azul oscuro, tenía una jarra de cristal con agua, cuatro vasos y el personificador de cada uno de los médicos, quienes darían sus comentarios acerca del trabajo y la publicación del doctor Domínguez.

Pablo miró a Isabel y le dijo, con un dejo de orgullo:

—No me has dicho nada, ¿te gusta mi traje? Me lo hicieron a la medida en Nueva York.

—Está elegantísimo Pablo, te queda muy bien.

—Ah gracias, a ti también te queda bien ese color —respondió señalando su traje color vino de corte clásico.

Isabel se sonrojó, siempre que le hacían un cumplido le pasaba, así que sonrió tímidamente y le dio las gracias.

La presentación duró una hora, y al finalizar, después de la sesión de preguntas, se sirvieron copas de vino blanco y tinto acompañadas de suculentos bocadillos salados y dulces. Isabel y Pablo saludaron a casi todos los presentes. Todos querían saludar al gran Pablo y de paso… a su novia. Veían en su porte y en su rostro la soberbia del éxito, y a la gente le gusta palpar con sus manos esos aires de importancia y relacionarse con personas que tengan reconocimiento en los círculos donde se desarrollan.

"Si supieran que hoy, hoy es el día en que la envidiada Isabel dejará al doctor Pablo", "y será ella la que diga adiós", reflexionó Isabel, pero sin sentir satisfacción, solamente una profunda tristeza. Sin embargo, era el momento de saludar a todos con una gran sonrisa, poniendo atención en sus comentarios y por su parte, tratar de responder con las observaciones de la manera más inteligente que se pudiera, para que Pablo no le reclamara después su torpeza.

Al término de la velada y ya de regreso en el automóvil, comentaban el evento y sobre cuántos amigos de Pablo habían saludado; fue entonces que Isabel aprovechó una pausa que hizo él para comentarle:

—Tengo algo que decirte…

—Sí, ¿qué te pasa?

—No me gustó que me plantaras en mi cumpleaños —enfatizó, con voz temblorosa y los ojos brillantes para contener las emociones, y sobreponiéndose también al temor que sentía de dejarlo y quedarse sola otra vez.

—Lo siento Isabel, pero como te dije por teléfono, el golf se alargó más y no podía dejar a mis colegas a la mitad del juego.

—Sí, pero para mí era importante.

—No empieces; ya no somos unos niños para andar con esas cosas, ¿no te gustó el perfume que te mandé?

—Sí, muy lindo, pero, si para mí era importante que me acompañaras, podrías haber hecho un esfuerzo.

—Tengo muchos compromisos que también son parte de mi trabajo, por mi parte, no te reclamé que no me acompañaras ese día y pude haberlo hecho ¿no crees?

—Lo sé, lo entiendo y siempre te acompaño a los eventos que puedo ir, pero… lo que realmente te quiero decir, es que ya no quiero seguir en esta relación.

—¿Qué estás diciendo? Concretamente, porque no te entiendo.

—¡Qué no quiero seguir contigo! —casi gritó Isabel, por primera vez en voz alta, algo que ya llevaba tiempo ensayando en su corazón.

—¿Estás segura de lo que estás diciendo? ¿Solamente por no haber llegado a la comida de tu cumpleaños? ¡Vamos ni que fuéramos unos chicos! Isabel, si lo dices en serio, tú sabes que jamás volveré a buscarte; si esa es tu decisión, no volverás a saber de mí.

—Lo sé —respondió Isabel, con una angustia que se le reflejaba en la boca del estómago y con muchas emociones a flor de piel, que hicieron que se le derramaran las lágrimas como en cascada, las que con impaciencia consigo misma, rápidamente trató de acallar secándolas con un pañuelo.

—No sé qué tomaste, pero mañana me estarás rogando y pidiendo que regrese contigo, y no sé si yo estaré de ánimo para atenderte.

—Tienes razón, quizás me arrepienta, pero por lo pronto esta es mi decisión, —contestó con voz trémula. Al término de esa frase seguía sintiendo el quemante dolor en el estómago, aunque por alguna razón que desconocía, en el fondo de sus pensamientos sentía que estaba haciendo lo correcto.

El resto del camino permanecieron en silencio. Tenía la sensación de que Pablo no le había creído, y lo atribuía a la copa de vino que habían tomado, al momento, o a esos humores que "tenemos las mujeres". Al llegar no se bajó del auto para abrirle la puerta; Isabel salió del vehículo estacionado enfrente de su puerta y le dijo adiós con un gesto, a lo que él respondió con un rechinar de neumáticos y arrancando a gran velocidad.

Lentamente abrió la puerta, esperando unos momentos para serenarse. Después de unos minutos subió las escaleras y fue directamente al cuarto de sus hijos; Patricio y Daniel ya estaban profundamente dormidos, solo Isabela estaba despierta:

—¡Mami, sabía que pronto llegarías!

—Pero mi vida, ¿no me estabas esperando verdad?

—Bueno, un poco, pero también estaba pensando…

—Y en ¿qué pensabas?

—En el hada de azúcar mami, ¿sabías que el traje… está tan bonito? Te encantará… tiene rosa y dorado.

—Ya me imagino, seguramente así es…

—Sí mami, y los pasos y la música de esa parte, son muy pero muy lindos…

—Qué bueno Isabela, me temía que no te gustara tanto esa parte del baile…

—Mami, me encanta y tú, ¿por qué estás triste?

Isabel la abrazó, escondiendo el rostro entre los rizos de la niña y sin responder a su pregunta, dio rienda suelta a sus sentimientos y lloró suavemente, tratando de evitarlo, pero sin lograrlo.

—Mami, ¿por qué estás tan triste? —repitió Isabela conmovida y con voz dulce agregó—… "Ya pasará, ya pasará", "el angelito de la guarda te ayudará a resolverlo mañana", "te quiero mucho mami".

—Ya sabes, a veces las personas lloramos porque sí.

—Llora si necesitas… —dijo Isabela dándole palmaditas en la espalda.

Con ese consuelo, Isabel se quedó dormida abrazando a Isabela.

Capítulo 6

Confidencias

Son tus silencios
los que conquistan su voz.
Fragmento del discurso
"Lo que me enseñaron los niños",
Maestro José Antonio Fernández Bravo

Después de sortear el río de automóviles de la avenida Insurgentes, finalmente dio vuelta a la derecha en Altavista. El tráfico había estado terrible desde que salió de su oficina, sin embargo, ya manejando por esa vía se entretuvo con los estantes de las boutiques, con los letreros y la arquitectura de los restaurantes que hacían de este pasaje, un lugar para disfrutar de buena comida y de compras exclusivas. Casi en la curva vislumbró la casa de Frida Kahlo y Diego Rivera.

A unos cuantos metros se detuvo en el restaurante que se localizaba a la derecha. Se tomó unos momentos para admirar la bella construcción de la hacienda colonial que se dice, fue la sede de un monasterio Carmelita, posteriormente una casa de verano, hasta ser convertido en un renombrado restaurante, conocido por su gastronomía mexicana y por ser el favorito tanto de turistas como de los capitalinos. Estaba pintado de blanco con toques en color rojo ladrillo y y con rejas en color negro. Vio su reloj, eran ya pasadas de las ocho y media de la noche, "¡me van a matar mis amigas!", pensó Isabel. La cita era a las ocho, me imagino que ya estarán todas ahí, "ojalá no me haya perdido de las últimas novedades", se dijo. Tomó su chaqueta del asiento de atrás, su bolsa y se preparó para salir. El encargado de estacionar los autos le estaba deteniendo la puerta:

—Buenas noches señorita, bienvenida a la hacienda.

—Gracias joven.

—¿Hay algo que desee encargarme, además del auto?

—Mi perro que viene atrás, es un pastor alemán, ¿no le tiene miedo verdad? Es que ya sabe, me acompaña a todos lados.

—¿Peeeerdón? —el muchacho hizo una mueca de espanto, abriendo los ojos y sin dejar de mirar a Isabel.

—No se preocupe —Isabel le guiñó un ojo—, hoy no viene conmigo —los dos soltaron al mismo tiempo una buena carcajada.

Se dirigió por el pasillo principal, pero como siempre que visitaba el lugar, tomó unos momentos para admirar el santuario que se ubicaba a la entrada del lado izquierdo; ahí rezó en voz baja una oración por sus hijos. Después contempló el exquisito jardín y la estructura con arcos tipo español de la hacienda, "'¡cuánta historia encierran estas paredes!" —pensó Isabel.

Por último, llegó a la mesa acompañada del capitán de meseros, quien le había indicado el camino.

—Gracias Capi —afirmó dirigiéndose al hombre impecablemente vestido quien, con una sonrisa, le jaló la silla para que pudiera sentarse.

Amigas queridas —empezó a decir Isabel a modo de saludo—, perdón, salí tarde de la oficina y el tráfico estaba imposible, espero que no hayan platicado las novedades; por favor cuéntenme desde que "este era un rey"…

—Bueno, ya nos dijimos algunas ¿Sabías que me cambié de trabajo? —preguntó Ana.

—Noooo, cuéntame, ¿por fin dejaste a tu jefe?

—Lo logré: después de nueve años. No sabes, al final sí me quería subir el sueldo, dejarme ir temprano los viernes, contratar una asistente, reconocimiento, etcétera. *Too late…*

Ana tenía la tez apiñonada, la piel suave, sin líneas de expresión y dos bellísimos hoyuelos en las mejillas, lo que la hacía lucir más joven. Llevaba años en el mismo aburrido trabajo, sin que le dieran algún tipo de reconocimiento. Así que Isabel se puso muy contenta:

—Por fin Ana, cuánto me alegro, ¡lo lograste amiga! Y… ¿dónde estás ahora?

—Conseguí una súper chamba en la compañía de Seguros AGA, estaré a cargo de la comunicación de toda la compañía, ¿lo puedes creer? ¡Tres mil doscientos empleados!

—¡Guauu no me digas eso!, tendrás de verdad para entretenerte y ¿no te da miedo tanta gente…?

—Por supuesto, pero se me quita cuando me acuerdo de la quincena— mientras todas rieron de su ocurrencia.

—Y yo, qué te cuento… terminé con Raúl —anunció Bertha.

—¿De veras?, esa es una noticia muy triste.

—Sí así es, pero no quiero hablar de él; nada más de pensarlo, me arruina la noche, era tan egoísta —aseguró con un dejo de amargura. Llevaban juntos casi ocho años, pero él no había concretado nada y eso le dolía terriblemente a su amiga, quien deseaba reconstruir su familia. Le dolía no tenerla desde hacía casi doce años, cuando murió su esposo en un accidente. Era la única viuda, las otras dos amigas eran divorciadas, pero parecía que no tenían mucha prisa por comprometerse en una relación.

—¿Y tú Mary?, ¿cómo sigues?

—Mejor, cada día mejor...

María se estaba recuperando de una operación que física y psicológicamente la había dejado exhausta. Llevaba años luchando con un problema de tiroides que había desencadenado en muchas cosas más, pero por fin, después de mucho tiempo, lucía saludable de nuevo.

—¡Mary, esa es la mejor noticia!

Siguieron platicando tan animadas, que el mesero volvió para recordarles si tenían alguna duda del menú y a recitarles las especialidades. Ana ordenó el robalo a la veracruzana, María la trucha con almendras fileteadas, Bertha la sopa de tortilla e Isabel el chile en nogada, especialidad de temporada en el mes de septiembre.

—Mmmm, ¡se nos antojan todas las opciones! —dijo Bertha dirigiéndose al mesero y después de que el joven tomó la orden, pidió otra ronda de Margaritas.

—¡Amigas no inventen!, ¿quién va a manejar? —con una gran preocupación expresó Mary. Todas rieron por el comentario.

—Bueno para cuando acabemos, la Margarita se habrá evaporado —afirmó Bertha.

A este grupo de amigas lo conocía desde hace muchos años, desde que todas estaban en la universidad, luchando por sacar adelante sus estudios, con la mente ingenua llena de sueños e ilusiones y todavía sin traumas que superar. Habían pasado juntas la etapa de los matrimonios y después la de las pérdidas y desamores. Una por una había anunciado su divorcio, a excepción de Bertha, quien había perdido a su esposo, y ahora, las cuatro estaban en búsqueda del amor verdadero, ¿de verdad existía? "Éramos unas románticas, sabíamos que podríamos volver a enamorarnos, que en algún lugar encontraríamos un hombre bueno que nos comprendiera", pensó Isabel.

—Isabel no has hablado nada, cuéntanos, sabemos que tienes algo que decirnos, ¿cómo te fue en tu crucerito?

—Amigas, el viaje fue bellísimo, esos lugares son un sueño, pero hay dos cosas que tengo que contarles. Una, fue la noche de la inauguración: los fuegos artificiales alumbraban toda la ciudad de Marsella, y las pequeñas embarcaciones de alrededor daban la bienvenida al nuevo barco, había música por todos lados y el presenciar todo eso en cubierta me parece como si fuera irreal; ahora mismo, siento tanta emoción que no puedo creer que haya estado ahí.

Todas estaban pendientes de su relato… Comenzó a contarles cómo había sido la ceremonia de inauguración en el muelle cercano al barco: cómo el príncipe Rouss y la princesa Regina dieron el discurso de bienvenida y cómo lanzaron la botella de champaña que se estrelló contra la proa; también se refirió a las palabras de Francesca, la bendición del cardenal y la música de la orquesta como fondo. Les platicó de la cena tan elegante en la primera noche de navegación, de cómo había conocido al equipo que trabajaba en Miami y que la habían sentado junto a Joseph.

—Pero Diosito no escuchó mis plegarias, le pedí que no me sentaran junto al extranjero, porque mi inglés está fatal. Llevo años sin practicarlo y ¿adivinen junto a quién me sentaron? —Todas rieron de sus ocurrencias.

—Bueno amigas ya luego me empecé a sentir rara… Es que, sin realmente conocerlo, creo que me enamoré… sí —dijo susurrando— me enamoré de su alma.

—¿Pues qué te dijo? —preguntaron a coro.

—No sé qué pasó, no recuerdo a detalle toda la plática, pero creo que empezó por contarme de su vida, de sus retos, de la manera como ve el mundo. Además, algo que me encanta es cómo sabe escuchar... Me hace sentir que soy lo más importante que tiene que hacer...

—Isabel, de verdad que te falta un tornillo.

—Seguro que no entiende tu inglés, por eso te presta tanta atención y con tu acento... —agregó Mary con voz inocente y en son de broma.

Entre la historia y las Margaritas todas se reían con tremendas carcajadas.

—Te gusta complicarte la vida, no solo no es de aquí, sino que está lejos.

—Yo sé, pero bueno, mientras ¿está padre ilusionarse, no creen? —comentó Isabel.

Todas coincidieron que sí y concluyeron que las próximas vacaciones, ¡tomarían un crucero!

—A ver si nos pasa lo de Isabel, queremos esa misma suerte... ¡no nos conformaremos con menos! —sentenció Ana.

Un poco de piloncillo

Isabel entró al café "Canela y Piloncillo" alrededor de las seis en punto. El local era tan familiar que no había reparado en los pequeños cambios que se habían hecho, sin embargo, al ver a su hermana Diana ocupada, atendiendo a unos clientes, permaneció unos momentos de pie contemplando la decoración del lugar. Inspirado en escenas de la Revolución Mexicana, el mobiliario tenía acabados en madera antigua, una barra donde se preparaban todos los estilos de café, siendo la especialidad del lugar el humeante café de olla con piloncillo, cuyo aroma se percibía a sus alrededores y hacía que los transeúntes de la avenida Insurgentes se detuvieran para degustar y empezar el día con la inigualable mezcla aromática que despertaba hasta al más desvelado.

Isabel contempló el tostador para los granos, del que también emanaba un exquisito olor; el hornito para calentar los sándwiches con diferentes tipos de aderezos preparados, con el delicioso toque de su hermana, y en la barra, en unas paneras cubiertas por tapas de cristal impecablemente presentadas se encontraba el tradicional pan de dulce: conchas, banderillas, orejas, garibaldis y gorditas de nata, dulces mexicanos como jamoncillo y enjambre de nuez, para los paladares más exigentes.

Había cuadros antiguos enmarcados con molduras tipo oro viejo y las mesas estaban cubiertas con manteles en color crema, impecablemente planchados y encima tenían un precioso quinqué al estilo de principios del siglo XX con una velita que desprendía una luz dorada.

A Isabel le encantaba ese rincón, le parecía un oasis en medio del caos de la tan transitada avenida Insurgentes, además de que para ella era un refugio para restablecer el ánimo a mitad de la tarde, cuando podía darse el lujo de un descanso de media hora.

Su hermana sonrió al verla y le indicó que se sentara en la mesa de la esquina.

—Dame unos momentos y ahora estoy contigo.

—No hay prisa, Isabela está en su clase de ballet, así que tengo como una hora y media.

—Ah bueno, le diré a Inés que se quede a cargo, ya sabes a esta hora casi no tenemos clientes. ¿Qué te gustaría tomar?

—Muero de antojo por uno de tus incomparables caféd de olla y una concha de vainilla.

Diana le preparó su café y le sirvió su concha en un bello plato de peltre. Lo puso todo en una charola roja de madera y lo llevó a la mesa.

—¿Y tú, qué vas a tomar? —preguntó Isabel.

—Ya Inés me servirá un café americano.

—¿Cómo estás Isabel? —dijo su hermana sin preámbulos, al notar que las ojeras de Isabel se notaban más pronunciadas.

—Ya sabes Diana, todo parece una tormenta, vivo cada día como malabarista deteniendo las pelotas y no te creas, dejo caer al piso un par de ellas a cada rato. Hago mi mejor esfuerzo, pero parece que nada es suficiente para mantenerlas girando, y ahora Pablo...

—Bueno, eso pensé que era cosa del pasado...

—Yo también, pero ahora me dice que no quiere perderme y que hará hasta lo imposible por recuperarme, que se dio cuenta cuánto en verdad me quería, ¿lo puedes creer? ¿Será por su ego por lo que no quiere que me le vaya? Y... Joseph... Joseph —repitió con suavidad Isabel y con un largo suspiro—. Por fin, después de tantos meses de espera, viene este fin de semana. Aquí entre nos, ¡no sabes lo emocionada que estoy... Me duele el estómago de pensar en él, siento las burbujas de las que habla Isabela cuando algo le entusiasma!

—¡Ay Isabel!, qué hermoso que tengas una nueva ilusión, no dejes que se escape de tus manos, hazle caso a tu interior y ve lo que te dice el corazón.

—El problema es que el mundo a mi alrededor está dando tantas vueltas, que el mareo que me produce no me deja pensar con claridad.

—Escúchame Isabel, cuando el mundo a tu alrededor da tantas vueltas y tan rápido, te toca a ti permanecer en el centro, hasta que el giro de la pirinola de la vida decida frenar. Tú eres la que no debe moverse hasta que todo se detenga y puedas ver con claridad. A eso llamo el poder que tenemos de ser los dueños de nuestras elecciones.

—Sí, lo sé.

—Entonces, no pienses tanto, deja que cada cosa se acomode en su lugar y entonces sí verás que, todo tiene una lógica y un propósito. Y déjame decirte algo: lo único que sí sé hermanita es que, al hablar de ese Joseph, sí que sale de tus ojos una chispa especial. No sé lo que te dijo, pero parece que caíste en su embrujo.

—Recuerda —continuó Diana—, lo que nos decía papá: "Ustedes siempre cuentan con el hilo de Ariadna para salir del laberinto…"

Las dos se rieron al mismo tiempo, recordando la frase y a su padre. Siempre que hablaban de él sentían una nostalgia enorme.

—Y tú Diana, ¿cómo estás?

—Gracias a Dios, finalmente las cosas van marchando bien, los chicos ya sabes, batallando con tanta tarea que les dejan en esa escuela, pero ahí van… y mi esposo, adaptándose a su nuevo cargo dentro del banco, pareciera que todo es diferente, aun cuando lleva tantos años en la misma institución, pero ya sabes, al cambiar al director, todas las políticas se transforman y uno tiene que adaptarse. Lo único constante en nuestras vidas parece que es el cambio… Pero hermana qué afortunadas, mientras nuestra madre y los hermanos, hijos y familia estén bien, "no hay nada que un buen café no pueda solucionar…" dijo citando la frase escrita con letra manuscrita en una pizarra justo encima de la barra.

—Tienes razón, ¿hay más historia que esta delicia? —dijo Isabel saboreando su café de olla—. Ciertamente no…

Mientras tanto, sus pensamientos volaban sin poder detenerlos. Aun cuando habían pasado ya un par de meses, se le venía a la mente aquel crucero y las locuras, porque a veces la vida es así, llena de momentos sin sentido. Recordaba en especial a ese hombre que había conocido ahí... Joseph... "Joseph" pronunció su nombre en alto y recreó como otras veces ese beso robado en el Puente de los Suspiros en Venecia. ¿Es verdad que un beso puede acariciar el alma? ¿Es realmente probable que un beso signifique tanto? ¿Será que un café y una charla fortuita puedan cambiar un destino? ¿Qué lección tendría que aprender?, ¿a vencer situaciones imposibles? Un escalofrío la recorrió toda... No entendía porqué, una experiencia casual, vivida así al azar, pudiera tener un significado en su vida...

Primer fin de semana en México

Una noche... desde entonces
se estableció entre nosotros
esa relación íntima
que comunica todos los deseos,
todas las dolencias,
todos los temores,
todas las aspiraciones...

Manuel Acuña

Isabel llegó al aeropuerto pasadas las nueve de la mañana, tendría todavía algunos minutos antes de que Joseph saliera de la sala de migración y aduana. La salida internacional estaba totalmente llena. Había varias familias esperando a sus amigos y parientes con sus nombres escritos en cartulinas, algunos traían globos y regalos para darles la bienvenida; también se encontraban guías de turistas y choferes que esperaban con los nombres también escritos en pancartas, y otras personas que venían solas.

Isabel concentró su atención en un hombre de mediana edad, quien sujetaba un ramo de rosas rojas preciosas y una gran sonrisa en los labios al ver que la persona que esperaba caminaba hacia él. Era una mujer de unos cuarenta años de edad, seguida por dos adolescentes con chamarras deportivas y actitud rebelde. El hombre se acercó a ella y le dio un abrazo que pareció una eternidad, mientras los chicos se volteaban a ver con una cara de ¿a ver a qué hora? El señor reparó en ellos y también les dio un fuerte abrazo, aunque los chicos respondieron cortantes: "Hola pa, ¿qué novedades hay?.. ¡Ya queríamos regresar!" Y el padre bromeando un poco preguntó: ¿Me extrañaban tanto?". A lo que uno de ellos respondió: "Pues sí, pero más que nada tenemos la fiesta de Carmina el sábado y por supuesto, que no nos la queremos perder..."

Isabel regresó a sus propios pensamientos, dando un vistazo a su reloj de pulsera con actitud preocupada, ya que para entonces Joseph ya debía haber salido y no había rastros de él. "¿Qué tal si al final decidió no tomar el avión? ¿Qué tal si esto es un completo error? A todo esto, ¿ella qué hacía ahí?, esperando a un hombre con el que jamás tendría un futuro, ¡ni siquiera un presente!" Dudó unos minutos más escuchando a sus demonios internos, hasta que tomó la decisión de irse. Esta situación no era para ella... "Otra vez volver a creer en alguien, ¿para qué?, ¿para volver a acabar con el corazón adolorido?", no más. Su dosis de desamor ya estaba cubierta y no pensaba arriesgarse otra vez. Dio la media vuelta para irse hacia el estacionamiento, cuando lo vio saliendo por otra puerta, ya no había manera de huir. Ahí estaba él con una pequeña maleta, un saco en el brazo y una amplia sonrisa.

No sabía cómo, pero corrió hacia él como si la vida dependiera de llegar lo más rápido posible y se refugió en sus brazos, al tiempo que escuchaba su voz:

—¡Pensé que nunca volvería a verte! —exclamó él, con los ojos brillantes y deteniendo las emociones que afloraban sin querer.

—Joseph, esto es una completa locura, ¿sabes?

—¿Pero que no las locuras son las que mueven este mundo? —preguntó a su vez él.

Sin responder y solamente pensando en esas palabras, Isabel le indicó el camino hacia el auto.

Enfilaron hacia la carretera de Cuernavaca. Joseph tendría que tomar el vuelo de regreso al día siguiente por la noche, así que contarían con el día de hoy y parte de la mañana siguiente. Isabel suspiró, tratando de analizar qué era esa emoción tan profunda que sentía; era como si hubiese encontrado algo que se le había perdido, era eso, una especie de alivio. Platicaron animadamente en el camino, a esa hora bastante pesado por el tráfico de la ciudad, cosa que ni notaron. Isabel maniobraba hábilmente sorteando el río de automóviles que venían en diferentes direcciones. A unos pocos metros antes de la salida a la carretera, pararon a desayunar en uno de los restaurantes. Isabel le explicó a Joseph la complejidad y la sencillez de la comida mexicana, ordenando para él un jugo verde, un plato de papaya y unos deliciosos chilaquiles con queso y crema, y con una guarnición de frijoles refritos. Joseph estaba encantado, todo le pareció exquisito. Al terminar, tomaron nuevamente el coche para enfilar hacia la carretera y dejar atrás la ciudad. Después de pasar Cuernavaca, tomaron la carretera Alpuyeca Tequesquitengo, hasta dar con el kilómetro siete, donde se encontraba situada la Hacienda Vista Hermosa, fundada por Hernán Cortés en 1529 y construida en piedra con enormes arcos estilo virreinal, la cual incluía caballerizas y ahora, para deleite de muchos turistas, estaba convertida en un hermoso hotel.

Isabel y Joseph se instalaron cada uno en una habitación y después bajaron a explorar el lugar: por el camino empedrado, recorrieron la alberca, el lago, las jaulas a mitad del jardín, hogar de hermosos y exóticos pájaros. Observaron también los pavos reales que adornaban el lugar y, para finalizar, pasaron por las mazmorras, que provocaron que Isabel sintiera escalofríos, solo de pensar qué historias se habían entretejido en esas paredes. Luego dieron un paseo a caballo por los alrededores de la hacienda, y fue en ese momento que una realidad le pegó a Isabel con toda su crueldad: en contraste con las comodidades y lujos del hotel, había otra vida, la de las casas que lo rodeaban, a menos de quince minutos a caballo; levantadas con ladrillos sin pintar, pisos de tierra y techos de adobe, y en cuyos pequeños patios se encontraban niños vestidos humildemente, persiguiéndose unos a otros en un juego interminable y acompañado de felices risas. "Pobreza y riqueza del alma", pensó Isabel. Así son los contrastes, la oscuridad y la luz, escasez y júbilo... En la pobreza se encuentra a Dios, hay más libertad, no hay apegos, es la sencillez del alma lo que al final cuenta, pero a veces duele contemplarla. Cerrando los ojos y cayéndole gotas de sudor por el cuello, a Isabel se le llenaron los ojos de lágrimas. Joseph observaba su expresión sin entenderla; contemplaba las montañas y la vegetación, percibía su belleza, y no se daba cuenta de esas chozas levantadas a cada tramo del camino, ni de su pobreza.

—¿Qué pasa Isabel?

—Joseph, mi país duele, hay una faceta que me causa una profunda desesperación; su pobreza, el no tener las mínimas comodidades y, sin embargo, aquí, a pesar de todo, encuentro a Dios con toda su alegría y esplendor.

Joseph quien contemplaba el paisaje respondió:

—Sí Isabel, ¡esto es tan bello, que uno no puede dejar de pensar en Dios!

El paseo había abierto su apetito, por lo que se encaminaron al restaurante del hotel. Joseph contemplaba los manteles de colores, las mesas finamente dispuestas, la vajilla artesanal y el pianista a un lado del restaurante. Al traerle el mesero sus platillos, exclamó sorprendido:

—Isabel, esto se ve delicioso, ¡me gusta tu México!

—Sí Joseph, a mí también me gusta mi México de rostros, sabores, colores e historia.

—Isabel, he estado pensando mucho y no sé qué vaya a suceder, pero si me das la oportunidad, si me das una única oportunidad, te prometo que pondré mi corazón y mi mente en aprovecharla. Dime que sí, dame la posibilidad de que nos conozcamos más y te demostraré que me he enamorado perdidamente de ti, y que sé, que eres tú por quien mi corazón ha sentido una nostalgia sin fin y ha sufrido toda una vida, tú eres la persona que buscaba.

Isabel no podía responder; una cosa era tener un romance con Joseph y otra muy diferente escuchar esas palabras. Su mente y su corazón no estaban preparados todavía para eso.

—Para Joseph, no puedo, no puedo. No sé siquiera si tengo la capacidad de responder a esas emociones. De verdad que no puedo comprometerme… a sentir; sí es eso, no puedo comprometerme a sentir otra vez la ilusión del amor y que de nuevo sea una terrible desilusión. Lo siento mucho, pero creo que ya quedé sin emociones; no puedo vibrar nuevamente en ellas, creo que ya perdí toda esperanza en ese aspecto.

—¿Qué no puedes sentir? —dijo Joseph atónito, abriendo los ojos y acercándose a ella—. ¿Y qué me dices de esto?

Y entonces la tomó suavemente por la cintura y escondió su rostro en su hombro, aspirando el perfume de Isabel, tan único, tan especial, y lentamente la besó, como si en el mundo dejara de existir la palabra tiempo y por un instante, solamente por un instante, Isabel comprendió que el amor, el verdadero amor era una comunión de almas acariciadas por el viento de las emociones. Respondió a ese beso con todo su ser y, ya luego cuando respiró, embriagada de una nueva esperanza le dijo a Joseph:

—Está bien Joseph, pero será lentamente, sin prisas, necesito antes que nada sentirme segura.

—Isabel, para ti, tengo todo el tiempo que necesites; si te encontré después de tantos años, puedo esperar otros más. Déjame seguirte visitando y conocerte más, deja tu corazón abierto con espacio para mí y prometo no defraudarte.

"Qué fácil decirlo", pensó Isabel, pues ¿qué eso no lo dicen todos hasta que sienten la seguridad, y entonces ya no es lo mismo? Isabel estaba curada de mal de amores y no estaba dispuesta a entregar su corazón nuevamente.

Tuvo un sueño intranquilo, sabiendo que Joseph estaba en la habitación de al lado, ya que se debatía entre el deseo que había despertado en ella y la cordura de no comprometerse. Ahora por primera vez era ella la que decía: "¡No!" a cualquier tipo de compromiso.

Cena mexicana

Antes de dar la vuelta en la calle de Francia, Isabel leyó el letrero de la oficina de Fonatur: "México un gran destino", solo para reflexionar. Giró hacia la izquierda y llegaron en punto de las ocho de la noche para la a del 15 de septiembre, fecha en que se celebra el Día de la Independencia de México. El club estaba localizado en la colonia Florida. A la entrada lo engalanaba una fuente preciosamente dispuesta que formaba una especie de rotonda, que dirigía el tráfico hacia un estacionamiento techado. Isabel y Joseph estacionaron el automóvil y se dirigieron al área de recepción donde los esperaban dos edecanes vestidos a la antigua usanza mexicana en el siglo XIX. Les indicaron que siguieran el camino de piedra y que después, del lado derecho encontrarían las escaleras. Isabel ya había visitado el lugar varias veces, por lo que con una sonrisa les agradeció a los jóvenes su cálido recibimiento y les comentó , que ya conocía el salón donde se celebraría la cena. Habían sido invitados por una amiga de Isabel, quien les había reservado un lugar en la mesa que compartía con su familia. Todo estaba adornado con los colores de la bandera: verde, blanco y rojo; hasta las luces del jardín proyectaban hacia las esquinas estos colores.

El club se encontraba al sur de la ciudad y representaba un lugar único por su ubicación y sus instalaciones, contaba con una alberca olímpica, doce canchas de tenis, campo de fútbol, jardines bellamente decorados y con juegos infantiles, un salón de billar y un teatro con cupo para 200 personas.

Después de mostrarle las instalaciones, Isabel tomó del brazo a Joseph, mientras le iba explicando la celebración:

—Este día festejamos la Independencia de nuestro país frente a los españoles. Por lo general, lo hacemos con una fiesta; con comida típica mexicana, banderas, y en ella tiene lugar el grito de Independencia que da el presidente, justo a las once de la noche, y que se transmite por televisión nacional. Pero bueno, ya lo verás.

Justo al entrar al salón, donde había mesas dispuestas para unas quinientas personas, Isabel encontró a su amiga, quien le indicó que estaban en la mesa dieciséis. Isabel y Joseph saludaron a sus padres, a su esposo y a otras dos parejas que completaban la mesa. Tomaron asiento y enseguida el mesero les ofreció las opciones de bebidas. Joseph estaba maravillado por la decoración del lugar, sombreros y sarapes. En el centro se encontraba la pista de baile y al final del salón, había dos barras enormes para el magno buffet. Mientras pedían sus bebidas, empezaron la plática con los demás amigos y a brindar. La charla estaba muy animada y no se dieron cuenta que ya todos se habían levantado a servirse, por lo que, al percatarse, ellos también se dirigieron hasta las mesas que contenían toda una variedad de platillos. No podían faltar los chiles en nogada, dignos representantes de la comida mexicana en el mes de septiembre; el arroz, los frijoles refritos, las rajas con crema, el chicharrón en salsa verde, las quesadillas, el pollo con mole y la cochinita pibil. Joseph quería probar de todo, e Isabel le advirtió: "Ya sabes, solamente no le agregues salsa, porque a veces pica".

Su amiga Carolina se sentó junto a Joseph y empezó a platicar con él. Isabel se encontró a varios amigos a los que saludó, hasta a uno de sus exjefes que no había visto en años. Disfrutaron de la cena y luego bailaron hasta que se cansaron. Los postres tampoco podían faltar: dulces como ate con queso, chongos zamoranos y arroz con leche.

Cuando se dieron cuenta, eran ya casi las cuatro de la madrugada, así que regresaron a casa felices y comentando lo buena que había estado la fiesta y cuánto se habían divertido.

Al día siguiente Isabel recibió una llamada de su amiga:

—Hola Isabel, ¿cómo la pasaron ayer?

—Estuvimos encantados, muchas gracias por la invitación, la pasamos de verdad más que contentos.

Comentaron el baile, las decoraciones y se enfrascaron un poco con algunas novedades de los amigos en común.

Después de un rato, a mitad de la conversación Carolina le dijo:

—El problema que veo Isabel, es que no sé si serás feliz viviendo fuera del país y con Joseph.

—¿Por qué lo dices?

—Primero, porque la cultura americana es totalmente superficial; hasta las casas son de cartón, las relaciones no son duraderas y todo es acerca del dinero. No continúes la relación, no vas a ser feliz. Además, me dijo Joseph que él no estaría dispuesto a vivir en México, ¿entonces? ¿No que te quería mucho?

—Carolina, yo sé que si se lo pidiera él se vendría a vivir aquí, pero no hemos platicado de eso todavía, es muy pronto, apenas nos estamos conociendo.

—Pues piénsalo bien, ¿abandonarías nuestro estilo de vida por un norteamericano?

A Isabel se le hizo un nudo en el estómago. No sabía si realmente quería dejar su país, su familia y a su gente. ¿Por el amor? ¿Sería esa una razón suficiente para dejar todo lo conocido? ¿Dejar a sus hermanos, amigos, su tierra, su gente y su forma de ser?, ¿algo o alguien valdría la pena para hacer el sacrificio? ¿Realmente el amor sería un gran motivo?

Un instante en el tiempo

Habían pasado el día con los chicos en el parque Loreto y Peña Pobre, se habían entretenido con las actividades que ofrecía el lugar. Daniel y Patricio habían hecho una especie de motor que asemejaba un pequeño robot, e Isabela había disfrutado toda la mañana pintando una jarrita de cerámica. Después habían corrido por todo el parque jugando a la pelota y "descargando energías", como decía Isabel. Comieron en el restaurante mexicano de la zona y llegaron a casa ya al anochecer.

Más tarde, Isabel y Joseph decidieron tomarse un respiro e ir a cenar al restaurante giratorio que ofrecía una preciosa vista de la ciudad. Como era el mes de noviembre, al salir del elevador se toparon con un altar de muertos bellamente decorado, las flores de cempasúchil, las calaveritas de azúcar, los platos de barro con platillos finamente elaborados, botellas de tequila y mezcal, y un par de fotografías en su tercer nivel. Se tomaron un par de minutos para admirarlo, e Isabel le explicó a Joseph con todo detalle en qué consistía la tradición del Día de Muertos. La chica de recepción completó la información y al llevarlos a su mesa les dijo:

—Tenemos pan de muerto por la temporada, muy rico, no dejen de probarlo, lo servimos con cajeta y helado de vainilla.

—Suena delicioso —dijo Isabel—, por supuesto que lo probaremos.

Las cosas habían cambiado para ella; se sentía cómoda con Joseph, platicaban durante horas comparando sus diferencias y uniéndose en sus similitudes. Dos almas perdidas que se habían encontrado, dos almas rotas y vueltas a pegar; dos almas llenas de cicatrices, pero por lo mismo llenas de ilusiones, irremediablemente unidas por el dolor y la esperanza, por el dolor y la búsqueda, por el dolor y ese encuentro.

Al llegar al hotel donde se hospedaba Joseph siempre que iba a visitarla, le dijo con voz suave:

—Por favor pasa Isabel, tengo algo para ti.

Subieron al piso catorce. La ventana de la habitación daba hacia la avenida Insurgentes, muy cerca del Parque Hundido. Por tratarse de una ocasión especial, Joseph había pedido una suite. Guió a Isabel hacia la pequeña mesita localizada al centro de la antigua sala, decorada en colores claros y con muebles clásicos en fina madera de caoba; le tomó de las manos diciéndole:

—Isabel me he enamorado de ti irremediablemente... Eres mejor de lo que yo hubiera soñado, simplemente al conocerte hiciste que toda mi vida tuviera un significado... Y al decir esta última frase le entregó un sobre.

Isabel sonrió, mirando a Joseph largamente y soltando un suspiro, se dio cuenta que sus ojos reflejaban esas emociones que la hacían sentir en un lugar cercano, ese amor que solo se siente una vez en toda una vida, y que en ocasiones no se encuentra jamás.

—Joseph —murmuró dándole un fuerte abrazo, y al soltarlo de sus brazos, tomó el sobre y fue leyendo pausadamente el siguiente mensaje:

"Pista número 1: *El amor no siempre viene del color que tú quieres; en mi caso, es mejor de lo que yo había imaginado. Busca el par de la mariposa*".

Isabel buscó por la habitación y sobre la chimenea, encontró otra mariposa igual a la que tenía en la mano, pero de otro color.

"Pista número 2: *El amor no siempre comprende razones. Cuando no puedas entender, toma una taza de café y acompáñala con una buena charla*".

Fue a la cocineta, donde encontró un café recién servido, junto con unas exquisitas galletas de almendra. No pudo resistir la tentación de probar una, y justo, al levantar la segunda, vio un pequeño papel que decía:

"Pista número 3: *Ocupas tanto espacio en mi corazón que pareciera que mi pasado se hubiese borrado…*".

Isabel abrió un estuche de terciopelo color vino, y en él se encontraba un bello corazón partido a la mitad, pero unido en el centro, con una cadena tejida en forma de círculos. Joseph se ofreció a ponérsela.

Cuando terminó, ella fue otra vez a la sala para buscar la siguiente pista, la cual encontró en el florero de una de las mesitas de la sala.

"Pista número 4: *Sé que seré la causa de que tu decisión te duela, pero prometo demostrarte mi amor cada día que estemos juntos*".

La última pista la encontró sobre la cama; era un mapa que casi la abarcaba toda, con los dos países unidos, el de él, Estados Unidos, resaltado en verde y el suyo, su México, en color rojo y en medio de este trazo había el siguiente mensaje:

"Si nuestros países están irremediablemente unidos, ¿por qué no podemos hacerlo nosotros?"

Joseph se acercó diciéndole:

—No sé cómo es aquí, o de qué forma se acostumbre, pero te lo pediré a mi manera — y le entregó la última pista en una tarjeta de color beige que tenía escrita con su letra la siguiente frase:

"¿Quieres ser mi novia Isabel?"

Pas de deux

Diciendo esto se limpió una lágrima que se le había escapado, la tomó de las manos levantándolas para besarlas suavemente, después las soltó y la abrazó, acercando su rostro para poder besarla en los labios sin prisa alguna. Isabel sentía que el deseo por él la devoraba con una urgencia sin límite, sin embargo, pacientemente dejó que sus manos la recorrieran completamente. Joseph le decía al oído que tuviera calma ya que estaba aprendiendo, descubriendo, y tratando de memorizar cada centímetro de su piel.

El deseo era arrollador. Isabel sentía que la piel le quemaba; un nombre solamente entraba en sus sentidos: Joseph, Joseph... murmuraba.

Sentía sus besos sobre la piel, las caricias ahora eran más rápidas, más urgentes. Joseph la acostó sobre la cama recostando su cuerpo sobre el de ella.

El corazón empezó a latirle más rápido, cada segundo la velocidad aumentaba. Percibió la loción de él con notas de madera, con olor también a tierra mojada y al fresco rocío de la mañana, y una sensualidad sin fronteras la invadió totalmente. Sentía que contenía la respiración hasta llegar a un lugar recóndito en su cerebro, donde se proyectan todas las emociones; suspiró lentamente, y fue entonces, que sintió un éxtasis total que sacudió su cuerpo y una explosión profunda que desbordó todos sus sentidos.

No hubo un solo rincón de su cuerpo que Joseph no hubiera besado, no hubo un centímetro que hubiera sido olvidado. En su corazón sintió que el vacío se completaba, que todo era perfecto y que había llegado a casa.

Joseph secó una lágrima que ahora ella había dejado escapar de sus ojos y con una terrible angustia que se reflejaba en la voz le preguntó:

—Amor mío, ¿estás bien?

Isabel derramó unas cuántas lágrimas más, brotaban como un bálsamo que cubría sus heridas, como un curita sobre su corazón dolorido.

—Joseph, ha sido maravilloso —susurró Isabel y al gesto de él, como queriendo descifrar un acertijo, continuó—, también se llora de amor.

Joseph sonrió y no se le borró ese gesto hasta que el sueño los venció.

Despertaron un par de horas después, e Isabel se levantó por un vaso de agua; entonces se le ocurrió poner un poco de música en el radio localizado junto a la televisión. Se escuchaba la canción interpretada por Luis Miguel:

"Amanecí otra vez entre tus brazos…". Corrió a refugiarse nuevamente en los brazos de Joseph, mientras transcurría la bella melodía y disfrutaba de los besos del hombre que le había robado el corazón.

Otro cafecito por favor

Había pasado mucho tiempo desde que se despidieron en Venecia, no sabían en aquel momento, cuándo volverían a encontrarse. Por fortuna, Mónica había viajado a la Ciudad de México por un proyecto de trabajo y habían tenido la suerte de poder reunirse en un café de Polanco, sobre la Avenida Mazaryk.

—Isabel, ¡te ves guapísima! Dime tu secreto… cuéntame que yo quiero hacer lo mismo —dijo Mónica, admirando el porte de su amiga y el traje sastre color rosa pálido que llevaba, con una pañoleta al cuello que le daba un toque tan elegante.

Antes de conversar, ocuparon la mesa de la esquina y se sentaron una frente a la otra. Les acababan de servir un café humeante y ordenaron una rebanada de los pasteles exhibidos en el refrigerador de la entrada; ofrecían tal variedad que no sabían por cual decidirse. Fue entonces cuando Isabel, respondiendo a su pregunta le platicó que la relación con Joseph había continuado, y que quizás eso le ayudaba a sentirse más joven.

—Amiga, no me digas, ¿de verdad?, ¿cómo que te has enamorado? Pero ¿de veras, enamorado? —con voz incrédula le preguntaba—. Por lo que me dijiste la última vez que hablamos, no querías saber nada de nada, es más tú misma dijiste: "a partir de ahora ya no tendré mal de amores".

Isabel probó su pastel de chocolate y tomó un trago de café antes de responder.

—Yo sé, de verdad que, ¿en qué estoy pensando?, no sé cómo fue… Me pasó como si… ¡Uf! haber déjame yo misma tratar de entender, es como si… mi alma tocara la suya. Ya sé, suena de locos, pero… mira: cuando era pequeña, mi padre nos llevaba los veranos a Acapulco de vacaciones. En aquel tiempo se hacían nueve horas de camino; pero como a mi papá no le gustaba mucho la velocidad, a veces hacíamos de diez a once horas. En el trayecto, mi madre nos ponía a cantar, jugábamos adivinanzas, recitábamos poemas y contábamos historias; todo con tal de entretenernos… Imagínate, cinco niños apretujados en el asiento de atrás de un Galaxy de los ochenta. Mi hermano Eduardo, por lo general se sentaba al lado de mi madre en el asiento de adelante, por ser el más pequeño, pero los demás compartíamos el espacio, el tiempo nos parecía interminable. En otra parte del camino tratábamos de dormir y en otra reñíamos unos con otros; cuando eso pasaba, nuestro padre nos devolvía la paciencia al decir: "Después de esta curva ya se verá el mar…". Todos poníamos atención y pasaba quizás una hora más, antes de que, a lo lejos, entre una curva y otra, viéramos finalmente ese mar azul tan bello de Acapulco. A partir de ese momento, los ánimos se calmaban y nos poníamos a imaginar todas las cosas que haríamos en nuestras vacaciones: a mi hermano le encantaba esquiar, a mis hermanas y a mí nos gustaba nadar, ir a la playa y hacer cientos de collares de flores, unidas unas con otras… Soñábamos todo el año con estar ahí y disfrutar esos días tan bellos de mar, sol, playa y familia. En las tardes nos divertíamos con los juegos de mesa, y en la noche, caíamos rendidos después de nadar horas en la alberca o en el mar de la playa Hornitos, donde el oleaje no era tan fuerte… ¡Cómo recuerdo esos días! Y cómo recuerdo el rostro de mi madre, que con paciencia nos veía una vez más echándonos otro clavado a la piscina, o la sonrisa de mi padre llena de un orgullo mal disimulado, cuando alguno de nosotros le ganaba al ajedrez. Son esos momentos los que nos ayudan a sobrepasar los días amargos… Los que dan estructura a nuestras vidas y los que nos hacen apreciar a las personas que están a nuestro lado. Y… es eso amiga, Joseph es como ver después de la curva, ese mar y pensar que hay un futuro lleno de esperanza, dónde la soledad, el miedo y el desaliento se transforman con un: "Te entiendo, lo pasaremos juntos…"

—¿Qué piensas?, ¿será esto amor?, ¿de verdad existe? O despertaré como siempre desilusionada y sabiendo que una vez más me he equivocado.

Su amiga la miró con los ojos brillantes, derramando una lágrima al responder:

—No lo sé Isabel, pero muy pocas personas encuentran su mar… Si tú ya encontraste el tuyo, no lo dejes ir, abrázalo fuerte y no permitas que nadie te lo robe.

Una sola flor

Isabela y su madre llegaron a la escuela dos horas antes de la función, y se encaminaron a la entrada del teatro. Perfectamente peinada de caireles, y maquillada para la primera escena, con un poco de rubor en las mejillas, máscara de pestañas y labial rosa claro, la niña era un manejo de nervios, las manos le sudaban y estaba pálida como un papel en blanco. Había contado los días para este momento y cuando al fin llegaba a su presentación, quería huir...

—Mami, tengo aquí en el estómago una sensación como de burbujas, mejor regresemos a la casa... Yo digo que Sofi puede bailar mi parte... se la sabe y le gusta... Entonces... regresemos mejor —insistió la niña con la respiración acelerada.

Isabel se sentó en cuclillas, para que sus ojos estuvieran al mismo nivel que los de su hija:

—Isabela, te has preparado mucho para este momento, te sabes los pasos de memoria, los puedes repetir hasta cuando estás dormida. Lo vas a hacer muy bien, vas a brillar como una hermosa estrella. Así que te voy a acompañar a la entrada, te daré una bendición. Vas a entrar al teatro pensando que llegas a una fiesta, que es cumpleaños de una de tus amiguitas, que vas a ofrecerle un baile que has practicado para ella y que todas las personas del teatro son abejitas que te están animando y aplaudiendo... Mi vida, naciste para brillar y este es tu momento...

—Mami, ¿me quieres? Yo te quiero mucho...

—¡Te adoro con todo el corazón! —respondió Isabel abrazándola con fuerza, pero con cuidado de no estropear su peinado.

—¡Gracias mami... voy a la fiesta! —respondió más animada y guiñándole un ojo.

—Así es Isabela, haz lo que más te gusta hacer... ¡Baila como las princesas de tus cuentos!

La niña sonrió, le dio un beso a su madre y entró al teatro.

Isabel regresó a su casa rápidamente para recoger a la nana, a Daniel y a Patricio, quienes ya estaban listos para ir a la presentación de su hermana. De regreso buscó los asientos más cercanos al escenario y en la sección de en medio. Saludaron a las mamás y a los compañeritos de sus hijos, en tanto que los demás padres también buscaban el mejor lugar para tomar fotografías y videos. Para la ocasión, había comprado una cámara y la tuvo conectada durante toda la noche, despertando a cada hora para asegurarse que de verdad se estaba cargando.

—¡Mami, ya va a empezar! —exclamó Patricio emocionadísimo, sentado junto a ella del lado derecho.

Del lado izquierdo estaban Daniel, la nana y Verónica, quien acababa de llegar. Y en la fila de adelante estaba Diana con sus hijos, con gran expectativa del recital de ballet, lo habían esperado todo el semestre.

Se abrieron las cortinas y empezaron a aplaudir, sin embargo; cuando se hizo un silencio, Daniel espontáneamente gritó:

—¡Ahí está Isabela, ¡parece una princesa! —contemplando embelesado a su hermana, quien lucía un vestido rosa pálido con encaje y tul en la falda, sus caireles dorados enmarcaban su rostro, y un hermoso listón blanco hacía juego con el de su cintura.

Isabela sonrió al escucharlo y empezó la función.

El papel de Clara estaba representado por Brenda; Isabel sintió una punzada en el corazón.

—"Isabel... donde esté Isabela, brillará" —le había dicho su hermana, consciente de todo lo que había pasado.

—Sí Verónica, así será, no tengo duda. Lo que me dolió es lo que sufrió por la manera cómo se dividió el grupo de amiguitas —No obstante, después de meses de angustia por este tema por fin se relajó y dejó escapar un ligero suspiro.

En el escenario, la escenografía simula la casa del médico Stahlbaum. Ahí están Clara y Fritz con los invitados a la fiesta de Navidad, bailando alrededor de los regalos, enseguida entran los caballitos de madera dando vueltas en medio de la escena, todos los niños reciben sus obsequios. El padrino de Clara la sorprende con un bello regalo: un cascanueces de madera. Isabela entonces aparece en escena como ratoncito, después como bailarina de ballet, para culminar haciendo un solo como el hada de azúcar, con un hermoso atuendo cubierto con tules de color rosado con aplicaciones doradas, que al moverse suenan como campanitas. Las luces la acompañan al ritmo de suaves movimientos y en perfecta armonía con la música. Exhibe una técnica limpia, acompañada de la suavidad de sus ademanes con mucha gracia; se notan las horas de ensayo. El auditorio guarda silencio. Se unen más bailarinas a la escena, para terminar con Isabela, quien realiza tres impecables *pirouettes*.

Hay un silencio seguido por el aplauso que no se deja esperar, se escuchan varios ¡bravo!., en el auditorio.

Para terminar la escena, Isabel se da cuenta de que la pequeña tiene una lágrima en el rostro, pero también, una amplia sonrisa. Así que emocionada, sintiendo lo mismo que su hija, se une al aplauso de la concurrencia.

¡El recital ha sido un éxito! El director de la escuela sale a dar el discurso final y las gracias a los asistentes. Presenta a la directora del programa de ballet, quien dirige al auditorio unas emotivas palabras e invita al escenario a las maestras de cada grado y a las bailarinas principales. Brenda, caracterizada de Clara está a mitad de la pista con una flor en las manos, Isabela espera un poco atrás…, sin embargo, es a ella a quien todas las amiguitas llaman para que reciba las flores que han traído, así que tiene los brazos abiertos llenos de rosas. Isabel le dice a Patricio que corra a ayudar a su hermana, quien al verlo, le entrega las flores, lo abraza y, con los ojos brillantes se dirige al centro, se inclina hacia el auditorio con una bella reverencia y murmura al mismo tiempo: "Gracias… gracias…".

Isabela no había tenido el papel estelar, pero se había ganado algo más importante: el cariño del público y la unión de sus queridas amigas. Eso en muchas ocasiones tiene una mayor satisfacción, por lo que esa noche se sentía que flotaba… no podía conciliar el sueño por tantas emociones que había vivido, justo un momento antes de que finalmente lo lograra le diría a Isabel:

—Mami, hoy fue uno de los días más felices de toda mi vida…

Joseph

Cómo desacostumbrarse
a la bella costumbre de tu compañía.
Película *El Estudiante* (2009)

Joseph se empezó a convertir en una bella compañía para Isabel, la visitaba cada quince días y hacían planes juntos y actividades con los chicos. Observaba que ellos se sentían cómodos con su presencia y para ella eso era lo más importante. Se daban el tiempo para caminar por las calles de la ciudad, visitaban el centro y se metían a los museos que tanto le gustaban a ella; por la tarde, probaban las delicias culinarias de los restaurantes famosos de la zona.

Joseph iba acostumbrándose a su México, empezaba a entender la picardía del mexicano y un poco de su sentido del humor. También comprendió del miedo a ser asaltado, por lo que se acostumbró a cuidar de sus pertenencias en esos paseos; comprendió cuando realmente un "sí" significa algo afirmativo y cuando un "no" puede también significar un "sí"; aprendió la importancia de la familia, la cordialidad de la gente y el sentido de la palabra tradición. A su vez, juntos descubrieron nuevos cafés, calles que Isabel no conocía, galerías de arte y tiendas de artesanías a las que usualmente no asistía. El bazar del sábado se convirtió en uno de los paseos favoritos, y entre esas visitas, se dieron charlas, recuerdos, secretos compartidos entre rato y rato.

Isabel empezó también a sentirse cómoda en su compañía y con el roce de sus manos. Él había respetado su promesa demostrando que no estaba buscando un romance que la dejaría con el corazón roto. También había adivinado que Isabel estaba vulnerable, reaccionando a cualquier demostración de amor, pero retrayéndose cuando la fuerza de la emoción la rebasaba.

Físicamente Joseph la atraía, pero por primera vez, no era solamente eso, había algo más que hasta ahora no comprendía del todo. Le gustaba su templanza, su paciencia, su carácter respetuoso, callado a veces, para que ella pudiera expresarse y, además, su gentileza al expresar sus opiniones y sus retos.

Se habían conocido hacía ya un año. Dentro de un mes vendría el verano y las vacaciones de los niños, por lo que Joseph le tenía preparada una sorpresa:

—Isabel, quiero invitarte a ti y a los niños a mi casa, quiero que conozcan a mis padres y el lugar donde nací; quiero que te asomes a mi pasado para que entiendas lo que soy ahora, y que veas y conozcas a las personas de quienes aprecio su compañía y que conservo cerca en mi vida.

—¡Ay Joseph, eso suena como un viaje muy tentador!

—Mira, podríamos ir primero a la ciudad donde viven ahora mis padres, luego visitaremos Key West, para que conozcas la escuela donde estudié y el lugar donde pasé mi infancia. Después viajaremos a Orlando para que conozcas a mi hija. Será un viaje inolvidable.

—Joseph, ¿estás seguro? Somos una familia de cuatro y créeme que mis hijos son incansables.

—Estarán felices Isabel, lo prometo, y yo también lo estaré.

La fiesta

Parece que hay fiesta en casa de María Rosa. Las niñas están primorosamente vestidas con el único vestido elegante que tienen de color azul pálido; sin embargo, cada una lleva un modelo diferente y un lazo blanco en el cabello. Los niños portan una camisa blanca abotonada hasta el cuello y un pantalón azul marino con tirantes. La nana los escucha quejarse de que los zapatos les quedan apretados, pero no hay más; tendrán que conformarse con eso.

Están sentados en la pequeña sala de la entrada, mientras ven con impaciencia hacia la puerta, que deberá abrirse en cualquier momento. La nana los acompaña y también se le ve contenta. Les avisaron que hoy llegaría Madrina para hacerse cargo de ellos y ayudar en la casa. Realmente no era la madrina de ninguno, pero la apodaban así, porque era como un ángel de la guarda. Había renunciado al noviciado a la edad de treinta y un años para dedicarse a cuidar de la familia de María Rosa.

A los niños les habían hablado de ella. Madrina era amable y cariñosa, y le gustaban los chicos, ¡por fin una madre! María Rosa tendría con quien compartir la responsabilidad de sus hermanos, podría continuar con sus estudios de secretaria bilingüe, trabajar, traer dinero a casa para ayudar al padre a pagar las cuentas. El dinero escaseaba y cualquier ayuda sería bienvenida.

La puerta se abre y entra una mujer ataviada con una falda larga en color café, una camisa blanca sin ningún adorno y abotonada hasta el cuello, calza unos botines negros y lleva el cabello peinado en chongo. Su expresión es dulce y sonríe. En cada mano lleva un veliz, que deja en el piso al ver a los niños; enseguida se inclina para recibir el abrazo de todos, que amontonados, ríen y lloran al mismo tiempo.

Capítulo 7

El viaje

Si estoy soñando, que nunca despierte.
Si estoy despierto, que nunca me duerma.
The Karate Kid, Part II

Los meses que siguieron, corrieron vertiginosamente para Isabel. Cuando se dio cuenta ya estaba en el mostrador del aeropuerto dejando las maletas para viajar a Miami. Su hermana la acompañaba para ayudarla con los chicos y las maletas.

—Estarás bien Isabel, Joseph se ve un buen hombre.

—Los nervios no me dejan en paz, como podrás darte cuenta.

—Pues sí, pero ¿cuándo eso ha sido un impedimento para lograr lo que te propones? Hermana tienes una voluntad de acero, así que no permitas que las dudas te desanimen y le des una patada a la felicidad. Isabel: el amor lo conquista todo.

—¿Y qué tal si despierto y todo esto es un sueño?

—Si así es, habrá valido la pena aunque sea soñarlo ¿no crees?

La pregunta se quedó sin contestar, porque Isabela le demandaba su atención, al ver que Daniel se había subido a una de las maletas y trataba de guardar el equilibrio.

—Isabel, si Joseph puede con el reto de los cuatro, puede con todo, y para mí sería un campeón.

Las dos rieron al mismo tiempo, se encaminaron a la puerta de abordaje y se despidieron con un cálido abrazo y un beso.

—Cuídate hermanita, gracias por todo, te quiero mucho —dijo Isabel al darse la vuelta para pasar la línea de seguridad.

El viaje hacia Miami tuvo una fuerte turbulencia; Isabel casi lloraba del miedo, pero al mismo tiempo no quería que sus hijos se dieran cuenta que le daba tanto terror volar en avión. Con un rosario en la mano se la pasó rezando todo el camino, hasta que finalmente el piloto anunció el aterrizaje. Joseph y sus padres los esperaban en el aeropuerto; él con unas flores en las manos y los tres con una amplia sonrisa, un momento muy especial que permanecería en el corazón de Isabel por mucho tiempo. Pasaron la noche en la casa de los padres de Joseph, y al día siguiente, tomaron carretera para ir hacia Key West, donde Joseph había nacido y pasado su infancia y adolescencia.

Ahora le tocaba a él ser el guía de turistas y enseñarles las peculiaridades y las memorias de su infancia. En la pintoresca isla, empezó por darles un recorrido por la escuela donde estudió la primaria, después por la iglesia ala que asistía todos los domingos: *Saint Mary Star of the Seas*, y al santuario *The Grotto* construido con bellas rocas de coral, donde rezaban a la Virgen de Lourdes para pedir por protección contra los huracanes. Desde que se edificó en el año 1922, no sé si es coincidencia —les comentó Joseph— pero no ha habido ningún huracán fuerte que haya destruido a su paso muchas estructuras. Anterior a su creación, hubo varios que fueron devastadores y que casi acabaron con todo, sobre todo los tres que se dieron a principios del siglo XX en un periodo de casi diez años, en 1909, en 1911 y en 1919. Después de la destrucción que dejaron a su paso, la hermana Louise Gabriel decidió erigir este hermoso santuario para proteger a la isla, para que nunca sufriera y viviera otra vez el dolor causado por la terrible fuerza de la naturaleza. Ahora vienen muchos visitantes y también se puede ver a los nativos del lugar quienes vienen a encontrar consuelo y paz, sean católicos o no, ya que todos reconocen que es un lugar sagrado. Pasaron a la pequeña capilla localizada a unos cuantos metros, y al entrar, los hijos de Isabel sintieron un profundo recogimiento. Cada uno prendió una vela y juntaron sus manos para pedir por la salud de todos, "principalmente de la abuela" —como le confesaría Patricio más tarde.

Visitaron las canchas de béisbol y el parque. A medida que Joseph les iba mostrando sus rincones especiales, también les comentaba cómo era la vida para él; cómo la recordaba antes de los múltiples hoteles y desarrollos que se habían construido en toda el área. Tomaron el *Trolley*, caminaron por *Duval Street*, disfrutaron del atardecer en *Mallory Square*, siendo el momento más especial cuando observaron a un grupo de delfines que se habían acercado a la bahía. Isabel y sus hijos estaban encantados. Daniel decía que verlos de cerca era como conocer el pedazo más importante del mundo. Joseph también estaba conmovido. Le confesó que se le habían agolpado los recuerdos... que se había acordado de muchas personas que ya no estaban más, y es que a los veinte años de edad había partido de la isla para ir a estudiar a una universidad al norte de Florida y no había regresado jamás a vivir allí. Sin embargo, a partir de entonces llevaría cocidos al corazón momentos maravillosos de una época muy feliz de su vida.

Al regreso del viaje, Isabel estaba segura de una sola cosa: que quería pasar el resto de su vida al lado de Joseph, ¿cómo?, ¿cuándo?, ¿dónde?, no lo sabía, solo que deseaba más que nada en el mundo su compañía, su bondad, su gentileza para comunicar sus opiniones y por supuesto... ¡su infinita paciencia!

Restaurante francés

El restaurante estaba localizado cerca de la playa, en la avenida Las Olas, en Fort Lauderdale. Su corte francés lo hacía elegante y refinado, al mismo tiempo que su atmósfera era cálida. Las mesas estaban cubiertas con manteles blancos, perfectamente planchados y sobre éstos había unos más pequeños en color azul oscuro en forma vertical; las sillas estaban fabricadas en madera negra con laca brillante y del techo colgaban candiles en conjuntos de dos en dos, iluminando a media luz toda la estancia en colores tenues que armonizaban todo el conjunto. Se sentaron en una de las mesas del lado izquierdo; el piano se encontraba justo al otro extremo, así que escucharían la música de fondo, pero sin que se interrumpiera su conversación. Joseph comenzó a hablar de la vida y como esta se asemejaba a un baile; al principio, Isabel no podía hilar la conversación, por más que trataba de poner atención. Ya después sus palabras empezaron a hacer sentido y coincidía con él, al mencionar que el amor es como ese baile…

El mesero llegó con las cartas y se entretuvieron unos minutos eligiendo su platillo. Ella se decidió por el pescado con salsa bernesa y él por el pato a las finas hierbas. Escogieron el vino y, cuando el mesero trajo las copas, Isabel se disculpó para ir al tocador.

A su regreso notó que las personas que ocupaban las mesas de alrededor la miraban con curiosidad y el pianista la saludaba alzando su copa hacia ella.

—¡Qué alegres! ¡Parece que hoy es un día especial!, debería haber un día destinado a la alegría o a ser feliz… ¿no crees? —exclamó Isabel, sonriendo.

Simulando que no sabía nada, Joseph hizo caso omiso del comentario, así que se concentraron en los platillos tan exquisitos

que habían traído y, justo cuando servían el postre, sacaría de su
bolsillo un papel y comenzaría a leer un poema:

Isabel: You are my dream
Just like a dream that has one night to live
When looking back, our relationship could have been one day and
  one kiss only
As we first met on the Speranza, the beauty I saw in you was like a
  dream
We could have let that moment pass but instead we let the dream
  have its night
We started with a simple dance but just like a dream that has twists
  and turns
We went along the magical journey of the night
We then fell victim to the forces of nature and without control I was
  dreaming with a romantic kiss
But just like a dream that has no sense of time, my dream continued
  until we reached the mystical waterways of Venice
If it wasn't love at first sight, then it was love at the Piazza San Marco
We were about to awaken as the reality of our departure reached its
  moment
Lost with uncertainty and a sense of confusion
  I wrote to you with the hope of a new beginning
Our lives would then change
A time of hurt and pain was replaced with the passion of our hearts
The dream continued as we experienced each other's lives
Our love grew deeper and we learned how lonely it would feel when
  we were apart
If then became crystal clear that my existence would be without
  meaning unless you were with me everyday

But every dream hast its end and as one awakes the dream either
  fades away or becomes real
So, for me I am looking for my dream to become a reality.

Isabel sorprendida lo miraba sin entender. El poema expresaba amor y el sueño de continuar, Joseph también había leído "¿algo de matrimonio? ¿Quería casarse con ella? ¿Cómo?".

Después sacó de su bolsillo un pequeño estuche rojo, lo abrió y le preguntó:

—Entonces Isabel, ¿te casarías conmigo? ¿Permitirías que ese sueño se volviera una realidad?

Isabel tenía la mente en blanco. Todos la miraban, el pianista tocaba su pieza favorita de *El fantasma de la ópera*:

All I Ask of You, recordó la melodía: I am here
  nothing can harm you, my words will warm and
  calm you… Let me be your freedom…

Así que no lo pensó más, y sin dejar de sentir esas burbujas en el estómago que siempre mencionaba Isabela, afirmó:

—Sí Joseph, nada me haría más feliz.

Joseph sonrió y le puso lentamente el anillo en la mano izquierda y la besó suavemente, despacio, sin prisa. Los comensales de las mesas de al lado aplaudieron y el pianista se acercó:

—¡Felicidades! ¡Que viva el amor!

Terminaron de cenar. Los dos sintiéndose entre nubes, ordenaron un café y compartieron una tarta tatin, sin realmente necesitar nada dulce…

Después caminaron por la avenida, recorriendo sus galerías de arte, viendo los restaurantes, los aparadores de las tiendas, haciendo planes y soñando con estar juntos para compartir el diario vivir…

Este sería uno de los momentos más felices de su vida, lo recordaría siempre y lo recrearía en su mente y en su corazón por muchos años. También sería uno de los más difíciles y amargos, al entrar en su corazón la irremediable agonía de la duda. ¿Sería capaz de dejar su país y todo lo conocido por amor…?

Promesas

Al día siguiente, Isabel se regresaría a México y empezaría con los preparativos para comenzar una vida juntos; cómo y cuándo no lo sabía, pero sí sabía en lo profundo de su corazón porqué lo haría.

Ya en el aeropuerto Joseph le entregó una carta y le dijo: "cuando estés en el avión la puedes leer", así que había llegado el momento, la sacó de su bolsa y empezó a leerla:

Isabel,

Cada día resolveremos un obstáculo que nos lleve a acercar nuestra distancia, quisiera prometerte que nuestro futuro estará lleno de buenos momentos, pero seguramente no será así. Habrá muchos momentos de dudas, de encuentros y desencuentros, momentos muy felices y otros no tanto, pero por mi parte, quiero que sepas que éstas son mis promesas:

Te prometo que cada día al levantarme, tú y tu bienestar serán lo más importante para mí.

Te prometo serte fiel.

Te prometo acompañarte en la tarea de ver crecer a tus hijos y comprometerme como si fueran míos.

Te prometo estar ahí, cuando ellos estén y también cuando ellos
decidan volar para hacer su vida.
Te amo hoy y siempre,

Joseph

La enfermedad de la niña

María Rosa está sentada en un pequeño banco, inclinada sobre la diminuta cama de madera en tono marrón, envuelta con el edredón blanco de pequeños adornos de flores en rosa pálido.

Trae puesto un camisón blanco; sus pies descalzos se observan que se mueven inquietos sobre el piso de madera, en una mano tiene un paño húmedo y en la otra un rosario de cuentas negras. Los rizos castaños le caen por debajo del hombro, la piel de su rostro parece de porcelana, tersa y lisa, pero opacada, porque está bañada en lágrimas. Tiene los ojos azules, con una mirada profunda de dolor y preocupación.

Parece de madrugada, aunque todo sigue oscuro, salvo por un quinqué colocado sobre la mesita de noche, que alumbra la habitación. Las otras tres niñas están muy juntas; la de en medio abraza a dos de ellas. Están sentadas sobre la cama contigua, tienen los rostros compungidos y preocupados, no lloran, pero se les ve muy tristes. La más pequeña tiene en su regazo un oso de peluche viejo y desgastado, al cual no se le aprecia la sonrisa, solo una mueca, pues donde debería de estar la boca solo tiene un pedazo de estambre colgando.

Al inclinarse María Rosa un poco más, se puede ver una figura pequeña que ocupa solamente un menudo espacio de la cama. Es una niña de unos seis años de edad, que tiene el rostro pálido y bañado en sudor. Se agita hacia arriba con pequeños espasmos y los dientes le castañean. María Rosa le está poniendo compresas de agua sobre la frente y al mismo tiempo murmura:

—Dios mío, no lo permitas, no te la lleves, ya no más tragedia sobre esta familia.

Doctor

There is a crack in everything
That's how the light goes in.
Fragmento de *Anthem*, Leonard Cohen

El consultorio estaba localizado en el tercer piso del Hospital Santa Teresa. Isabel conocía ese lugar porque ahí trataron a su papá cuando sufrió un pequeño infarto. Después de la eficiente atención de los médicos había salido avante sin que se percibiera alguna secuela; sin embargo, su recuperación había tardado mucho tiempo y después de eso, en cierto sentido no había vuelto a ser el mismo, quizás había cambiado para mejorar, convirtiéndose en un hombre con más sabiduría, si eso realmente fuera posible... "Esto había sucedido muchos años atrás", pensó Isabel, pero cada vez que acudía a ese lugar recordaba a su padre y ese tiempo de tanto pesar.

Al llegar al consultorio del médico, saludó a la secretaria, mencionó su nombre y le especificó a qué doctor visitaba.

—En un momento el doctor Quiroz la atenderá, está terminando con una paciente —respondió la mujer sin mucha amabilidad.

Tomaron asiento en una de las butacas de piel color verde, que se encontraban en la sala de espera; su hermana se sentó junto a ella y Joseph al lado contrario.

—Ya verás que no será nada hermana —dijo Verónica con voz suave—, así que tranquilízate, pareces un manojo de nervios.

—¡Ay Verónica!, qué tal si tengo algo grave y no lo sé; se me vienen a la mente tantas cosas y mis hijos tan pequeños…

—Hermanita estás muy joven, siempre has sido sana; no tiene porqué cambiar nada ahora.

En ese momento, el doctor abrió la puerta, se despidió de una señora mayor que caminaba con un bastón, y detrás de ella una jovencita, con una expresión seria y preocupada salía del consultorio. Cuando las dos mujeres habían avanzado un tramo considerable hacia la recepción, el doctor se dirigió a Isabel:

—Pase señorita Ramos.

Isabel volteó a ver a su hermana y le dijo a Joseph:

—No tardo —le dio un beso en la mejilla y entró al consultorio de la mano de su hermana. Una vez dentro tomaron asiento una junto a la otra.

—Díganme, ¿qué puedo hacer por ustedes? —preguntó el doctor Quiroz, un hombre que Isabel imaginaba, rondaría los sesenta y cinco años, un poco calvo, con la cara redonda y de aspecto bonachón.

Le inspiraba confianza, así que comenzó a hablar con voz entrecortada:

—Doctor hace un par de semanas empecé a sentir un dolor terrible en la planta del pie. El ortopedista me dijo que tenía "fascitis plantar" debido al ejercicio y recomendó que me realizara estos estudios —explicó, entregándole los resultados.

El médico se tardó un par de minutos para analizar sus resultados, los que le parecieron años.

—Está muy bien del colesterol y los triglicéridos y, no veo algo que me parezca de gravedad. ¡Ah! ya veo —expuso el doctor con voz seria.

—Doctor, es que empecé con un dolor en la cadera y ahora lo siento en la espalda.

—Déjeme evaluarla, pase por aquí —le indicó que ocupara una camilla alta, cubierta por una tela desechable de cuadritos azules y blancos.

Le pidió hacer algunos movimientos de forma lenta para checar sus articulaciones, y haciéndole al mismo tiempo muchas preguntas, le tomó la presión y escuchó su corazón. Posteriormente, le indicó que caminara hacia la pared y regresara de puntitas. Al estar de pie, presionó ciertos puntos de sus extremidades para ver si había dolor, pero no encontró nada. Al terminar, se sentó detrás del escritorio, y haciéndole más preguntas, registró varios datos en la computadora y le dijo:

—Necesito que repita estos análisis y le voy a dar la receta para otro estudio más especializado. Es muy pronto para dar un diagnóstico. Necesitamos descartar cualquier posibilidad y estar seguros de que usted se encuentra en perfecto estado de salud.

Al salir, Joseph la miró con una expresión preocupada, preguntándole qué había pasado:

—Joseph, no encontró nada en conclusión —comentó Isabel—, tengo que hacerme otros estudios.

—Isabel, ya verás que de verdad no será nada.

—¿Y si fuera? —respondió ella.

—Si así fuera, haremos lo imposible para que estés bien.

—Tenemos tantos sueños juntos —afirmó ella con una expresión llena de tristeza.

—Cumpliremos cada uno Isabel, ya verás —le respondió él con voz tranquilizadora.

—Pero, aunque quiera, aunque así lo desee, ¿qué tal si el cuerpo no me acompaña?

—Te acompañará Isabel, y yo también con él. ¡Es una promesa! —le aseguró Joseph con los ojos brillantes, conteniendo las emociones que hacían de las suyas, en los momentos menos apropiados.

—Joseph, si esto fuera serio, te liberaría de tú promesa —intuyendo Isabel que algo no estaba bien, ya que notaba una rara sensación dentro de ella.

—Isabel, no sigas; por el momento no hay nada en tus estudios, un paso a la vez, y no puedes liberarme de la promesa, porque esa la he hecho yo…

Bajaron a la cafetería para tomarse un café y para animar a Isabel, "pocas veces se le veía tan triste y preocupada por su salud", pensó Verónica.

¿Cómo conciliar dos mundos?

Lo primero que debo de hacer es volver a mi tamaño correcto; y la segunda cosa es encontrar mi camino hacia ese bonito jardín.
Alicia en el País de las Maravillas, Lewis Carroll

A Isabel le dolía el estómago y gotitas de sudor le caían por el cuello al llegar a la cafetería donde tendría lugar una cita decisiva para su vida. Se trataba de convencer a su exesposo de llevarse a los niños por un año a Estados Unidos, luego ya verían. Podrían tomar las decisiones con base en los sucesos de ese momento. Quería que los dos estuvieran en la misma línea en beneficio de sus hijos únicamente, aunque en el pasado eso no había ocurrido; las pláticas se convertían en una serie de mecanismos de poder y viejos resentimientos, ya que él siempre encontraba algo que reclamarle a ella.

Se sentó en una de las mesas del fondo y esperó pacientemente, sabiendo que la puntualidad no era precisamente una de las virtudes que lo caracterizaban. Finalmente, vio entrar a Rodrigo, quien la saludó con un gesto aproximándose.

—Hola, perdón, pero estaba con un cliente y no podía cortar la conversación —dijo al mismo tiempo que le dio un beso rápido en la mejilla.

—Bueno, que bueno que ya estás aquí… —contestó Isabel percatándose de su prisa de siempre, que le recordaba al conejito de *Alicia en el país de las maravillas* y la frase: "Si todo el mundo se ocupara de sus propios asuntos el mundo giraría mucho más rápido" Y eso ¿para qué? ¿Para qué queremos un mundo tan rápido?, pensó con tristeza. El vino, como el café y como la vida, debe tomarse a traguitos… saboreándolo, como diría su padre.

—Sí, ¿cuáles son las novedades? —y sin esperar a que Isabel respondiera, se apresuró a comentar: los niños me dijeron que andas con un norteamericano, aguas porque ya sabes siempre quieren comprometerse y bcasarse.

—Eso es precisamente por lo que quería verte…

El mesero se acercó y en medio de la conversación los dos le ordenaron un café; el muchacho aprovechó para sugerirles acompañarlo de unos churros, que eran la especialidad de la casa.

—¿Cómo? —preguntó él, impaciente, sin prestar atención a la sugerencia.

Isabel apenada con el mesero hizo un gesto afirmativo y volviendo a la conversación respondió:

—Rodrigo, para mí, ya es tiempo de comenzar de nuevo.

—Sí claro, si tú lo dices, pero… ¿qué harías con los niños?

—En México las cosas se están poniendo difíciles por la inseguridad que estamos viviendo, no pueden ir a ningún lado sin que tengan que ir acompañados, y tanto tú como yo siempre estamos preocupados por su bienestar, así que he pensado que podrían vivir un año conmigo allá, y los podría traer durante el verano y en Navidad. Y tú también podrías visitarlos… —explicó Isabel pausadamente, y ofreciéndole un churro para ver si así se le endulzaba un poco la noticia.

—Isabel, ¿qué dices?, ¿sabes lo que eso implica? ¡Dejar a su familia, todo lo que conocen, sus amigos, su escuela! y ¿para qué? ¿Por una cultura de papel? ¡Donde lo único importante es el dinero!

—Pensé que Estados Unidos era un país que te gustaba…

—Claro que me gusta, para hacer negocios, para visitar e incluso para ir de compras, pero eso es muy diferente a vivir ahí. Los niños siempre se sentirán como extranjeros, este es su país, con sus problemas, su inseguridad y su pobreza. Pero también con nuestras raíces, con nuestra comida, nuestra gente, nuestra historia. Aquí nunca te sentirás extranjera, siempre serás mexicana… y ellos también.

"Eso lo hubieras pensado durante el matrimonio, se sienten divididos entre dos mundos al estar nosotros separados"… reflexionó Isabel, sin embargo, su respuesta fue así:

—Rodrigo, solo es un año. Aprovecharían para aprender inglés y otras cosas… un año solamente.

—Isabel si estás buscando mi aprobación o que esté de acuerdo, olvídalo, eso no lo esperes.

—Pero Rodrigo, tú rehiciste tu vida, déjame que yo haga lo mismo.

—Me forzaste a rehacerla… ¿Qué querías?

—No vamos a empezar con eso, llevabas años con Margarita…

—Bueno, pero eso no significaba que quería vivir con ella.

—No entiendo, entonces qué, ¿no querías perder a ninguna de las dos?... ¡Vaya!

—Volviendo al tema, te digo que lo que planteas no será posible, sácate esa fantasía de la cabeza, porque no va a suceder.

Isabel permaneció en silencio, ¿cómo podría conciliar el amor con todo eso?

Renata

No te rindas, por favor no cedas,
aunque el frío queme,
aunque el miedo muerda,
aunque el sol se esconda y se calle el viento,
aún hay fuego en tu alma,
aún hay vida en tus sueños…
Del poema "No te rindas" (anónimo)

Están sentados a la mesa diez chicos de distintas edades. El padre ocupa una de las cabeceras, mientras que en la otra, está un jovencito como de unos catorce años de edad. Recién terminan la oración de gracias, cada uno desdobla su servilleta porque ya la nana está, sirviendo un cucharón humeante de sopa de lentejas. Son seis niños y cuatro niñas; entre dos de ellas hay un lugar vacío dispuesto para la cena. Se puede ver su porta plato de madera, el plato extendido y el hondo para la sopa, el vaso de cristal y los cubiertos. Se siente un ambiente tenso, nadie quiere mirar esa silla vacía, duele contemplarla; es entonces cuando la más pequeña con voz compungida exclama:

—Entonces papá, ¿esto quiere decir que Renata está con mi mamá?

Todos guardan silencio, mirándose unos a otros. El padre tarda en reaccionar, lentamente se pone de pie y carga en sus brazos a la pequeña. Entierra su rostro entre sus rizos castaño rojizos y de momento solamente se escucha un suave quejido y sus sollozos. Los chicos se levantan y rápidamente lo abrazan también, al mismo tiempo que la pequeña grita:

—¡No dejes papi que nadie tenga frío como Renata! ¡Fue el frío papi, fue el frío…!

—Vicky, mi nena, Pequita —responde el padre acariciando sus rizos y dejando que sus lágrimas se derramen y caigan sobre su saco negro.

Isabel se despertó llorando y temblando de frío, dándose cuenta de que se había destapado y que las frazadas estaban enrolladas en sus pies. Volvió a taparse cayendo en otro sueño profundo, hasta que sonó el despertador a las seis y media de la mañana.

La tía Victoria

La tía Victoria llegó al medio día. Siempre que venía había fiesta en casa de Isabel; era muy querida por sus hermanas, por su madre y por ella. A pesar de que había cumplido la semana pasada ochenta y dos años de edad, se conservaba en estupenda forma. Su porte era erguido a pesar del bastón en el que se apoyaba; su rostro de piel blanca, ligeramente rosada casi no tenía arrugas; sus ojos de color café claro conservaban todavía su brillo, y llevaba el cabello impecablemente peinado hacia atrás. Confesaba que cada semana tenía una cita muy importante en el salón de belleza, de lo contrario, no se permitía salir si sus uñas no estaban perfectamente pintadas en color rojo haciendo juego con su *bille*. Además, su cabello debía estar arreglado por las manos de doña Cándida.

Doña Cándida ya también tenía sus buenos años. La tía Pequita la quería entrañablemente. "Imagínense voy con ella desde que era una jovencita de veintitantos años; no solo es mi estilista, sino que la considero mi confidente y amiga. ¡Ya sabrán todo lo que le he platicado!..., pero he comprobado que es una tumba, ¡ni, aunque le quemaran los pies diría algo! —afirmaba la tía con el sentido del humor tan especial que la caracterizaba y utilizando la expresión coloquial del episodio de Cuauhtémoc, quien no reveló dónde estaba el preciado tesoro.

Ayudada por su bastón, la tía se sentó al lado de doña Rosa, conservando su posición erguida, lo que le daba ese toque de juventud a pesar de su edad. Sus hermanas quedaron a su lado izquierdo e Isabel de frente. La conversación giró en torno a las novedades de la familia, las noticias de primos y parientes, la política y hechos que ocurrían en el país. Ocupaba la presidencia Felipe Calderón, cuya promesa de campaña había sido la lucha contra el narcotráfico; lo que le había valido que, en el primer año de su gestión, se desatara una ola de violencia e inseguridad que tenía a todos preocupados. La tía Pequita siempre estaba bien informada, por lo que nadie quería perderse su plática y la opinión que expresaba sobre cualquier tema, ya que era aguda y muy atinada.

—Es el único camino para combatir lo que sucede en México... Lo que está haciendo el presidente es de admirarse. Fox vio venir el problema y no crean que hizo mucho. ¡Cuántas esperanzas se pusieron en él! Claro que para combatir todos los problemas que nos acontecen, se necesitan varios presidentes en un plan de acción a largo plazo..., independientemente del partido que representen.

Las opiniones sobre política continuaron por un rato, hasta que la tía Pequita desvió la conversación para preguntarles a sus hermanas cómo estaban y enterarse de las aconteceres de cada una. La charla estuvo de lo más animada; contaron anécdotas de los chicos y de lo que ocurría en sus vidas. Después de la visita a la casa de la tía, Isabel y su madre habían sacado algunas conclusiones. Doña Rosa había hecho un esfuerzo enorme para sacar del baúl de los recuerdos, datos, historias y anécdotas, pero tristemente no era mucho lo que ella misma rememoraba.

De pronto la tía cambió la conversación para dirigirse a Isabel:

—Isabel, sé que quizás no has encontrado las respuestas que esperabas, pero prometo revisar el ático, donde se quedaron algunas cartas que mi padre recibió de sus hermanos después de la guerra. Uno de ellos recuerdo que vivía en Francia y en cambio su hermana y sus padres se quedaron en España, los otros dos hijos, emigraron a diferentes países buscando trabajo, eran tiempos difíciles… Mi padre se embarcó hacia América después de cumplir los diecisiete años de edad, ya que uno de sus tíos que vino a México en busca de fortuna, era dueño de la fábrica de hilos La Moderna, no tenía descendientes y quería dejarle a él la fábrica, al parecer lo quería mucho. Ya luego, después de años de trabajo, mi padre compró la hacienda Los Ahuehuetes, se casó con mi madre y fuimos once hijos. Creo que ya te conté que mi madre murió cuando nací, y por ello nos criamos con la nana Francisca, y ya estando en la capital, llegó la Madrina a ayudarnos. Cuando llegó Madrina la vida cambió para nosotros y en los rincones de la casa se volvieron a escuchar las risas y los juegos.

De la hacienda recuerdo muy pocas cosas. Era muy pequeña cuando llegué a la capital, pero mis hermanos siempre platicaban de los paseos a caballo, de la fuente que había en medio de la estructura en forma de herradura y de los arcos de piedr; las cenas en el comedor y de las tardes con mi hermana mayor, tocando el piano. Esto sí lo recuerdo, porque yo me sentaba junto a ella en ese banco que me parecía tan alto. De lo demás no tengo más memoria. Cuando tomamos aquel tren que nos traería a la ciudad, yo tendría menos de cuatro años. Lo que sé de la familia, lo escuché de tu abuela María Rosa, pero fue ya después cuando crecimos. A veces ella, por haber sido la hermana mayor se acordaba más y me contaba sus recuerdos; me mostraba fotografías de la hacienda, me enseñaba los lugares donde vivíamos y hacíamos tantas actividades, de los campos y de todos nosotros. Su foto favorita era en la que estábamos posando con mirada expectante hacia la cámara, al verla siempre se le llenaban los ojos de lágrimas. —Sin embargo, ahora creo que tú sabes más de la familia de lo que yo misma o de lo que tu madre sabe. A esta edad ya no recuerdo los sucesos, se me confunden las fechas, los nombres y los lugares; pero qué curioso que si recuerde las emociones que sentí… Isabel: a ti te toca recordar y descubrirlos, escribe nuestra historia…, escríbela sobrina… Es importante; algún día, algún día tus hijos querrán saber de sus abuelos, de sus tatarabuelos y de dónde venimos. Te tocará a ti contarles de una niña llamada María Rosa, de sus hermanos, de Renata que nos dejó tan pequeña y de tu tía Pequita. La familia es lo que le da continuidad, permanencia y solidez a la vida… Conserva nuestra historia Isabel, guárdala siempre en tu memoria y que te acompañen las enseñanzas de tus abuelos, los consejos de tu madre y el orgullo de ser "Montero", aunque sea tu segundo apellido, haz que cuente…

No te olvides al igual que tus hermanas —dijo dirigiéndose a ellas—, que llevan la sangre de la familia Montero, la cual ha vivido para dejar a las generaciones posteriores un legado de unión, trabajo duro y valores. Solo así habrán valido la pena nuestros dolores y sufrimientos.

Al despedirse de Isabel, la tía le dio un fuerte abrazo, un beso y lo hizo con estas palabras:

—Es un buen hombre ese Joseph, haz una nueva historia con él... Forma una nueva familia y que las enseñanzas de tus ancestros te acompañen en la nueva tierra. México por su parte, siempre te acogerá cuando desees regresar, esta es tu gente, esta es tu tierra... nunca te sientas huérfana de raíces, porque esas ya las llevas tatuadas en tu corazón. Y también mi querida Isabel, —acercándose más a ella le murmuró al oído: te deseo que seas feliz, que sea Joseph el hombre indicado y que tengas una buena vida...

Isabel no entendió el sentido de esa última frase, hasta que un par de meses después, le dijeron que su querida tía Pequita se había quedado dormida, y que sin ruido se había ido durnte su sueño. La encontraron a la mañana siguiente, con un rosario entre las manos y la fotografía de su familia en el pecho.

Lo comprendo

Llegaron a Cancún a una hora temprana de la tarde. Joseph tenía rato esperándola en el pasillo de la llegada de vuelos. Su avión había llegado antes de la hora programada y el de Isabel se había retrasado. Se habían escapado un par de días, robándole un tiempo a sus ocupadas agendas y antes de que los preparativos de la boda los absorbieran. Al salir, Isabel lo buscó con la mirada, y al verlo, corrió a refugiarse en sus brazos, se abrazaron como si la vida solo tuviera ese instante.

Riendo y contándose las peripecias del viaje, tomaron un taxi hacia el hotel. Joseph tenía en la mente las imágenes de los *spring breakers*, las cuales no concordaban con la belleza del panorama que estaban recorriendo, por lo que dejó escapar un largo suspiro.

Una vez instalados en la *suite*, Isabel contempló el paisaje: las albercas de formas ovaladas, la palapa que albergaba el bar en la esquina del lado izquierdo y el bello mar del Caribe.

Así se conmovió profundamente y dijo con voz entrecortada:

—Joseph, ¡qué regalo de Dios!, mira los colores del mar.

Se sentaron en el balcón a contemplar el atardecer. Corría en el cielo un abanico de colores naranjas, rosados y violetas, parecía un hermoso cuadro. Isabel le platicó de su padre y de cómo en los veranos que viajaban a Acapulco, cada día hacía que interrumpieran cualquier actividad para contemplar el atardecer, contándoles una historia que al final llevaba una moraleja. Esa era su forma de enseñarles las cosas del mundo y de enseñarles también lo que vale la pena de contemplar en él: "No concentren su atención en las torceduras que nos ofrece este mundo, si pueden concentrarse en su belleza", solía decir.

Se quedó perdida en sus pensamientos, hasta que Joseph la atrajo hacia él diciéndole al oído: "Me he enamorado de ti como pensé que nunca sería posible, tú eres mi atardecer…".

Isabel sintió un escalofrío que le recorrió el cuerpo y sin quererlo, sin prever, llena de emociones comenzó a llorar; primero suavemente, como una gota que comienza y después entre suspiros entrecortados, las lágrimas resbalaron por sus mejillas sin que las pudiera contener. Las lágrimas fluían como un río, mientras Joseph la abrazaba y le decía con voz suave:

—¿Qué pasa Isabel? Todo va a estar bien.

—Yo sé Joseph, déjame llorar, porque las mías son lágrimas de amor y cariño, de miles de emociones a flor de piel… de fuerza, de dolor, de amor, de lucha y de una invaluable paz. Me conmueve lo que me dices y me afloran los sentimientos. Joseph, ¿seré capaz de aguantar tanto amor…? ¿Y de quererte con la misma intensidad cómo tú lo haces?

—Isabel, no lo sé y tampoco sé qué va a pasar en el futuro. En esta vida lo que he aprendido es que no hay garantía… No sé si querrás que yo esté siempre en tu mañana, pero déjame hacer feliz tu presente, solo por hoy. Déjame acompañarte en tu trayectoria, déjame ser parte de tu mundo, mi sueño es que tú hagas realidad los tuyos…

—Joseph, pero ¿sabes lo que me pides al ofrecerme tu amor?.. Que renuncie a mi México y eso es como arrancarle al corazón una parte, y no sé si podré ser la misma, con el corazón dividido entre dos países, uno que me vio nacer y el otro que por ti, me acogerá en sus brazos.

En ese momento, Joseph entendió lo que Isabel le decía, ahora ya sabía, ahora ya comprendía lo que sentía porque a través de los colores, la música, la comida, y la cultura de México, entendía lo que había en el corazón de su amada Isabel y la encrucijada en la que se encontraba, sin embargo, una vez que la había encontrado, no podía perderla.

Preparativos/ Boda

El tiempo había pasado vertiginosamente para Isabel, entre las actividades de los niños, su trabajo y los fines de semana en que Joseph venía, los días no le alcanzaban. Quería enseñarle y compartir con él todos los rincones que amaba de su ciudad, quería que probara todos los platillos y que escuchara la música que tanto disfrutaba. A lo anterior, se le sumaban los preparativos de la boda; aunque una de las chicas de la oficina le estaba ayudando en todo, eran muchos detalles qué planear.

Ahora se encontraba a tres días, bueno exactamente, a cincuenta y dos horas de que se celebrara la boda. "¡Ay Dios!, ¿a qué hora había respondido que sí?", pensó. Desde ese momento, desde ese mismo instante en que dio esa respuesta afirmativa, su vida se había convertido en un tormento. Nunca se imaginó el remolino de emociones que iba a sentir y la cantidad de olas que su decisión iba a provocar.

Por un lado, estaban los niños quienes categóricamente no se querían ir a ningún otro lugar que no fuera la casa de la abuela; su exmarido hablándole a diario y amenazándola con quitarle la custodia en caso de que decidiera moverse; sus propios miedos y la desesperanza que le provocaba dejar a su madre, sus hermanas y su país. Había convenido con Verónica que una vez cada cinco semanas viajaría a México para seguir haciendo sus juntas con el departamento de ventas y que parte de sus actividades las haría a través de llamadas telefónicas e internet. Parecía una buena solución, aunque no sería lo mismo; pero al menos así tendría el pretexto de regresar a su país cada vez que sintiera nostalgia. No era la solución perfecta, pero al menos por el próximo año sería viable.

Volvió a la realidad cuando sintió la mirada de su hermana Diana, quien la recorrió de arriba a abajo lanzando un suspiro y comentando al mismo tiempo:

—Isabel, ¡te queda precioso! No me lo imaginaba así de bello.

—¿De verdad te parece bonito? —contestó con una huella de duda en su voz.

El vestido de novia era color crema con aplicaciones y bordados en todo el frente, con manga tres cuartos de fino encaje. La cola del traje era de tul, también con bellas aplicaciones y caía en forma de ola. Lo completaba una pequeña diadema con pequeñas florecitas, que caerían adornando su cabello suelto.

—Hermanita, te ves de cuento. Ya sé porqué se enamoró ese Joseph tan locamente. Sí que ha sido la tuya una historia también de cuento… Y no me has platicado si ya confirmaron los Andrade.

—Sí, vendrá toda la familia. Los que también vendrán son los primos de Puebla y las tías de San Luis, increíble que se animaran.

—Por supuesto, quién se iba a perder este acontecimiento. Vaya Isabel, ¡qué historia! Vuelta a casar y ahora con un norteamericano, ¿lo puedes creer? Tú que eres tan defensora de lo nuestro. Hermanita creo que esta ya será la definitiva…

—Yo sé…, cómo es el amor…, viene en formas, sabores y colores, que uno no entiende a veces. No sabes las dudas que tengo…

—Isabel ya lo hemos platicado muchas veces… Te entiendo y sé que tu corazón sufre porque desea complacer a todos, pero te mereces buscar tu felicidad y disfrutar del amor de un hombre bueno. Y como lo platicaste con Joseph, será por un año el que vivas allá. En un año podrán pasar muchas cosas buenas.

—Pero…, los niños…, no los puedo convencer de irse conmigo…

—No es de que los convenzas, ellos comprenderán que lo mejor es irse contigo. Tú eres su mamá, siempre vas a querer lo mejor, por lo que estás tomando una decisión también pensando en ellos. Yo conozco tu corazón, y sé que no la tomaste a la ligera ni de manera egoísta, sé que sopesaste en la balanza todas las posibilidades. Además, por el momento México se está poniendo inseguro con todo esto del narcotráfico; no sabemos si esto se detenga, o, por el contrario, escale a proporciones que no nos imaginamos. Para los niños será muy bueno: aprenderán inglés y tendrán un poco de la infancia que tuvimos, en la cual teníamos la libertad de pasarnos la tarde jugando en la calle, sin el temor de sufrir un asalto o algo más fuerte. Allá podrán tener eso nuevamente. Vivirás en una ciudad más pequeña y eso te ayudará en el día a día. Total, si no les gusta pues tampoco sería el fin del mundo. Ya veríamos cómo ayudarle a Joseph a encontrar un trabajo.

—Sí, tienes razón, aunque ya sabes, dejarlos a ustedes no será fácil —dijo, indicándole a su hermana que le ayudara a bajar el cierre del vestido, luego lo guardó en su portatraje y lo colgó, asegurándose que no se arrugara.

—Mira Isabel, he vivido contigo tu romance con Joseph y por cierto, ¡cómo lo he disfrutado! Le ha devuelto el romanticismo a mi propia relación y, también al ser tu hermana he sido testigo de tu vida, podría equivocarme, pero en este caso en particular creo que debes confiar en tu corazón y seguirlo…

—Espero estar tomando la decisión correcta.

—Por cierto, me dijiste que la música estaría a cargo del grupo Los Internacionales, pero, finalmente para la iglesia, ¿conseguiste el coro?

—Sí, ¿qué crees? Ahí mismo me recomendaron un grupo que tendrá una cantante, un piano y un violín. Me dicen que tocan y cantan precioso. Así lo espero…

Siguieron platicando y el tiempo se les fue rápidamente.

—¡No! Ya son las nueve y media de la noche y mis hijos se acuestan a las nueve. Me voy corriendo hermanita, nos vemos el sábado en el día más especial de tu vida…

—No quiero ni pensar…

—Tranquilízate y trata de descansar, se te ve hermoso el vestido, todo estará bien ya verás, Dios nos indica el camino que debemos recorrer… —dijo Diana, despidiéndose con un beso y llamando a sus hijos para salir corriendo hacia su casa; ya en el pasillo le gritó a Isabel:

—Hermanita recuerda que la vida no viene con instrucciones…

El sábado amaneció lloviendo a cántaros. Isabel se despertó muy temprano, así que tomó un plato de frutas. Las personas que la arreglarían para ese gran día empezaron a desfilar; la estilista, el maquillista y quien la ayudaría con el vestido. Los niños estaban inquietísimos corriendo de un lado para el otro. Ella se sentía también tan nerviosa, que parecía que la cabeza le iba a estallar.

—Isabel, calma hija, todo va a salir bien —le dijo su madre, observando los ojos de su hija a punto de llorar.

—¡Ay mami!, espero que este no sea uno de los grandes errores que cometa en la vida, y del cual ¡me arrepienta siempre!

—Siempre es mucho tiempo, ¿no crees? Mira Isabel, uno tiene que tomar las decisiones con el conocimiento del hoy, solamente del hoy. Tranquilízate, Joseph es un buen hombre; volverás a tener una familia, estás todavía joven para reconstruir tu vida. Tienes derecho a tener un compañero que recorra contigo el camino. Tus hijos, cuando menos te des cuenta, porque es la ley natural, harán su vida, crecerán, tomarán sus propias decisiones y volarán hacia los cielos que ellos se tracen. Es maravilloso que tengas un compañero que viva contigo esas etapas, y que además te acompañe y te apoye cuando ellos se encaminen hacia sus propias vidas… En el otoño de tu jornada hay muchos días y el destino te da la oportunidad de vivirlos con el hombre que amas. Y lo más importante, tus hijos le agradecerán en un futuro el que no te quedes sola. Así que anímate y empieza a disfrutar estos momentos tan importantes.

—Sí Mami, tienes razón, ¿por qué empañar ese evento tan hermoso?

La nana Genoveva y Rosy llegaron en ese momento:

—Niña Isabel, no te preocupes por los niños, ya desayunaron y en una hora empezaremos a vestirlos y a ponerlos guapos... Uno se casa tan pocas veces en la vida... —dijo la nana parafraseando la frase que utilizaba su abuela, al contar que su amiga Karola, quien al enviudar de su primer esposo, se había casado en tres ocasiones más, y los días de su boda era un manojo de emociones, por lo que a todos les decía: —"¡Cómo no disfrutar esto... uno se casa tan pocas veces!".

—¡Ay nana! Qué cosas dices —rwspondió Isabel sonriendo.

Capítulo 8

Conferencia de prensa

$\mathcal{E}$ ran las 8:30 de la mañana cuando llegaron al salón de conferencias del hotel ubicado en la avenida Mazaryk en Polanco. Ese día habían citado a los periodistas que escribían temas del área de la salud. La conferencia de prensa de esa mañana era sobre el lanzamiento de un nuevo producto para el corazón. Después de saludar al gerente de producto y a los médicos que presentarían, Verónica e Isabel tomaron asiento en uno de los primeros lugares dispuestos para el desayuno; había cuatro mesas redondas, cada una con espacio para ocho personas. Empezaron a llegar los reporteros de distintos medios; periódicos, revistas y canales de televisión. Ahí estaba Juan Ignacio a quien conocían bien porque lo encontraban en todas las presentaciones a las que asistían', y también el señor Madariaga, dueño de la firma Cóndor editores, su competencia porque tenía revistas dirigidas al mismo sector. Pasó cerca de las hermanas, sin darles un "buenos días". También llegó Pilar, la encargada de la sección de salud de uno de los principales diarios, quien se sentó al lado de las hermanas y empezó a conversar con ellas, ya que siempre se encontraban en los mismos eventos del sector farmacéutico. Las mesas se llenaron y comenzó la presentación sobre los beneficios del nuevo medicamento.

Isabel pensaba si era conveniente que ella tomara una dosis para hacer más eficiente su corazón y con él, el manejo de sus emociones, porque a veces sentía que se le hacían nudos ahí adentro. Un pensamiento la entristeció al recordar su próximo viaje y su cambio de vida. Iba a extrañar todo esto... el trabajo diario con Verónica, su oficina, sus proyectos...

Al término de la conferencia, bajaron a la cafetería del lugar y se sentaron en una de las mesas del fondo. Revisaron cuidadosamente sus números y las estrategias para los próximos seis meses:

—Vero, ¿tú crees que estarás bien?

—Isabel, siempre me harás falta, pero seguiremos trabajando como hasta ahora. La tecnologíanos favorece y a través del teléfono y la computadora puedes seguir haciendo tus actividades. Seguirás estando a cargo del área comercial y manejando a los cinco ejecutivos de cuenta. Todo estará bien. Como dijimos alguna vez, nuestra revista se publicará muchos años más, y nosotros de alguna manera seguiremos adelante.

—Yo sé Vero, pero me preocupa como no te imaginas. Estoy llena de dudas y ¿qué tal si..?

—Tenemos que tomar decisiones con base a la información de hoy, así que quédate tranquila, podrás venir cada determinado tiempo, las cosas seguirán como las dejaste, y el trabajo diario podrás resolverlo a través de reportes y llamadas telefónicas.

—Y nuestra relación Verónica..., ¿seguirá como siempre?

—Esa nunca cambiará Isabel, siempre podremos llamarnos para decirnos HAMSIGRI.

Isabel recordó esa palabra mágica de la infancia, la habían inventado cuando las tres hermanas compartían el mismo cuarto, y al terminar el día, después de las oraciones, y justo antes de dormir pronunciaban esa palabra. Para Isabel de niña, y todavía ahora, significaba la vida misma, la razón de ser de su familia y el principio del que se sostenía su fe.

Era un canto al amor, al perdón y al agradecimiento de contar la una con la otra: Hasta mañana si Dios quiere, perdóname si te ofendí y gracias por ser mi hermana...

—Sí Verónica, siempre tendremos esa palabra en nuestros corazones...

El capataz

"Jerónimo Espinoza Robles, capataz y dueño de esta tierra", sino por la legalidad, por mandato divino como él mismo se proclamaba, yacía en la cama casi moribundo, con los últimos alientos de vida. La bala insertada en su pierna derecha no había dado en lo profundo, le informaron a su hijo cuando lo trajeron, pero el problema fue que nadie lo había encontrado... Estaba en las caballerizas, los revolucionarios pasaron destruyendo todo a su paso y él no había sido la excepción. Uno de esos soldados con canana y rifle lo vio en una esquina fumando un puro y lo confundió con uno de los hacendados; le apuntó al corazón, pero justo se movió rápidamente tratando de esquivar la bala, impactando esta en la pierna. Al darse cuenta del error, sabiendo que era uno de los suyos, cuentan que el soldado salió despavorido... y que no sabían dónde se había escondido. Todo eso se lo dijo el hijo de Arturo, quien con apenas once años, vio la escena y había corrido y corrido en busca de ayuda, la cual llegó casi tres horas después.

Lo pusieron sobre la sábana blanca, que al momento se empapó de sangre; su rostro lo empañaba un rictus de dolor que lo hacía parecer más viejo y arrugado de lo que era.

Su hijo Nicolás, un mocito de quince años, tenía la cabeza inclinada, estaba sentado a su lado en un pequeño banco. La mata de cabello negro y lacio le caía sobre el rostro, ocultando sus rasgos. En sus manos tenía un sombrero de paja, que estrujaba fuertemente sin darse cuenta. Vestía una camisa de manta, unos pantalones de una tela gruesa color café y calzaba los huaraches que se usaban en la región.

Parecía que lloraba suavemente, pero era tan quedito que no se escuchaba casi nada.

—Mijo —dijo el capataz Jerónimo, quejándose por el intenso dolor que sentía en sus extremidades. Había perdido mucha sangre y su piel morena oscura, ahora se veía grisácea.

—Sí apá, aquí estoy.

—Mijo, tú lo sabes —oyó decir el hijo y su voz era tan baja, que se acercó hacia él para poder escucharlo mejor.

—A nadie se le niega una última promesa mijo —continuó el capataz.

—No apá, dígame usted.

—Te toca reparar el daño que he causado a la familia Montero; encuéntrala y paga mi deuda. Ve al sótano de la hacienda; ahí en el agujero que cavamos, en el cajón de madera, encontrarás el dinero escondido, toma lo que necesites para tu vida y lo suficiente para pagar lo que he causado. De repente, tomó a su hijo de la camisa de manta apretándolo, y haciendo que se estirara, con las últimas fuerzas que le quedaban, levantó la voz y sus palabras se escucharon por toda la habitación:

—¡¿Cumplirás mi promesa?!, ¡¿la cumplirás?! Si no vendré por ti y no te daré tregua.

—Sí apá, sí apá —dijo el muchacho, angustiado y temblando por el miedo que le causaba verlo así.

El capataz lo soltó y de su garganta salió una terrible carcajada antes de tomar su última bocanada de aire.

No todo es miel sobre hojuelas

> —*¿Olvida usted algo?*
>
> —*Ojalá*
>
> *El Emigrante*, Luis Felipe Lomelí

Isabel se miró en el espejo y no pudo evitar recargarse en la pared de aquel baño: las lágrimas salían como si emanaran de un río sin cauce, sin poder contenerlas. Las personas que pasaban a su lado se detenían y dudaban en preguntarle; las que se atrevían decían:

—¿Está bien?

Y ella con la vista borrosa decía que sí, que solo era una despedida, "una despedida que le partía el corazón", reconocía para sí misma.

Después de varios minutos que parecieron eternos, se dirigió a la puerta y vio a Daniel y a Patricio esperándola.

—Ma, ¿estás bien? Llevas horas ahí adentro.

—Perdón mis niños, todo bien –dijo Isabel un poco mareada—, solo que había una fila enorme para entrar —mintió. Respiró profundamente y tomó de la mano a cada uno, se sentó en los asientos de la sala de espera y marcó un número en el celular:

—¿Mami?

—Isabel, ¿todo bien?

—No mami, dame un segundo —bajó la voz y le ordenó a Daniel: no te muevas de aquí, no tardo. Por favor cuida a Patricio —y caminó unos pasos para que no la escucharan.

—No mami, nada está bien. Isabela decidió quedarse con su papá en el último momento…, no quiso documentar, me dijo que se irá a vivir con él y yo no puedo continuar, ¿cómo puedo seguir así? ¡No puedo irme dejando aquí a mi niña!

—Isabel, sigue adelante —dijo su madre mientras escuchaba cómo su hija lanzaba un suspiro largo y la voz se le quebraba. —Isabel, —repitió—, encontraremos la manera de convencerla de que se vaya contigo, pero sigue hija, te mereces la felicidad, ya sufriste mucho y la has pasado difícil.

—Pero mami, ¿cómo puedo ser feliz ahora? Es como si mi corazón latiera a la mitad.

—Tienes que seguir. Recuerda que en la vida no todo es *miel sobre hojuelas* y tiene muchos retos que vencer; pero ya verás que todo se resolverá de la mejor manera. Ten fe hija, te digo que estás haciendo lo que tienes que hacer.

Isabel colgó el teléfono, se imaginó a Isabela, próxima a celebrar sus nueve años de vida, sin verla crecer y sintió un vuelco de dolor en el corazón.

Volvió a tomar de la mano a sus hijos para pasar a la línea de abordaje, el vuelo estaba siendo anunciado en el altavoz. Se formó en la fila, pero después de unos momentos cambió de opinión y se hizo un lado, a un metro de la hilera de pasajeros. Desfilaban uno por uno entregando el pase de abordar.

Isabel observaba la escena sin ver, sumida en su dolor y sus pensamientos. Pensó en su enfermedad, en su hija, en Joseph, en su pasado, en su futuro…, mientras veía cómo el último pasajero abordaba aquel avión con destino a Miami.

Señalando la fila, su hijo Daniel la sacó de sus pensamientos, entonces tomándolo de la mano le dijo:

—Vamos hijo, vamos.

Mientras, Patricio los seguía, abrazando una pequeña maleta conteniendo sus más preciados juguetes.

Caminante no hay camino:
se hace camino al andar.
Al andar se hace el camino,
y al volver la vista atrás,
se ve la senda que nunca
se ha de volver a pisar.
Caminante no hay camino,
sino estelas en la mar.

Antonio Machado

Made in the USA
Coppell, TX
20 April 2021